소설 팔괘 1

운명이란 무엇이며 어떻게 알 수 있는 것일까?

소설
八卦
팔괘

1

김승호 지음

선영사

작가의 말

아무리 멀리 떨어져 있는 섬이라도 해저를 통해서 보면 하나의 땅으로 합쳐져 있듯이, 현재의 생生이 과거의 생과 어떤 연결을 갖고 있는 것은 아닐까?

이러한 생각을 윤회설輪廻說 혹은 윤회론輪廻論이라고 하거니와, 현대 과학에서도 종종 그 사실이 입증되고 있다.

만약 전생前生이란 것이 있고 따라서 후생後生이 있다면, 현생의 모습은 지금과는 많이 달려져야 할 것이다.

이 소설은 수많은 생사生死를 초월하여 영원을 일생一生으로 사는 사람들의 이야기를 다루고 있다.

과연 이러한 삶이 존재하느냐 하는 문제는 저마다의 신념 혹은 체험에 따라 대답이 달라질 수 있겠지만, 이 책에 실린 많은 이론들은 모두 실제적인 것들이다.

이런 점에서 보면 이 책은 도道를 구하고자 하는 사람들의 지침서도 될 수 있다.

특히 여기에 등장하는 어떤 인물들의 심리적 갈등은 현존하는 도인道人들의 체험이다.

물론 이 책은 어디까지나 소설이다. 그렇기 때문에 사실을 넘어 선 이야기가 있을 수밖에 없다.

하지만 필자는 여기에 등장하는 인물들의 일생을 통해 하나의 새로운 인생관을 제시하고자 했다.

그것은 인생을 단순히 그때 그때 최선을 다 하는 것으로만 살지 말고, 일생 전체를 동시에 산다는 마음으로 살자는 것이다.

이 소설에 등장하는 사람들은 일생을 동시적으로 사는 것을 넘어서, 생사를 거듭하는 장구한 세월마저도 동시적으로 보고 있다.

그것은 한없이 넓은 마음이다. 결코 어느 그릇에도 담을 수 없는 무한한 뜻을 품고 사는 것이다. 이런 사람들의 눈으로 보면 일생은 하나의 거대한 그림일 뿐, 차례대로 나타나는 사건으로 보지 않는다.

옛말에 이런 것이 있다.

'진인사 대천명盡人事待天命 : 사람의 할 일을 다 하고, 하늘의 뜻을 기다린다'

이는 최선을 다 하고 운명을 기다리라는 것인데, 달리 말하면 운명은 모르는 것이니 그저 눈앞의 일에 최선을 다 하라는 것이다. 어쩌면 이 말은 맞는 말일지도 모른다. 운명을 모르는 사람에게는 최선이란 한 방법이 될 수도 있기 때문이다.

그러나 이 소설에서는 운명이라는 것을 모를 때, 최선이란 한낱 어리석은 사람의 몸부림이란 것을 강조하고 있다. 최선이란 때로 오만한 변명이 될 수 있다. 운명은 탐구하는 사람에게 따라서는 겸허한 지혜가 될 수 있는 것이다.

운명이란 무엇이며 어떻게 알 수 있는 것일까?

이 소설은 운명이란 주제를 광범위하게 다루고 있다.

여기서 이 책의 제목인 〈팔괘八卦〉에 대해서도 잠깐 살펴 보자.

팔괘는 우리의 주변에서 흔히 볼 수 있다. 태극기에서도 볼 수 있고, 점쟁이의 신비한 그림에서도 볼 수 있다.

그러나 그것이 무엇인지 아는 사람은 그리 많지 않은 것 같다.

보통 팔괘란 우주 만물의 원리原理를 그림으로 나타낸 것이라고 말한다. 더 정확히 말하면 팔괘란 우주 만물의 뜻과 구조를 나타낸 것이다.

이것으로 천지간天地間의 모든 섭리를 이해할 수 있고 만물의 구성과 뜻을 밝힐 수 있다. 이런 것이 팔괘이다.

이 책에서는 팔괘를 깨달아 가는 과정과 이를 통하여 운명을 살피고 숙명宿命을 깨닫는 등, 팔괘를 주제로 이야기가 전개되고 있다.

물론 여기에 활용되고 있는 이론은 진실된 것이고, 이 외에도 마음을 닦고 신체를 연마하는 이론서인《소곡심서疎谷心書》등도 실제하는 책이다. 단지 7000년이란 장구한 세월 동안 거듭나며 세속 일에 관여하는 도인들의 이야기는 그 자체로는 상상이다. 그러나 거기에 담겨져 있는 뜻만은 사실 이상이라는 것을 밝혀 두고 싶다.

이 책을 진리를 추구하고 신비를 동경하는 귀한 분들에게 바친다.

지은이

차례

작가의 말 _ 4

꿈의 예시豫示 _ 9
영민이의 정체 _ 30
소식통 _ 44
강도 _ 55
도사와 금 _ 73
도사 방문 _ 83
행운의 승리 _ 91
두목의 운명 _ 98
귀신 탄생 _ 105
도사 접견 _ 114
천서天書 _ 123
반성 _ 131
지리산의 두 노인 _ 136

대스승 _ 162
도사의 출행出行 _ 176
전설 _ 180
결혼과 운명 _ 192
귀신의 공부 _ 196
나무꾼의 인격 _ 201
도사의 죽음 _ 213
영민이, 명리학命理學 공부하다 _ 221
선계仙界의 사자使者 _ 242
도사가 남겨 놓은 것 _ 254
천서天書의 주인 _ 266
제2의 천서天書 _ 279
도사와 김실장 _ 289
팔괘八卦의 연구 _ 299

꿈의 예시豫示

　민여사는 지난밤 이상한 꿈을 꾸고 잠을 설쳤다. 꿈에 민여사는 묶여 있었는데, 줄이 저절로 풀리면서 꽃으로 변하였다. 그리고는 갑자기 5년 전에 사고로 죽은 남동생이 나타나 자신의 손을 잡아 주었다.
　동생은 피를 흘리고 있었다. 민여사는 놀라서 잠을 깨었는데, 아직 한밤중이었다. 이로부터 잠이 오지 않아 밤을 꼬박 세우다시피 하고 겨우 아침을 맞이한 것이다.
　민여사는 점쟁이에게 이 꿈을 해몽해 달래야겠다고 생각했다. 민여사가 생각하기에는 꿈이 불길한 면도 있었지만 좋은 면도 있는 것 같았다. 죽은 동생이 나타나 피를 흘렸던 것은 기분이 좀 나빴지만, 묶여 있는 줄이 풀리면서 꽃으로 변한 것은 확실히 좋은 것이다.
　민여사는 낙관적인 성격이기 때문에, 매사에 나쁜 일보다는 좋은 일을 먼저 생각하는 편이다. 그러나 종합적으로 이 꿈이 무슨 뜻인지는 알 수가 없었다.
　민여사는 원래 꿈을 해석한다든지, 점을 친다든지 하는 일 등을 몹시 좋아하는데, 특히 점치는 일이라면 어느 때든지 물불을 가리지 않고 달려든다.

그러고는 점에 의해 지시된 사항도 결사적으로 믿기 때문에, 종종 주위 사람을 당황하게 만들곤 했다.

언젠가는 남편하고도 크게 다툰 적이 있었는데, 이는 민여사가 사업상의 문제에 있어서도 남편 말보다 점쟁이의 말에 더 귀를 기울이기 때문이었다. 그러나 요즈음에 와서는 남편도 점점 세뇌(?)가 되어가는 형편이다.

민여사의 어머니는 딸이 지나치게 점쟁이 말에 따르는 것에 이미 질려 있어서 아예 항복(?)해 놓고 있었다.

점쟁이가 뭐라 하던?

이 말은 민여사의 어머니가 딸에게 늘상 묻는 말이었다.

아침이 되자, 민여사는 손수 아침상을 차려 식사를 끝낸 뒤 남편을 출근시키고 나서, 점쟁이에게 전화를 걸었다.

따르릉—.

미아리에 있는 박수무당이 전화를 받았다.

"여보세요……."

박수무당의 음성은 껄껄하고 일부러 지어낸 듯해서 자연스럽지가 못했다.

"오, 민여사이시군요, 허허."

"네, 안녕하세요?"

"웬일이시오?"

박수무당은 다소 오만하게 물어 왔다. 그래야만 권위가 있어 보이는 줄 아는 모양이었다. 그런데 실은 이 박수무당이 진짜인지 가까인지는 알 수가 없다. 단지 점치는 일은 신통하다는 평이 좀 나 있을 뿐이었다.

민여사는 즉시 용건을 얘기했다.

"저, 꿈을 꾸었는데요, 해몽 좀 해 주시겠어요?"

"허허, 오시지 않고?"

"네, 오늘은 좀 바빠서…… 수일 내로 찾아가 뵙지요!"

"좋습니다. 꿈이 뭐지요?"

민여사는 꿈에 대해 자세히 설명했다.

"흐음, 심상치 않은 꿈이로군요!"

박수무당은 민여사의 말을 들으면서 이미 꿈을 해석했는지, 즉시 해몽을 해 주기 시작했다.

"그 꿈은 죽은 동생이 한恨이 맺혀서 나타난 것이에요……. 천도 굿을 해야 합니다. 그렇지 않으면 민여사한테 관재官災가 생긴다는 뜻입니다. 죽은 동생이 이미 나타나서 관재를 막아 주었지만 다시 생길 수도 있어요. 밧줄에 묶인 것은 바로 관재입니다. 그리고 꽃은 풀린다는 뜻이지요. 그런데 동생이 피를 흘렸다는 것은 동생이 민여사를 위하다가 다쳤다는 것입니다. 그러니 이제는 민여사가 동생을 위할 차례입니다. 천도 굿을 해야지요. 알겠소?"

"아, 네, 알겠습니다. 감사합니다. 일간 찾아 뵙지요."

찰칵―.

박수무당의 해몽은 별 신통한 것이 없었다. 판에 박힌 얘기에다 천도 굿을 하라는 것뿐…….

민여사는 고개를 가로 젓고는 또다시 다이얼을 돌렸다. 이번에는 평창동에 있는 인왕보살집이었다.

따르릉―.

"아, 여보세요……."

나이 든 할머니의 목소리였다. 인왕보살은 환갑이 다 된 할머니로 민여사의 단골 중 하나이다.

"안녕하세요…… 전데요."

"오, 민여사구먼!"

인왕 보살을 민여사의 목소리를 즉각 알아보았다.

"네, 보살님은 여전하시고요?"

"나야, 뭐, 그렇소만. 민여사는 웬일로 이렇게……."

"네, 제가 지난밤 꿈을 꿨는데요……."

"그래요? 무슨 꿈인가요?"

민여사는 또다시 꿈얘기를 들려주었고, 잠시 후 인왕보살의 해몽이 시작됐다.

"으음, 그 꿈은 말이에요—."

"네…… 네?…… 그렇군요, 알겠습니다…… 감사합니다……."

찰칵—.

이번에도 특별한 내용이 없고 비슷비슷했다. 민여사는 두 점쟁이의 말을 잠시 생각하다가 그만두었다. 점쟁이의 말은 생각해서 정답이 나오는 게 아니다. 요는 민여사가 누구 말을 믿느냐에 달려 있다. 그런데 민여사는 지금 누구의 말도 믿지 않았다. 그저 점쟁이들이 무슨 말을 하는가를 들어 보려는 것뿐이었고, 꿈에 대해 반드시 알아야 되는 것도 아니었다.

죽은 동생에 대해서는 해마다 절이라든가 무당집 등에 가서 치성을 드려 왔으니 특별히 다시 할 필요는 없을 것이다.

민여사는 꿈에 대한 생각은 잊어버리고, 외출 준비를 서둘렀다. 오늘 아침엔 가정부 아줌마를 배웅해야 하는 일이 있었다. 민여사 집의 가정부 아줌마는 고향이 강원도 원주인데, 이번에 며칠 휴가를 얻어 몇 년 만에 고향에 가기로 되어 있었던 것이다.

"아줌마, 준비 다 됐어요?"

민여사는 나갈 채비를 갖추고 가정부를 불렀다.

"네, 나가요."

가정부는 미리 준비하고 있다가 급히 나섰다.

민여사는 대문을 나와 다시 차고로 들어가 차를 꺼냈다. 이어 가정부가 앞좌석에 오르자 차는 서서히 움직이기 시작했다.

목적지는 마장동 버스 터미널, 도로는 소통이 원활했다.

마장동에는 30분 만에 도착했고, 터미널에는 사람이 많지 않았다.

시간은 마침 정시여서 기다리지 않아도 되었다. 민여사는 곧바로 차표를 끊어 가정부를 버스에 태웠다.

잠시 후 버스는 출발했고, 면여사는 차를 세워 둔 곳으로 가기 위해 골목길로 들어섰다. 골목은 버스 터미널과 담 하나를 두고 길게 이어졌는데, 앞쪽에는 정비 공장이 있었고, 주변에는 식당이나 구멍가게, 옷가게, 노점 등이 즐비하게 늘어서 있었다.

민여사는 고개를 약간 숙인 듯한 자세로 한쪽 옆으로 걷고 있었다. 이때 저쪽 앞에서 민여사 쪽으로 아주 건장한 사람이 걸어오고 있었는데, 그 사람은 검은 작업복 바지에 윗옷은 소매를 잔뜩 걷어붙이고, 성큼성큼 걷고 있는 폼이 상당히 불량하게 보였다.

그런데 갑자기 보니 술도 좀 마신 듯 얼굴이 붉어져 있고, 머리는 엉망으로 헝클어져 있었다. 그는 민여사를 멀리서부터 보며 걸어왔는데, 두 사람의 거리가 가까워지자 품에서 무슨 물건을 꺼냈다.

그것은 칼이었다. 칼은 상당히 크고 예리하게 생긴 것으로, 생선회를 뜨는 용도로 쓰이는 것이었다. 그 사람은 민여사를 노리고 있는 것이 분명했다. 그래도 민여사는 눈치를 못 채고 무심히 걷고 있었다.

거리는 이제 한 발자국—.

"꼼짝 마!"

괴한은 갑자기 달려들어 민여사의 몸을 휘어잡고 느닷없이 목에다 칼을 들이댔다.

"어머! 악―!"

민여사는 놀라서 비명을 질렀지만 목소리가 되어 나오지는 않았다. 괴한은 6척 장신長身에 힘이 엄청나게 센 데다, 민여사 몸을 뒤로부터 억세게 감아 쥐고 있었기 때문에 꼼짝할 수가 없었다.

"꼼짝 마! 움직이면 목을 베어 버릴 거야!"

괴한은 이렇게 말하면서 칼을 목에다 바싹 들이대었으므로, 몸을 움직였다간 저절로 목이 베어질 판이었다.

민여사는 도저히 영문을 알 수가 없었다.

이게 웬일이냐? 대낮에 칼을 든 괴한이라니! 이 괴한이 원하는 게 도대체 무엇인가? 돈? 여자?

둘 다 아니었다. 이 괴한은 민여사를 끌고 일부러 사람이 많은 쪽으로 가고 있지 않은가!

잠깐 동안은 누가 본 사람이 없는 상태에서 골목 밖으로 끌려 나왔는데, 드디어 이 광경을 길 가는 사람까지 보게 되었다.

"어? 저게 뭐야…… 아니!"

한 사람이 기겁을 하며 오던 길을 되돌아 도망갔다. 그러자 몇 사람이 더 이 모양을 보고 뒤로 물러나면서 피해 도망갔다.

그도 그럴 것이, 그 사람은 거인인데다가 얼굴을 보니 이미 제정신이 아닌 듯 보였고, 더구나 서슬 퍼런 칼을 여자의 목에 대고 있으니 얼마나 무서운가!

공연히 근처에 갔다가 잡히기라도 하면 꼼짝없이 당하고 말 것이다.

"어? 저거! 아이쿠……!"

이제 여러 사람이 밀리며 도망하는 바람에, 모든 사람이 다 알게 되었다. 사람은 구름처럼 모였지만 괴한이 가는 쪽은 급히 피하는 모습.

드디어 괴한은 대합실로 들어서서 한쪽 구석에 등을 대고 섰다.

"야! 누구 없어?"

괴한이 소리 치자 대합실 안의 사람들은 깜짝 놀라 다 도망갔다. 얼마 후 터미널 경비대원 몇 명이 나타나서 대합실 안으로 들어섰는데, 가까이 접근도 못 하고 있었다.

"야, 너희들, 이곳 경비냐? 너, 이리 와!"

괴한이 경비대원 중 하나를 가리키며 다가서자, 그 경비대원은 기겁을 하고 도망쳤다.

"어? 이 새끼! 도망을 가! 야, 그럼 너 이리 와!"

괴한은 다른 경비대원을 가리켰는데, 그도 역시 줄행랑.

괴한은 민여사를 질질 끄는 게 아니라 가볍게 들고, 나머지 경비대원이 있는 쪽으로 재빨리 쫓아다녔는데, 경비대원들은 더 빨리 도망해서 대합실 밖으로 나가 버렸다.

이제 대합실 안에는 다른 사람은 하나도 없었고, 민여사는 거의 실신 상태였다. 대합실 밖에서는 수많은 사람들이 멀찌감치 서서 구경하고 있었다.

"야, 기자를 불러와…… 경비, 너희들 이리 못 와!"

괴한이 기자를 찾는 것을 보니 아마 무슨 억울한 일이 있는가 보았다.

경찰에는 벌써 연락했는데, 아직 나타나지 않고 있었다. 괴한은 이쪽저쪽을 번갈아 쳐다보더니 민여사를 살펴봤다. 민여사는 실신해 있었다.

"어! 기절했나?"

괴한은 무슨 생각을 했는지 멀찌감치 피해 있는 경비들 쪽으로 몇 발짝 걸어 나오더니 조용히 말했다.

"야, 너희들 중 이 여자 대신할 놈 없어?"

"……."

경비대원들은 아무 말도 못 하고 있었다.

"야, 이 비겁한 놈들아, 한 놈 빨리 안 와! 야, 너 이리 와"

지적 당한 경비는 말을 듣자 아예 없어져 버렸다.

"좋아, 이놈들…… 너희들이 대신 오지 않으면 이 여자를 죽여 버린다, 정말이야!"

괴한은 연약한 여자라서 그러는지, 인질이 기절해서인지 알 수 없었으나 인질을 바꾸려 하고 있었다. 그러나 이 상황에서 누가 나서겠는가!

괴한은 술을 마시고 흥분해 있는 상태이므로, 자칫하면 목이 달아날 판이다.

"야, 이 새끼들아! 열 셀 때까지 아무도 안 오면 이 여자를 죽여 버린다. 하나…… 둘…… 셋!"

괴한은 칼을 여자 목에 바싹 대었다.

"일곱…… 여덟……."

괴한이 하는 짓거리를 보면 정말로 여자의 목을 베어 버릴 것 같았다.

"아홉……."

일촉즉발의 순간이었다. 이제 여자는 죽는 것일까?

"잠깐!"

위기의 순간에 기적 같은 목소리가 들려 왔다.

군중은 숨소리를 죽이고 목소리가 어디서 나왔나를 살폈다. 목소리는 작고 가냘픈 것이었지만, 그래도 이 순간에는 벼락 소리보다 더 크게 느껴졌다.

괴한도 숫자 세는 것을 멈추고 목소리의 주인공이 어디 있나를 살폈다. 군중이 잠시 술렁이는 가운데, 드디어 목소리의 주인공이 나타났고, 군중은 다시 조용해졌다.

나타난 사람은 스물을 갓 넘긴 듯 앳되 보이는 청년이었는데, 체격으로 봐서 말하자면 잡혀 있는 여자보다 더 연약해 보였다.
청년은 괴한 앞으로 대뜸 걸어왔다. 군중은 숨을 죽이고 사태의 추이를 초조하게 지켜보고 있었다.
"그 여자 놔주세요!"
청년의 목소리는 작지만 분명했다.
"음? 그럼, 네가 대신 인질이 될래?"
괴한은 이렇게 물었지만, 청년이 이미 괴한 가까이 와 있었기 때문에 그냥 잡아도 되었다. 청년은 고개를 끄덕였다.
"좋아, 그럼 이리 와!"
괴한은 여자를 내려놓고 청년을 잽싸게 다시 감아 쥐었다. 그 모습은 마치 독수리가 작은 먹이를 채 가지고 있는 것 같았는데, 그 먹이는 아에 체념을 한 듯 편안한 모습이었다.
괴한은 다시 청년의 목에 칼을 들이대었다. 그때 군중들이 한쪽으로 갈라지면서 경찰들이 나타났다.
"야, 기자는 안 와?"
괴한은 경찰을 보고 소리 쳤는데, 경찰은 이미 상황을 파악한 듯 달래는 투로 말했다.
"지금 오고 있어! 도대체 왜 이러는 거야?"
"저리 물러서! 너희들한테는 말 안 해…… 기자가 빨리 안 오면 이놈을 죽일 거야!"
괴한은 경계를 풀지 않고 기다리는 자세를 취했다. 잠시 후 사복 차림의 건강한 형사들이 몇 명 도착했다.
"너희들은 뭐냐?"
괴한은 청년의 목에 칼을 더욱 바싹 대고 물었다. 여차하면 목을 그어 버릴 듯한 자세였다.

"우린 기자다. 할말 있으면 해라."

"정말 기자냐? 어디 증명서를 내놔 봐!"

괴한은 제법 똑똑한 듯, 철저하게 나왔다.

"음…… 그래 좋다."

형사들은 약간 망설이며 증명서를 꺼냈다. 필경 경찰 증명서일 것이다.

"자, 보라구!"

"이리 가까이 가지고 와!"

괴한은 고개를 숙여 증명서를 들여다봤다. 그러자 칼은 목에서 조금 벗어나 있는 상태가 되었다. 순간, 형사 하나가 번개같이 달려들었다.

"야…… 앗!"

그러나 괴한이 더 빨랐다. 괴한은 달려드는 형사를 발길로 차면서 칼을 휘둘렀다. 인질로 잡혀 있던 청년은 칼에 복부가 찔리면서 주저앉았고, 이어 괴한은 달려들던 형사의 팔을 그어댔다.

그러나 형사 세 명이 덮치면서 괴한은 칼을 놓치고 잠시 버티다가 결국 체포되고 말았다.

"빨리 앰뷸런스를 불러!"

경찰을 쓰러진 청년을 부축하는 한편, 기절해 있는 민여사의 상태를 살폈다. 팔을 베인 형사 한 사람도 겨우 지혈하고 있었는데, 복부를 찔린 청년은 중태였다.

사람들은 주변에서 가까이 몰려들었다.

"저리들 비켜요!"

경찰은 소리 쳤다. 그래도 군중들은 물러나지 않았다.

정작 필요할 때는 나서는 사람이 없더니!

한참 만에야 앰뷸런스가 도착했고, 다친 사람들은 급히 병원으로 이

송됐다.

　이렇게 해서 대낮의 인질극 소동은 끝났고, 구경하던 군중들은 흩어져 갔다.

　민여사는 병원으로 실려 가는 도중, 응급 조치를 받아 이미 의식을 회복했고, 병원에 도착해서 얼마간 누워 있자 남편이 왔다. 남편은 경찰로부터 자초지정을 듣고 난 후 즉시 부인을 데리고 나왔다.

　민여사는 아직 충격으로부터 벗어나지 못한 상태여서, 당시 상황을 조사받을 수 없었다.

　민여사는 자신이 어떻게 해서 괴한으로부터 벗어났는지 생각할 겨를도 없이 남편에게 의지해서 집으로 돌아왔다.

　민여사가 지금 받고 있는 충격은 두 가지인데, 첫째는 여인으로서 거친 괴한에게 몸이 잡혀 이리저리 끌려 다니며 수많은 사람들이 보는 앞에서 수모뿐만 아니라, 목숨이 위태로울 뻔했던 점이다. 누구라도 칼에 목이 그어진다는 것은 생각만 해도 끔찍한 일이었다. 민여사는 탈진 상태에서 자주 몸서리를 쳤다.

　그리고 둘째는 하필 그런 일을 당한 사람이 민여사 자신이었느냐 하는 점인데, 이는 민여사로 하여금 자신의 운명이 좋을 것이라는 믿음을 송두리째 빼앗아 가 버렸다.

　민여사는 갑자기 산다는 것 자체가 무서워서 견딜 수가 없었다.

　오늘 같은 사건은 민여사로서는 평생 겪어 보지 못했던 것인데, 고귀한 여인으로서의 자존심과 운명에 대한 자부심이 여지없이 무너지고, 연약한 인간으로서 견딜 수 없는 공포를 느꼈던 것이다.

　민여사는 의사가 와서 잠을 재웠다. 의사는 잠을 자고 나면 괜찮을 것이라고 하지만, 오래갈 것이다.

　어느덧 이틀이 지나갔다. 그 동안 의사가 수시로 보살피고, 친지들도 다녀가고 해서 민여사는 겨우 안정을 찾았다. 현재 그녀의 마음 속에서 괴한과 칼에 대한 충격은 급격히 사라지고 있었다.

이는 민여사 자신이 그 사건을 애써 잊으려 할 뿐 아니라, 달리 마음을 안정시키는 법을 평소에 터득해 두고 있어서, 이것이 효과를 보고 있기 때문이었다.

그러나 민여사의 마음 속에 절대로 잊혀질 수 없는 충격이 있는데, 그것은 운명에 관한 것으로서, 자신의 운명 속에도 이와 같은 위험이 도사리고 있다는 사실이다.

이러한 일이 한 번만 있으라는 법은 없지 않은가!

운명에 대한 이러한 공포는 민여사가 지금까지 살아오면서 한 번도 가져 보지 못한 것인데, 그녀는 언제나 자기는 좋은 운명을 가지고 태어났다는 사실을 믿고 살았던 사람이기 때문이다.

그런데 그 믿음은 사라졌고, 민여사의 마음 깊숙한 곳에 무서움이 도사리고 있는 것이다. 민여사는 자기도 모르게 눈물을 흘렸다.

"이젠 괜찮아, 별일 아니야. 액땜한 것이라고……."

남편은 제법 그럴 듯하게 위로했지만, 민여사의 깊은 속은 남편으로서도 알 길이 없었다.

또다시 하루가 지났다.

민여사는 바깥 출입을 하지 않았지만, 집 안에서 여느 때처럼 생활하면서 외적 충격에서는 거의 벗어났다. 민여사의 회복은 빨랐다, 단지 민여사만이 가지고 있는 운명의 상처 외에는.

오후에 경찰관이 왔다. 남편은 아직 안 된다고 했지만 민여사는 자청해서 조사에 응했다.

"이쪽으로 오세요."

"네……."

경찰관은 미안해하면서 민여사가 권하는 자리에 앉았다.

"자, 그럼, 몇 가지 묻겠습니다."

경찰관의 물음은 형식적인 것부터 시작되었다.

"이름은?"

"민현정."

"나이는?"

"34세입니다."

"터미널에는 왜 갔습니까?"

"배웅을 갔었습니다."

"그 범인을 처음 본 곳이 어디지요?"

"주차장 앞 골목길입니다."

"……."

경찰관은 자질구레한 것을 상세하게 물어 왔다. 남편은 민여사에게 그 당시의 충격이 되살아날까 봐 몹시 걱정했지만, 민여사는 끝까지 별일 없이 차분하게 조사에 응했다.

"고맙습니다. 그럼 몸조리하십시오."

경찰관은 조사를 다 마치고 자리에서 일어났다. 그러자 민여사는 마침 생각이 났다는 듯이 떠나려는 경찰관을 불러 세웠다.

"그런데, 저…… 한 가지 물어 볼 것이 있는데요."

"……?"

"그날 제가 어떻게 해서 괴한으로부터 벗어났지요?"

"네? 아직 모르셨나요? 허, 그것 참!"

경찰관은 가볍게 놀랐다. 그날 일을 꼭 알아야 한다고 생각하는지…….

민여사는 경찰관의 태도를 의아스럽게 생각했지만 흥미를 느꼈다.

"어떻게 된 건데요?"

"아직 모르고 계시다니, 자세히 얘기해 드리지요…… 부인은 구사일생으로 살았어요."

경찰관은 다시 자리에 앉아서 진지하게 그 당시 상황을 말하기 시작했다.

"그러니까, 그 청년 이름이 전영민이지요. 나이도 어린데 대단히 용감한 사람입니다. 나도 경찰 생활 많이 해 봤지만 그런 사람 처음입니다. 그 청년은 처음부터 구경꾼 틈 속에 있었지요."

"…… 이렇게 된 겁니다."

경찰관의 얘기를 다 듣고 난 민여사는 너무나 놀라서 말문이 막혔다.

'그런 일이 있었다니! 그 청년이 나를 구했구나. 자신의 위험을 무릅쓰고…… 세상에!'

민여사는 속으로만 생각을 진행시키면서 만감이 교차하고 있었다.

'용감하구나, 하늘이 보냈어! 그 사람이 많이 다쳤다는데…….'

민여사가 넋이 나간 듯 생각에 몰두하자 남편도 잠시 말문이 막혔다.

"자…… 그럼, 가보겠습니다."

"네, 고맙습니다. 그런데 그 청년은 지금 어떤 상태인가요?"

"중태입니다. 죽을지 살지는 며칠 더 지나 봐야 안답니다."

경찰관이 떠나갔다.

민여사는 어지러운 마음을 수습하기 위해 잠을 청했다. 너무 엄청난 얘기를 들어서 도저히 감당할 수가 없었다.

'내 운명…… 용감한 청년…… 생명의 은인…… 하늘이 보낸 사람…….'

민여사는 무언지 모르는 안도감과 신비감을 느끼면서 잠 속으로 빠져들었다.

저녁때 의사가 또 한 번 다니러 왔을 때에, 민여사는 잠시 깨어나 건강한 모습과 미소를 보여 주고는 또다시 잠이 들었다. 의사는 이제 민여사가 완쾌되었다고 선언하고 돌아갔다.

민여사는 다음날 아침 일찍 일어났다. 이는 평소의 습관 그대로인데, 여느 때보다 더욱 건강해진 듯 명랑하게 남편의 아침상을 준비하는 등 모든 면에서 정상을 회복했다.

남편은 편안한 마음으로 출근하고, 민여사는 며칠 만에 외출을 했다. 민여사가 차를 몰아 처음으로 찾아간 곳은 마장동 터미널이었다. 사건 현장을 찾아간 것이다.

민여사는 차를 사건 당일 주차했던 곳에 다시 주차시키고, 그 골목길을 걸어서 대합실까지 찾아갔다.

사람은 누구나 충격을 받았을 때 그것을 완전히 제거하기 위해서는 그 충격을 외면하기보다는 부딪쳐서 소화시키는 것이 낫다. 민여사는 이것을 평소 공부로써 깨닫고 있었기 때문에 지금 그대로 실행하고 있는 것이다.

그러나 민여사가 그곳을 다시 간 것은 단순히 충격을 소화하기 위해서만은 아니었다. 민여사는 왠지 사건 현장을 다시 보고 싶었고, 거기에서 운명의 신비를 느끼려는 것이었다.

민여사는 터미널 근방에서 얼마간 있다가, 차를 다시 경찰병원으로 몰았다.

이번에는 생면의 은인을 만나려는 것이다. 지금 민여사의 마음은 며칠 전 충격과 비관에 빠져 있을 때와는 아주 색다른 생각으로 가득 차 있었다.

그것은 새로운 희망 같은 것으로서, 민여사는 경찰관으로부터 자기를 구해 준 영민이라는 청년에 관한 얘기를 듣는 순간, 사건이 갖는 의미를

꿈의 예시(豫示) / 23

재해석하고, 운명에 대한 자부심을 회복했던 것이다.

원래 민여사는 사건으로 인한 직접적인 충격보다는 그것으로 인하여 운명의 불신이라는 더 큰 충격을 받았었는데, 청년의 등장으로 모든 것이 반전된 것이다.

민여사의 지금 생각은, 자신이 특별한 운명을 가지고 있기 때문에 비록 위기에 처할지라도 행운의 신神이 구원을 해 주게 되어 있는 것이다.

민여사가 이렇게까지 생각하는 것은 물론 자기 도취일 수도 있지만, 사실 그토록 극적으로 구원받게 되는 경우는 상상도 할 수 없이 기묘한 것이다.

누가 자신의 목숨을 이유 없이 내걸어 생면 부지의 사람을 구하려 하겠는가? 이는 민여사가 지나치게 운이 좋은 사람이라고밖에 볼 수 없다. 누가 생각해 봐도 그럴 것이다. 그러므로 민여사가 자신을 운이 아주 좋은 사람이라고 단정하는 것은 지극히 자연스러운 생각이다.

차는 경찰병원으로 들어섰다. 민여사는 안내를 통해 쉽게 청년의 병실을 알아내고, 다시 병원을 나와 꽃을 한 다발 샀다. 꽃은 노란색의 프리지어로 아주 청초한 것인데, 이는 민여사가 좋아하는 꽃이었다.

병실은 이층에 있었다. 민여사가 조심스럽게 청년의 병상에 가보니 옆에 지켜 주는 사람은 아무도 없었고, 청년은 잠들어 있는 듯했다. 민여사는 꽃을 옆에 놔두고 조용히 물러나왔다.

밖에 나와서 간호사에게 물어 본 바에 의하면 청년은 위기를 넘기고 회복을 기다리는 중이라고 한다. 다행이었다. 민여사는 마음 속으로 하루바삐 쾌유하기를 빌었다.

간호사가 민여사에게 누구인지를 묻자, 민여사는 친척이 된다고 대답했다. 간호사는 고개를 갸우뚱했다. 간호사에 말에 의하면, 이 청년이 병원에서 사경死境을 헤매고 있는 며칠 동안, 찾아온 사람이 아무도 없다고 한다.

'그래? 이상한데…… 왜 아무도 안 왔을까?'

민여사는 속으로 몹시 궁금해하면서 병원을 나섰다.

청년은 이로부터 세 시간 후 잠에서 깨어나 간호사로부터 누가 다녀갔다는 소식을 들었다.

"친척이라는 분이 다녀가셨어요."

"네?"

청년은 겉으로 별 반응이 없었다. 그러나 속으로는 찾아온 사람이 누군지 짐작하는 것 같았다.

'터미널의 그 여자가 찾아왔었나 보지?'

청년은 옆에 놔두고 간 프리지어 꽃을 흘깃 쳐다보고는 별말 없이 간호사가 준 약을 먹었다. 그러고는 다시 잠을 청하는 것이었다.

간호사가 보기에 청년의 행동은 참으로 무감각해 보였다. 사람은 대개 누가 찾아왔었다고 하면 어떤 사람이었느냐고 묻기 마련인데, 이 청년은 귀찮은 것인가? 아니면 성격이 원래 그런 것인가?

간호사는 혼자 미소를 짓고는 병실을 나갔다. 다음날 민여사는 또다시 병원을 찾아갔다. 청년은 이번에도 자고 있었는데, 민여사는 기다리기로 했다. 시간이 한참 지나고 간호사가 들어왔다. 약을 먹일 시간인가 보다.

"오셨군요!"

간호사는 민여사를 알아보고 인사를 건넸다. 민여사도 미소를 지으며 가볍게 고개를 숙였다.

"이 약을 먹이세요, 지금."

간호사는 청년의 약을 민여사에게 맡기고 즉시 나갔다. 동시에 청년은 눈을 떴다.

"……"

"안녕하세요? 누군지 아시겠어요?"

민여사는 인사를 하면서 상냥한 표정을 지었다.

"그분이시군요……."

청년은 민여사를 단번에 알아본 듯했지만, 별 표정을 짓지 않고 말없이 있었다.

"저, 이 약부터 드시지요."

민여사는 청년이 무표정한 데 약간 민망했지만, 미소를 지으며 약을 건네 주었다. 청년은 약간 자세를 높이고는 약을 왼손으로 받아 쥐었다. 청년은 오른팔을 사용하지 않았는데, 아마 오른쪽 어딘가에 상처를 입은 것 같았다.

민여사는 이것을 보고 즉시 물을 따라서 들고 있자, 청년은 왼손으로 약을 입에 넣고 다시 그 손으로 물을 받아 약을 삼켰다. 순간, 민여사는 이 청년에게 직접 물을 먹여 주고 싶은 충동이 일어났다.

얼마나 고마운 사람인가! 남을 구하다가 자신의 몸을 다치고, 이렇게 불편하게 약을 먹다니!

그런데 이 사람의 가족은 없는 것인가?

청년의 모습은 총명하고 곱게 생겼지만, 어딘지 모르게 나약해 보였다. 용기가 나올 구석은 전혀 보이지 않았다.

'약하게도 생겼구나…… 나이도 어리고…… 도대체 그 용기는 어디서 나온 것일까?'

민여사는 청년이 존경스럽고 측은하게 생각되었다. 청년은 민여사의 이런 생각은 아랑곳하지 않고 다시 잠을 자려는지 한 손으로 담요를 잡아 올렸다. 민여사는 더 말을 걸까 하다가 그만두었다.

청년은 조용히 눈을 감았다. 몸이 불편한 것일까, 아니면 멋쩍기라도 한 것일까?

민여사는 고개를 갸우뚱하고는 병실을 나왔다. 청년은 민여사가 나가자 다시 눈을 뜨고 한동안 무엇인가 생각하는 듯했는데, 이를 보면 일부러 민여사를 피하는 것이 분명했다.

민여사는 병실을 나오자 간호사에게 가서 청년의 인적 사항을 물어보았다.

"네? 친척이라면서 그것도 모르세요?"

"저, 실은 친척은 아니고······."

민여사는 간략하게 사건 경위를 설명해 주었다.

"어머! 그런 사람이에요? 범인犯人인 줄 알았는데······."

간호사는 놀라면서 재미있어 했다.

범인? 세상에!

간호사는 경찰이 몇 번 다녀간 사실을 알기 때문에 그렇게 생각했는가 보았다. 민여사는 대꾸하지 않고 인적 사항을 몇 가지 알아보고는 즉시 병원 문을 나섰다.

'청년의 이름은 전영민, 나이는 23세, 주소는 화양리 173—2, 혈액형은 B형.'

민여사가 청년에 대해 알아본 것은 이것이 전부였다. 민여사는 차를 집으로 몰면서 청년에 대해 생각해 보았다. 우선 성격면에서 볼 때 이 청년은 사람을 반겨하지 않고 무감정한 것 같았다. 그리고 몹시 고독해 보였다.

찾아오는 사람도 없는데, 만약 병원에서 죽었다면—.

민여사는 놀라면서 고개를 저었다. 그렇다면 얼마나 억울하고 불쌍한 일이냐!

'그 청년이 죽지 않은 것은 천만 다행이야, 고마운 사람······.'

민여사는 다시 한 번 청년의 은혜를 감사하며 자신의 운명을 생각했다. 차는 신촌 로터리를 지나 서강 쪽으로 통하는 길로 들어섰다. 민여사는 일단 생각을 멈추고 음악을 들었다. 마음을 차분하게 하기 위해서였다.

차는 잠시 후 집에 도착했고, 민여사는 집에 들어서자 곧장 자기 방으로 들어갔다. 민여사의 마음 속에는 지금 특별한 생각이 하나 떠올랐다. 그것은 청년의 나이인데, 23세라면 자기와는 11년 차이…… 만약 민여사 동생이 살아 있다면 동갑이었다.

'그것 참 묘하구나, 동생하고 나이가 같다니! 그렇다면…….'

민여사는 이런 생각을 하면서 갑자기 며칠 전 꿈이 떠올랐다.

'그렇지! 어머, 신기하구나.'

이 순간 민여사는 꿈의 의미를 단숨해 해석해 버렸다. 그날 꿈은 공교롭게도 현실과 너무나 비슷한 게 아니냐!

아니, 꿈은 바로 현실을 그대로 예시豫示한 것이었다. 그렇다, 틀림없다!

민여사는 허공을 응시하며 차분히 꿈을 다시 한 번 음미했다.

꿈에 묶여 있었던 것은 괴한에게 잡혀 있는 것을 뜻한다. 줄이 풀어졌다는 것은 그 청년, 영민이라는 사람이 나타나서 구해 준 것이다.

꽃은? 이는 전화위복이란 뜻이다. 그리고 하늘이 나의 운명을 축복해 주는 것이다. 나중에 동생이 나타났다. 청년은 동생과 나이가 같다. 하늘이 동생을 대신해서 보내 준 구원의 사자이다. 꿈에 동생이 피를 흘린 것은 바로 영민이란 청년이 다친 것을 의미한다.

그리고…… 그렇지!

민여사는 여기까지 생각한 다음 박수무당이 해몽해 준 말을 떠올렸다.

동생이 자기를 위하다 피를 흘렸다? 이는 맞는 말이다…… 그러니 이제는 동생을 위할 차례입니다. 천도 굿을 해야지요—.

천도 굿이 아니다. 현실에서 도와야 한다. 그 청년은 내 동생이나 마찬가지이다.

그렇다, 그 청년을 동생으로 삼고 보살펴 주어야겠다……. 민여사는 이러한 생각을 스스로에게 굳게 다짐했다.

　지금 현재 민여사에게는 형제가 없다. 오직 어머니 한 분만 있을 뿐…….

　민여사가 좋아하던 하나밖에 없는 동생은, 아버지와 함께 같은 날 사고로 죽었다. 불과 3년 전 일이다. 민여사는 이 사건으로 인해 운명이란 것에 심취한 것이지만, 마음 한 구석에는 언제나 외로움이 잠재되어 있었던 것이다.

　물론 인품 좋은 남편에게 지극한 사랑을 받고 있어서 큰 불행은 못 느끼지만, 형제의 정이란 남편의 사랑과는 좀 다른 것이다. 더구나 결혼을 하고 나서 아버지와 동생이 갑자기 사고로 죽었다는 것은 더욱 슬픈 여운을 남기는 것이다.

　자신이 떠나자, 가족이 죽는다…….

　생각하기에 따라서는 자기가 보살피지 못해서 죽었다고 생각할 수도 있다. 자기가 떠나지 않고 집에 있었으면 운명이 바뀌지 않았을까?

　민여사가 이렇게까지 생각해 본 것은 아니지만, 얼핏 그 비슷한 생각이 떠올랐던 적은 많았다. 그만큼 아버지와 동생을 좋아했던 것이다.

　그런데 3년 세월이 지난 지금, 사고로 자신이 죽을 뻔했다가 기적적으로 살아났다! 이는 동생의 가호가 아니고 무엇이겠는가!

　게다가 하늘은 당일 꿈에 예시까지 해 주었다. 모든 것이 부합된다.

　민여사는 이제 어려운 생각은 그만두고 좋은 기분을 가지려고 노력했다. 음악을 듣고, 친구에게 전화를 하고, 생활에 관심을 가지면서…….

　병원에는 거의 매일 찾아갔다. 그러는 중 청년하고도 차츰 대화가 성립되고, 나중에는 의사가 소통되면서 점점 친밀해지기 시작했다.

　이로부터 세월은 흘러 2년이란 시간이 지나갔다.

영민의 정체

영민이는 계절이 가을로 접어들자, 삶 그 자체에 대한 부담이 훨씬 가중되었다. 머지않아 졸업식이라, 어머니는 편지를 보낼 때마다 졸업식에 대해 얘기하였고, 졸업식에 참석할 그날이 기다려진다고 했다.

아들의 대학 졸업식에 그 어머니가 참석하고 싶어하는 것은 지극히 당연한 일이다. 영민이는 삼대 독자인데다 더구나 아버지 없이 기른 자식이니 얼마나 대견한 일이겠는가!

그러나 문제는 영민이가 진짜 학생이 아니라는 데 있다.

실은 이렇다. 영민이는 어머니가 알기에는 4년 전 K대 법학과에 입학하여 그간 훌륭한 성적으로 무사히 대학 과정을 수료하고, 이제는 벌써 졸업 때가 된 것이다.

그런데 영민이는 대학이란 곳에 입학이란 것을 일찍이 해 본 적이 없다. 도중에 그만둔 것이 아니라, 처음부터 학생이 아니었던 것이다.

영민이는 6년 전에 서울에 올라와 2년 연속 대학 입시에 낙방하고 3년째 되던 해엔 할 수 없이(?) K대에 거짓 입학한 것이다. 영민이는 재수생 노릇을 2년간 했다.

이것만은 사실이다. 학원도 다니면서 열심히 공부했다. 그러나 입시에는 번번이 실패했다. 그래서 하는 수 없이 입학 아닌 입학을 하게 된 것이다. 다행히 어머니는 세상 물정에 지나치게 어두워서, 서울이란 먼 세상에서 아들이 대학에 들어갔다는 것을 검증할 필요가 없었다.

어머니는 마을 사람들을 모아 놓고 잔치를 벌였다. 어머니의 어리석음을 논할 필요는 없다. 영민의 어머니는 스스로가 아주 선善한 사람일 뿐 아니라 모든 사람들을 선하게 보는 사람이다.

지금은 남편이 죽고 오로지 자식 하나 잘되기를 빌면서 살고 있는데, 영민이는 아직까지 잘될 기미가 전혀 보이지 않는다. 잘될 기미는커녕 날이 갈수록 약해지고, 천해지고, 나쁜 재주만 점점 더 습득해 가고 있는 것이다.

영민이가 특히 소질이 있는 것은 사람을 속이는 일인데, 어느 때는 자기 자신마저 속을 때가 있다. 예를 들어, 시험 때가 되면 소위 시험 공부라는 것을 하는데, 남이 볼 때만 공부하는 척하는 게 아니라, 사람이 떠나고 나서도 한참 동안 공부를 하다가 뒤늦게야 자기는 공부해서 치를 시험이 없다는 현실을 깨닫곤 하는 것이다.

더 심한 예도 있는데, 언젠가 남을 교묘하게 속여 보내고서는 남이 자기의 진심을 너무나 몰라준다고, 혼자서 통곡한 적도 있었다.

아무튼 영민이의 인생은 잘못된 인생의 표본이었다. 물론 영민이에게도 몇 가지 훌륭한 점이 있기는 했다.

그것은 첫째, 지칠 줄 모르는 부지런함인데, 영민이는 잠들기 전까지는 잠시도 쉬지 않고 무엇인가를 열심히 했다. 요는 진실되고 선한 일에 부지런하지 않기 때문에 문제일 뿐이다.

그 다음은 용기로서, 영민이는 대체로 비굴하거나 연약한 편이지만, 어느 때는 한없는 용기가 분출된다. 이때는 그야말로 범인凡人이 따를 수 없는 용기가 자신도 모르게 분출한다. 이는 아마 흥분을 잘 하는 성격 때문에 돌발적으로 나타나는 병적인 행동인지도 모른다.

영민이는 오늘 잘 차려 입고 하숙집을 나섰다. 날씨는 화창하고, 하늘은 드넓고 깨끗했다. 영민이가 내려오는 언덕길 좌우에는 자그마한 가겟집들이 줄지어 서 있었다.

이 길목은 화양리 동쪽의 작은 시장으로, 영민이는 이 동네에서 6년간이나 살았다. 길은 완만하게 아래쪽으로 내려가면서 정육점·잡화점·옷가게·문방구 등이 나타나고, '처녀보살'이라고 쓰여 있는 점치는 집도 보였다.

그러나 영민이는 이런 가겟집 간판은 전혀 보지 않고 마주 오는 사람의 얼굴만 가끔 볼 뿐 걸음을 빨리해서 부지런히 걸었다. 잠시 후 영민이는 큰길 가에 도착했다. 도로에는 다니는 차가 많지 않았다. 시계를 보니 민여사가 도착할 시간이 거의 다 되어 있었다. 영민이는 버스 정류장 위쪽인 한산한 공터 앞에서 기다렸다.

마음은 언제나처럼 즐거웠다. 영민이는 대체적으로 생활 모두가 즐거운 편이었지만, 특히 민여사를 만날 때가 가장 즐거웠다. 영민이는 원래 여자와 마주하는 일을 아주 싫어하는데, 민여사에 대해서만은 예외였다.

영민이가 이 세상에 또 한 사람 좋아하는 여자가 있다면, 그것은 그의 어머니였다. 그 외에는 젊은 사람이든 나이든 사람이든 여자라면 무조건 싫어했다.

영민이는 아주 잘생기고 순수한 매력도 있어서 여자들이 많이 따르는 편이었지만, 한 번도 그 여자들에게 마음을 줘본 적은 없었다. 이유는 모르겠지만, 영민이는 철들면서부터 여자를 싫어했던 것이다. 그래서 여자들이 모여 있는 자리에는 아예 가려고 하지 않고, 부득이한 경우라도 최소한으로만 상대할 뿐 재빨리 피하곤 했다.

그런데 이상하게도 민여사하고만은 그리 어렵지 않게 사귈 수 있었고,

세월이 갈수록 점점 더 진심을 갖고 대하기에 이른 것이다. 아직 민여사에게 자신이 가짜 대학생이라는 것을 밝히지는 못했지만, 그 외의 거짓말은 하지 않았다.

이것은 영민이로서는 아주 희한한 일인데, 사람이 아무리 거짓말쟁이라 할지라도 누군가에게는 진실로 대하게 마련인가 보다.

영민이가 이렇게 변한 데에는 물론 민여사의 정성에 힘입은 것이겠지만, 원래 영민 자신이 외로운 사람이었기 때문인지도 모른다. 영민에게 가족이라고는 어머니 한 사람밖에 없었고, 그나마도 어머니하고 6년이나 떨어져 살고 있는 것이다.

그래서 영민이는 민여사에게 더 의존하고 있는 것이겠지만, 이는 참으로 운명적이라 할 만했다.

영민이가 민여사를 안 지는 2년이나 지났건만, 민여사는 언제나 새로운 사람이었다. 지금의 영민이에게 민여사는 일종의 구원이고 행복이었다.

인생에 달리 보람된 일을 하고 있지 않은 영민은 오직 민여사에게 의지함으로써 인생의 다른 문제는 거의 잊고 지내는 것이다. 이것은 크게 문제가 안 된다고 볼 수는 없을 것이다. 그러나…….

민여사는 정각이 조금 지나서 나타났다. 저쪽 아래에서 검은색 승용차가 가까이 오자 영민이의 마음은 기다리던 긴장에서 행복한 떨림으로 바뀌었다.

차는 잠깐 정차했고, 영민이가 앞문을 열고 잽싸게 올라타자, 그대로 출발했다.

"잘 지냈니?"

가슴 속까지 시원한 민여사의 맑은 음성이었다.

"네, 누나도 잘 지내셨어요?"

두 사람은 서로 가볍게 인사를 나누었고 차는 천호동 방향으로 달렸다.

영민이는 민여사를 만났을 때만은 약간 부끄럼을 타고, 말도 좀 더듬는 편이다. 이는 진심으로 민여사를 좋아하기 때문인데, 민여사도 영민의 이런 순진한 면을 좋아하고 있었다.

차가 광진교를 건너 천호동 약수터를 지나자 속도가 높아졌다. 민여사는 운전을 아주 잘하는 편이었고, 언제나 주어진 조건에서 최대 속력을 냈다. 그렇다고 성급하거나 위험하게 운전하는 것은 아니었다.

단지 시원시원하게 운전하는 것뿐인데 판단력이 빠르고 아주 합리적이었다. 게다가 민여사는 침착한 사람이었다. 이는 운전뿐 아니라 모든 면에서 그러한데, 성급하고 경솔한 영민의 성격과는 아주 대조적이었다. 이래서 영민이는 민여사를 더욱 존경하고 따르는지도 모른다.

오늘 민여사는 붉은색 블라우스에 선글라스를 끼고 화장을 진하게 했다. 이 모든 것이 영민이가 좋아하는 스타일이다. 붉은색 블라우스는 섹시하게 보이고, 선글라스는 활동적으로 보이며, 짙은 화장은 신비하게 보인다.

차는 시원한 논길을 달려 어느덧 남한산성에 도달했다. 여기가 목적지인 것이다. 민여사는 차를 세우고 잠시 그대로 앉아 있었다. 평일이라서 산을 올라가는 사람은 많지 않았다.

"영민아, 여기 어떠니?"

민여사가 다정한 표정을 지으며 빤히 바라봤다.

"네? 네…… 좋은데요."

영민이는 산이면 무조건 좋았다. 두 사람은 당초 이곳에 오기로 약속한 것은 아니었다. 민여사와 만날 때는 언제나 그랬었지만 오늘도 즉흥적으로 이곳에 도착한 것이다. 물론 민여사의 마음은 사전에 이곳에 오려고 작정했을 것이다.

민여사는 차창 밖으로 주변을 살피며 무엇인가 잠깐 더 생각하더니, 이윽고 밖으로 나왔다. 청량한 공기가 가슴을 시원하게 해 주었다.

영민이는 민여사가 준비한 도시락 가방을 챙겼다. 산으로 올라가는 입구는 조금 위쪽에 보였는데, 그곳까지는 넓은 평지였다. 옆에는 자그마한 기념품 가게가 하나 보이고, 저쪽 길목에는 참새점을 치는 아줌마가 앉아 있었다.

새점은 새가 새장을 나와 종이 쪽지 하나를 골라내는 것인데, 새가 거의 10미터나 날아서 종이 쪽지를 부리로 톡 쳐내는 것이 아주 신기했다.

우선 새가 새장을 열었을 때 도망가지 않는 것이 신기하고, 종이 쪽지를 골라내고 다시 새장으로 돌아가는 것은 더욱 신기하였다. 점이 맞고 안 맞고는 전혀 상관 없다. 새의 움직임이 재미있는 것이다.

"어머!"

민여사는 반갑게 놀랐다.

"우리 저거 한번 해 볼래?"

민여사는 영민이의 대답을 듣지 않고 벌써 그쪽으로 걸어갔다. 영민이는 원래 점이라는 것을 한 번도 쳐본 적이 없었다.

민여사는 영민이가 뒤따라오는 것을 기다려 새 주인에게 복채를 지불했다. 새 주인은 돈을 받자 새장 문을 열었다. 그러자 새는 새장 문을 총총 걸어서 나오더니 어김없이 종이 쪽지가 있는 곳으로 날아가서 부리로 쪽지 하나를 물었다.

그러고는 다시 새장으로 돌아갔다. 새 주인은 좁쌀 한 알을 먹여 주고는 새를 다시 새장에 가두었다. 새가 종이 쪽지를 골라낸 보상은 좁쌀 한 알이었다.

민여사는 점괘가 씌어져 있는 종이 쪽지를 새 주인으로부터 받았다.

"영민이도 한번 해 봐!"

민여사는 종이 쪽지를 읽기 전에 영민에게도 새점을 권했다.

"아니에요, 난 괜찮아요."

영민이가 사양했다.

민여사는 영민이를 애교 있게 한번 쳐다보고는 종이 쪽지를 펴서 읽었다. 그러더니 얼굴을 약간 찡그리며 고개를 갸우뚱했다. 아마 점괘가 나쁘게 씌어 있는 모양이었다.

"어떻게 나왔는데요?"

영민이는 관심도 없었지만 한 마디 말을 걸어 주었다.

"아니…… 뭐, 괜찮아. 산이나 올라가지."

민여사는 종이 쪽지를 보여 주지 않고 산길로 앞장 섰다. 영민이도 별 생각 없이 뒤따라갔다. 길은 가파르지 않았다. 좌측에는 깨끗한 실개울이 쉬지 않고 흐르고, 나무들은 곱게 단풍이 들어 있었다. 두 사람은 각각 생각하면서 한동안 말없이 걸었다. 산에 오면 누구나 무엇인지 모르는 깊고 묘한 기분을 느끼는 모양이다.

길을 좌측으로 꺾이면서 개울물과 교차했다. 두 사람은 돌덩이를 디디면서 개울을 건넜다. 개울은 완만하게 우측으로 갈라져 가고, 길은 위쪽으로 급한 경사를 이루었다. 이제부터 본격적인 산행山行이 시작되는 것이다. 그러나 두 사람은 멈추어 서서 잠시 흐르는 물을 바라보고 있었다.

"여기서 쉴까?"

민여사가 먼저 물었다.

"그게 좋겠는데요."

영민이는 웃으며 즉시 대답했다.

민여사나 영민이는 산에 올라가기 전에 조금 쉬어 두는 타입이었다. 반대로 내려올 때는 쉬지 않고 그냥 지나친다. 두 사람은 금방 의기 투합하고 물가의 바위에 편히 걸터앉았다. 지나가는 사람은 거의 없었다.

"배고프지 않니?"

민여사는 흐르는 물을 한동안 바라보다가 돌연 고개를 들며 말했다. 이는 민여사가 마음 속으로 무엇인가를 생각하며 무심히 던지는 말투였다.

"아니에요, 아침을 늦게 먹었어요. 그보다도 누나, 이제 올라가 볼까요?"

쉴 만큼 쉬었기 때문에 영민이는 힘있게 일어났다.

"글쎄, 잠깐 좀 있어 봐."

민여사는 웬지 머뭇거리는 듯했다.

"누나, 왜 그러세요? 빨리 올라가요."

"음…… 글쎄…… 저…….”

민여사는 확실히 머뭇거렸다. 주위를 살피기도 하고 높은 쪽을 멀리까지 바라보고는 했다. 민여사가 이런 적은 한 번도 없었다. 원래 두 사람은 산에 오면, 서로 먼저 앞장을 서겠다고 높은 곳까지 쉬지 않고 올라갔었다.

그런데 오늘은 이상했다. 영민이는 조금 이상하게 생각했지만 별일 아니려니 하고 무심히 앞장 서서 올라갔다. 그러나 민여사는 몇 발짝 가지 않아서 영민이를 불러 세웠다.

"얘, 영민아! 잠깐 서봐!"

"네?"

"우리 여기 좀 있자! 아니, 저…….”

민여사는 얼굴색이 흐려져 있었다.

"누나, 왜 그러세요?"

"…….”

민여사는 말이 없었다.

"몸이 불편해요?"

영민이는 의아스럽게 생각하며 재차 물었다.

"아니, 그냥…… 영민아…… 안 되겠어. 우리 내려가자."

민여사가 겨우 한 말은 빨리 내려가자는 것이었다.

"누나, 이유나 얘기해 주세요. 왜 그래요?"
"이유는 없어. 그냥 기분이 안 좋아."
"네? 이유가 없다는 것은 말이 안 돼요…… 왜 기분이 나쁘지요?"
"응, 그거, 내려가서 얘기해 줄게. 빨리ㅡ."

영민이는 맥이 탁 빠졌다. 영민이는 무슨 일이든 예정이 바뀌는 것을 아주 싫어하는 성격이었다. 특히 영민이는 산에 오르는 것을 몹시 좋아하는데, 이유도 없이 중단하다니!

"영민아, 여기 좀 앉아. 우리 점심이나 먹을까?"

민여사는 조금 내려오자 아무 일도 없었다는 듯이 태평하게 점심을 먹자고 했다. 영민이는 기가 막혀서 민여사의 얼굴을 쳐다보았다. 그녀는 웃고 있었다.

영민이는 한숨을 쉬며 급하게 물었다.

"누나, 무슨 일이 있으세요?"
"응? 아니…… 별일 아니야."
"별일 아니라니오, 나는 속상한데."
"하하, 속상해? 괜찮아, 밥이나 먹자."

영민으로서는 도저히 종잡을 수가 없었다. 밥이나 먹자니? 이 판국에 밥이 넘어가겠는가? 이유도 없이 돌연 예정을 바꾸고 나서ㅡ.

"밥 생각 없어요, 못 먹겠어요."
"그래? 그럼 우리 내려갈까?"
"네, 내려가요."

차라리 내려가는 게 나았다. 영민이는 내려가면서 이유나 알아 보기로 했다. 영민이의 심정은 아주 난감한 상태였다. 그러나 민여사는 아무렇지도 않은지 노래를 부르며 내려왔다. 종내 이유는 얘기해 주지 않았다.

두 사람은 어느덧 차가 있는 곳까지 내려왔다. 영민이는 말없이 서 있다가 민여사가 차를 타자, 뒤따라 앞문을 열고 차 안으로 들어갔다. 차는 즉시 출발했다. 차가 남한산성 영역을 벗어나 논밭이 있는 직선로까지 나가도록 두 사람은 한 마디 말도 없었다.

민여사는 차의 속도를 높이고 한참 동안 시원하게 달렸다. 영민이는 차창 밖을 보지도 않고 일체의 미동도 없이 눈을 감고 완전히 의자에 기대 있었다.

"영민아……."

민여사는 한참 만에 가만히 불러 보았다. 영민이는 대답하지 않았다.

"얘는, 아직 기분이 안 풀렸니?"

민여사는 흘끗 옆으로 영민이의 얼굴을 보면서 차를 좌측으로 틀었다. 영민이의 몸은 문 쪽으로 밀렸다. 차가 다시 천호동 대로에 들어서며 속도가 줄어들자 영민이는 자세를 바로하고 비로소 말을 꺼냈다.

"누나!"

목소리는 작고 심각했다.

"응?"

민여사는 영민이를 귀엽다는 듯이 한번 쳐다보고는 다시 차의 속도를 높였다. 영민이는 뾰로통한 얼굴로 물었다.

"이유가 뭐지요?"

"하하, 별일 아니래두……."

"나한테는 큰일이에요. 난 답답해서 미칠 것 같아요!"

"걱정 마, 미치게는 안 할 거야."

"그럼 이유를 얘기해 주세요."

"좋아! 그토록 알고 싶다면 할 수 없지. 자, 이게 그 이유야!"

민여사는 한 손으로 운전을 하면서 종이 쪽지 하나를 찾아 영민에게 건네 주었다. 영민이는 무슨 대단한 물건인가 하고 받아 봤는데 뜻밖에

영민의 정체 / 39

도 그것은 새 점괘가 씌어져 있는 종이 쪽지였다. 영민이는 급하게 종이를 펴봤다. 거기에는 작은 글씨로 이렇게 씌어져 있었다.

'당신은 귀인貴人으로서 재물복과 권세가 있습니다. 평생 하는 일이 많고 큰 집에서 살 운명입니다.

운수運數 : 분주하기는 하나 결실이 없다.

재수財數 : 작은 돈은 들어온다.

여행旅行 : 불길하다.

소식消息 : 반가운 친구의 소식을 받는다.

신수身數 : 높은 곳은 불길, 추락의 위험.

건강健康 : 변비, 감기 조심.

기타 : 구설口舌.'

영민이가 보기에는 점괘라는 것이 상투적인 말뿐 특별히 의미 있는 것은 없었다. 필경 아무 소리나 써놓고 새로 하여금 임의로 골라내게 하는 것이리라.

물론 종이 쪽지마다 조금씩 다르게 써놓았겠지만 이는 필연적인 이유에 의해 조합된 글은 아닐 것이다.

영민이는 기가 찼다. 민여사가 뽑은 글은 확실히 나쁘기는 했다. 그러나 그것은 어디까지나 우연히 그런 종이 쪽지를 고른 것일 뿐이지 종이의 글이 정확히 민여사의 운수라고 볼 수는 없다.

그런데 이 글 때문에 민여사가 그토록 신경을 썼단 말인가?

영민이는 너무 어처구니없어서 잠시 동안 말문이 막혔다. 정말 민여사는 이 하찮은 글 때문에 그토록 옹색하게 굴었던 것일까?

"누나, 이 글이 뭐 어때서요?"

영민이는 민여사의 마음을 이미 알아냈지만 혹시나 하고 물어보았다.
"거기에 씌어 있는 그대로야. 신수가 너무 안 좋아……."
"네? 그럼 누나 이 글 때문에 그렇게 한 거예요?"
"응."
"정말이에요?"
"그렇다니까!"
영민이는 웃어야 할지 울어야 할지 몰랐다. 만약 민여사 말대로 그 글 때문이었다면 영민이 자신은 얼마나 큰 피해자인가? 그런 글 따위가 즐거운 등산을 막을 수 있단 말인가?
영민이는 너무 억울하고 화도 났다.
"누나, 정말 어리석네요! 정말 바보예요."
"글쎄? 영민이는 그렇게 생각할 수도 있겠지!"
"내참, 그렇게 생각할 수도 있는 게 아니에요. 누나 같은 사람이 그런 비과학적인 미신을 믿다니……."
"영민아, 그 얘긴 그만하자. 영민이는 아직 도道의 세계를 몰라."
"네? 점占이 도道예요? 점도 점 나름이지, 그 엉터리 같은 새점이 무슨 도예요?"
"그만하자, 영민아…… 미안해."
민여사는 영민이의 말에 납득이 갔는지, 아니면 흥분하는 영민이가 안쓰러웠는지 모르지만 달래는 투로 부드럽게 말했다.
"누나! 다신 그러지 말아요."
영민이도 민여사가 미안하다고 하니까 이쯤에서 그만두기로 했다.
"하하, 그래 알았어."
민여사는 영민이의 손을 살짝 잡았다 놓았다.
차는 광진교를 건너 워커힐을 지나고 있었다.

영민이의 마음은 이제 풀어져 있었다. 단지 한낱 엉터리 점 때문에 즐거운 등산이 결정적으로 방해받은 것은 속상했지만, 그것은 민여사의 정신이 그렇게 생겨 있는 것이니 어쩔 도리가 없는 것이다.

'여자란 참으로 어리석구나.'

영민이는 민여사에 대해 애써 여자이기 때문에 그렇게 어리석다고 생각하고는 그 문제를 잊어버렸다. 차는 화양리 근방에 당도했다.

"영민아…… 이거."

민여사는 봉투 하나를 꺼내 영민에게 주었다. 이것은 돈 봉투인데, 민여사는 영민이에게 종종 학비에 보태라고 돈을 주었다. 영민이는 말없이 그 봉투를 받아 주머니에 넣었다.

미안해하거나 고맙다는 말 따위는 하지 않았다. 그렇게 하는 것이 주는 사람이나 받는 사람에게 모두 편하다. 어설픈 겉치레 인사는 공연히 서로가 민망해질 뿐이다. 지금에 와서는 돈을 받는 것이 아주 자연스런 상태가 되었다.

차는 마침내 영민의 하숙집으로 통하는 언덕 입구에 도착했다.

이제 헤어질 때가 된 것이다. 영민이는 아쉬운 듯한 음성으로 먼저 말을 꺼냈다.

"누나, 언제 또 만날까요?"

"내일 모레."

"어디서요?"

"아침에 전화할게."

"네, 알겠어요…… 조심해서 가세요."

두 사람은 서로 정답게 눈인사를 나누고 영민이는 차에서 내렸다.

민여사는 영민이가 차에서 내리고 혼자 달리게 되자 즉시 음악 테이프를 틀었다. 경쾌한 곡조가 흘러나왔고, 민여사는 율동하는 기분으로 그것을 들었다.

　차는 강변도로로 들어섰다. 민여사는 속도를 높였다. 도로의 좌우에 가로수가 빠른 속도로 계속 지나쳤다.

　민여사의 집은 마포였다. 차는 어느덧 집 근처로 접어들고 있었다. 민여사는 차의 속도를 늦추고 음악을 껐다.

　집은 염리동 큰길 가에서 서쪽으로 조금 들어가 있었다. 집에 도착하자 민여사는 차를 능숙하게 차고에 집어넣고, 대문의 벨을 눌렀다. 그러자 나이 든 가정부가 나와서 문을 열어 주었다.

　"애기 아빠 들어오셨어요?"

　민여사는 남편의 귀가 여부를 물었다.

　"아니오."

　가정부는 공손히 대답했다.

　'그렇겠지! 아직 들어올 시간이 아니지.'

　민여사는 이렇게 생각하면서 앞장 서서 현관문을 열고 들어갔다. 집 안에는 민여사의 하나뿐인 아들이 유치원에 갔다 와 있었고, 민여사 어머니는 자기 방에 누워 있었다. 민여사는 홀어머니를 모시고 있었다. 남편 쪽에도 양 부모가 다 있었으나 그쪽은 아들과 사는 것보다 나가서 지내는 것이 좋다고 해서 그렇게 하고 있는 것이다.

　민여사의 아버지는 사고로 죽으면서, 민여사에게 많은 유산을 남겼다. 그리고 그 유산은 현재 남편의 사업에 큰 몫을 하고 있었다. 민여사는 효녀였고 남편도 아주 잘 받들었다. 자식도 잘 기르고 있다.

　민여사는 어머니 방에 잠시 들어갔다가 나와서, 애를 만나 보고는 먼저 잠을 청하기로 했다. 민여사는 평소에 휴식을 충분히 취하는 편이지만, 일단 행동에 나서면 지칠 줄을 모른다. 민여사는 깊이 잠이 들고 집 안은 조용했다.

소식통

얼마나 시간이 흘렀을까?
갑자기 전화벨이 울렸다.
따르릉―.
마침 민여사가 깰 시간쯤에 전화가 와서 그녀가 직접 받을 수 있었다.
"여보세요."
"응? 언니야?"
전화를 걸어온 사람은 최여사인데, 그녀는 민여사의 대학 선배로서 오래 전부터 친하게 지내는 사이였다.
민여사는 최여사로부터 오는 전화는 언제나 기대를 가지고 받았는데, 그것은 최여사가 민여사와 정확히 일치하는 취향을 하나 가지고 있기 때문이다.
게다가 최여사는 그 방면에 넓은 소식통(?)도 가지고 있다. 물론 점에 관한 정보 말이다.
"웬일이세요? 이렇게 오랜만에……."
"뭐가 웬일이야? 심심해서 걸었어!"

최여사는 자신 있는 말투였다. 이는 틀림없이 무슨 재미있는 정보(?)를 얻은 것이다. 민여사는 잠이 확 달아났다.

"네에…… 어떻게 지내셨어요?"

민여사는 짐짓 태평한 척했다. 그래야만 최여사가 더 급해지기 때문이다.

최여사가 이번에 전화를 걸어온 것은 간격이 좀 길었다. 보통 일주일에 두 번 이상은 걸어 오는데, 지금 전화는 거의 3주 만이었던 것이다. 그 동안이라면 어디서 소식을 얻어 올 만도 했다.

"오늘 시간 있니?"

최여사의 목소리는 아주 차분했다.

"네…… 뭐, 바쁜 일은 없어요."

"그래? 그럼 나와라, 차나 한잔 하자."

"아니, 언니…… 언니가 우리 집으로 오는 게 어때요?"

"왜? 나오는 게 힘들어?"

"그게 아니고요, 나 지금 나갔다 왔거든요."

"그래? 애기 아빤 들어왔니?"

"아니오. 아무렴 어때요!"

"알았어! 지금 갈게."

"네, 기다릴게요."

최여사의 집은 신촌 사거리 근방으로, 민여사의 집까지는 10분 이내의 거리였다. 그래서 자주 오가는데, 두 여자의 남편끼리도 사업상 아주 친밀한 관계에 있었다. 민여사가 자리에서 일어나 몸을 잠깐 챙기고 얼마 되지 않아 최여사는 벌써 도착했다.

"어서 오세요!"

민여사는 현관에서 최여사를 맞이하면서 반갑게 두 팔로 감싸안았. 최여사는 웃으며 들어와 성큼 걸어서 민여사 방으로 먼저 들어갔다.

"아주머니, 차 좀 주세요."

민여사는 가정부에게 차를 준비시키고 최여사를 뒤따라 들어갔다.

"언니, 왜 이렇게 오랜만이에요?"

"응, 그렇게 됐어. 그간 바쁜 일이 좀 있었어."

최여사는 민여사를 다정한 표정으로 빤히 쳐다보고는 슬슬 얘기를 시작했다.

"어머니는 좀 어떠시니?"

"여전해요. 병원을 몇 군데나 다녀 봤는데 확실한 진단이 안 나와요."

"그래? 그거 야단이구나!"

최여사는 여기까지 얘기하고는 잠시 침묵하면서 무엇인가 생각하는 듯했다. 그러더니 갑자기 말했다.

"얘, 저 말이야, 기가 막힌 사람이 있어!"

"네? 무슨 말이에요?"

"응…… 도사야, 도사! 이번엔 진짜야, 확실하다고!"

최여사가 이렇게 말한 적은 한두 번이 아니었다.

"아이 참, 언니도 언젠 안 그랬어요?"

"아니야, 이번만은 정말 달라. 내 말을 믿어."

민여사가 최여사의 얼굴을 살펴보니 무엇인가 평소와는 좀 다른 것 같았다. 어떤 경외감이랄까, 아니면 신비감이라고 할까.

"그래요? 어디 자세히 좀 얘기해 보세요."

"그래, 이건 먼데서 들은 것이 아니야. 바로 수정이 아빠 친구가 직접 당한 일이야……."

수정이는 최여사의 딸이었다. 민여사도 이젠 심각한 표정으로 최여사의 다음 말을 기다렸다.

"며칠 전 말이야, 수정 아빠 친구가 죽었어! 산골에 낚시 갔다가 호수에 빠져서······."

"응? 무슨 일이야?"

"저 말이야, 이렇게 된 거지. 수정 아빠 친구 둘이서 낚시를 가기로 했어. 그런데 그 중 한 명이 갑자기 빠진 거야. 왜냐 하면 이 사람은 부인이 어디 가서 점을 봤는데, 그 점쟁이가 9월 며칟날 물에 가면 남편이 빠져 죽는다고 했어. 아니, 정확히 9월 24일이야. 물론 부인은 남편이 그날 친구와 낚시 가기로 예정된 것을 몰랐었지. 부인은 친정집에 갔다가 동네의 유명한 점쟁이한테 심심해서 점을 보러 갔는데, 그 점쟁이가 느닷없이 남편 얘기를 하더라는 거야. 이건 과장이 아니야, 정확히 그랬대. 9월 24일 물에 가지 말라고, 가면 물에 빠져 죽는다는 거지. 그래서 이 여자는 기겁을 하고 서울에 급히 올라와서는 남편에게 얘기했어.

그 여자 남편은 원래 점 같은 건 질색이고 믿지도 않는데 날짜를 정확하게 지적하는 바람에 남편도 놀라고 말았지. 안 그렇겠어? 멀리 시골 친정에 가 있는 부인이 어떻게 남편이 낚시 가기로 정한 날을 딱 집어낼 수 있겠어? 더군다나 그날 남편은 밖에서 친구하고 낚시 날짜를 정하고 막 집에 들어와서 부인을 처음 봤는데, 그 여자가 남편을 보자마자 이렇게 얘기했대. '여보, 당신 9월 24일에는 물에 가지 말아요. 물에 가면 당신은 죽는대요!' '뭐?' 하고 남편은 기겁을 했지. '점쟁이가 정확히 9월 24일이라고 했나?' '네, 분명히 그렇게 말했어요.' '허어, 이상하군, 그날 낚시 가기로 했는데.' 남편은 이렇게 말하고 친구에게 전화를 걸었지. 그리고 부인한테 들은 얘기를 다 해 줬어. 그런데 그 사람은 웃어 버렸대. 이렇게 말하면서—'그건 말이야, 네 부인이 낚시 못 가도록 꾸며낸 얘기야. 너 참 공처가구나! 하하, 걱정 마.' 아무리 자세히 설명해 줘도 말이 안 통했지. 결국 그 사람 혼자 낚시를 가서 그날 죽은 거야. 만일 같이 갔으면 둘 다 죽었겠지······."

"어머!"

민여사는 적이 놀랐다. 물론 최여사가 조금은 각색을 해서 얘기했겠지만, 사람이 죽은 것과 점쟁이가 9월 24일이라고 말한 것은 틀림없는 것 같았다.

"정말이야, 언니?"

"얘는, 내가 언제 거짓말했니? 수정 아빠는 장례식에도 참석했어. 거기서 친구한테 들은 거야. 죽은 사람이나 살아난 사람이나 둘 다 수정 아빠 친구야, 나도 한 번 본 적 있어."

"참 안됐네요…… 산 사람도 괴로웠겠어요."

"물론이지, 결사적으로 말리지 못한 걸 후회하면서 통곡을 했대. 그리고 우울증에 빠져 있어."

"그것 참, 운명은 무섭네요……."

민여사는 몸서리치듯 침울하게 말했다.

"그래, 불쌍해. 그렇지만 운명인데 어떡해."

두 사람은 한동안 말이 없었다. 민여사는 그 사건과 점쟁이를 생각하고 있었고, 최여사는 민여사의 반응을 살피고 있는 것이다.

"얘, 신기하지 않니?"

최여사가 침묵을 깨고 먼저 말했다. 이제 말하는 데 심각한 감정은 없고 관심은 점쟁이에 대한 호기심으로 옮겨 갔다.

"그 점쟁이는 어디 있지요?"

민여사의 마음도 결국 점쟁이에 대한 호기심으로 가득했다.

"가만 있어 봐, 할 얘기가 더 있어."

최여사는 다시 심각해지며 궁금증을 자극했다.

"네? 다른 사건이라니오?"

"아니야, 점 얘기 말고…… 그 점쟁이…… 아니, 그 도사는 말이야,

점 말고도 다른 것을 하고 있어!"

"네? 다른 거요?"

최여사는 점쟁이를 도사라는 호칭으로 바꾸었고, 민여사는 점 외에도 관심을 나타냈다. 그럴 수밖에 없는 것이, 그토록 신통한 사람이 하는 일은 점 외에도 신통할 것이 아닌가?

민여사는 최여사를 존경하는 표정으로 바라봤다.

"내가 자세히 알아본 건데……."

최여사는 민여사가 호기심어린 천진한 표정으로 자신을 바라보는 것이 기분 좋았다.

"그 도사는 병도 고친대, 약을 짓는 것이지."

"약이오? 그래요?"

그 순간 민여사의 마음 속에는 원인 모를 병을 앓고 있는 어머니 생각이 퍼뜩 떠올랐다.

"응, 그런데 그 사람은 환자를 보지 않고 생년월일시生年月日時만 가지고 약을 짓는다는 거야. 그리고 약이 얼마나 신통한지 먼데서 소문 듣고 오는 사람이 하루 종일 줄 서 있대! 아주 신통한가 봐…… 너의 어머니 약도 한번 가서 지어 봐."

최여사의 말은 여기서 대충 끝이 났다. 결국 그 신통한 도사한테 가서 민여사 어머니의 약을 지어 오라는 것인데, 사실 그보다 중요한 것은 그 도사에게 가서 점을 쳐보는 것이었다.

그런 식으로 약을 지어 병을 고친다는 사람 이야기는 민여사도 많이 듣고 있었다. 물론 이 도사는 좀 다를 수도 있겠지만 민여사의 관심은 무엇보다도 점이었다. 물론 어머니의 약을 짓는다는 것도 빼놓을 수 없는 일이다. 단지 약은 점보다 신기함이 좀 덜할 뿐이다.

"한번 안 가볼래?"

이 말이 바로 최여사가 오늘 하는 말의 핵심인 것이다.

"가봐야겠네요, 어디지요?"

민여사의 대답은 들어보나마나다. 이토록 신통한 도사가 있다는데 가만 있겠는가?

"좀 멀어, 저 아래 남쪽이야."

"멀면 어때요, 어딘데요?"

"응, 전라남도 보성이란 곳이야."

"보성요? 못 들어 본 곳인데요."

"그럴 테지, 아주 산골이야."

"찾아갈 수 있겠어요?"

"그럼, 가는 길을 다시 물어봐야지, 광주를 지나서 갈 거야, 아마 이틀은 걸리겠지."

"뭐 어때요, 여행 가는 셈치지요!"

"그래, 좋아."

"우리 수정 아빤 간다고 했어. 너도 남편에게 잘 얘기해 봐"

"잘 될 거예요, 날짜는 언제로 잡지요?"

민여사는 남편을 설득하는 문제는 일도 아닌 것처럼 말했다.

"이번 토요일이 좋겠어. 하루 자고 일요일날 오면 되지."

"내일 모레…… 네, 알겠어요."

이렇게 해서 일단 여자들끼리는 여행이 결정됐다.

"난 이만 갈게. 결정 나면 이따가 전화해 줘!"

"네, 그럼 저녁때 전화할게요. 차는 가지고 왔어요?"

"응, 그래."

최여사는 민여사의 집을 나서 자기 차에 올랐다. 최여사도 운전은 능숙한 편이었다. 차는 좁은 길을 얼마간 나오다가 우측으로 회전하면서 큰길에 들어섰다. 여기서부터는 직선 코스였다. 다니는 차는 많지 않았다. 그러나 최여사는 차의 속도를 높이지 않고, 천천히 몰면서 가벼운 생각에 잠겼다.

'운명이란 참으로 묘한 것이야.'

최여사가 지금 생각하고 있는 것은 호수에 빠져 죽을 뻔했던 남편 친구였다.

'그 사람이 만일 그날 낚시를 갔었다면 반드시 물에 빠져 죽었을까? 그리고 만일 다른 장소로 낚시를 갔다고 해도 역시 물에 빠져 죽었을까? 아마 그랬을 테지. 그런데 그 사람이 도사의 예언 때문에 죽음을 면했다면 이젠 안전한 것인가?'

최여사는 약간 무서운 기분을 느꼈다.

'사람의 죽음과 삶이 위험한 운명의 날을 알고 모르는 데 달려 있단 말인가? 그렇다면 나의 운명은?'

최여사는 고개를 가로 저으며 혼자 웃음을 지었다.

'공연히 불길한 생각을 할 필요는 없어. 나에게 행운이 언제 오느냐가 중요한 것이야.'

최여사는 생각을 그만두고 차의 속도를 높였다. 잠시 후 집에 도착하니, 남편이 먼저 들어와 있었다.

"언제 오셨어요?"

"응, 방금 들어왔어. 민여사 집엘 갔었다며?"

남편은 딸에게 들어서 부인이 어딜 갔는지 이미 알고 있었다.

"네, 저녁상을 차릴까요?"

"아니, 천천히…… 커피나 한 잔 마시지."

최여사는 재빨리 커피를 끓여 내왔다. 남편은 커피를 한 모금 마시고는 한가한 말투로 물었다.

"여보, 저쪽 집은 도사 만나러 가겠대?"

"그럼요! 남편하고 의논해서 연락해 준다고 했어요."

"잘됐군, 날짜는 어떻게 하기로 했어?"

"가려면 빨리 가야지요, 내일 모레로 잡아 놨어요."

"좋아, 그럼 가는 길이나 자세히 알아봐야지."

남편은 즉시 전화를 걸었다.

따르릉—.

"여보세요……."

서대문에 있는 김실장 집의 가정부가 전화를 받았다.

"네, 기다리세요!"

잠시 후 김실장이 전화에 나왔다.

"여보세요, 그래 나야……."

김실장의 목소리는 무뚝뚝했다.

"응? 부인을 바꾸라고? 여보, 전화받아!"

김실장은 친구가 뜻밖에 자기 부인을 바꾸라고 했는데도 별 관심 없이 전화를 부인에게 넘겨주었다.

"여보세요, 아! 네. 안녕하세요? 웬일이세요? 네? 보성요? 거길 가시게요? 거기 가는 거 쉬워요. 보성군으로 가서 조성리를 찾으면 돼요. 네…… 거기 가서 마을 사람에게 물어보면 돼요. 뭐, 그냥 도사를 찾든가, 점쟁이를 찾으세요. 너무 유명하니까 마을 사람들이 잘 알아요."

김실장은 부인이 전화에다 대고 하는 얘기를 처음엔 무심결에 흘리다가 도사니 점쟁이니 하는 소리가 들리자, 정신이 번쩍 들었다.

"여보, 전화 이리 줘봐!"

김실장은 부인으로부터 전화를 뺏다시피 넘겨받았다.

"여보세요, 자네 거길 가보려고 하나?"

김실장은 크게 관심 있는 목소리로 물었다.

"응, 여행 겸 해서 한번 가보려고……."

"그래, 그럼 나도 같이 가자!"

"뭐? 자네가? 그래, 그럼 잘됐다!"

"알았어, 일정이 정해지면 다시 연락해 줘."

찰칵―.

김실장은 전화를 끊었다.

"여보, 무슨 얘기예요? 당신도 가려고요?"

부인은 남편이 전화에다 한 말을 확인하듯 물었다.

"그래, 가봐야겠어. 당연히 가봐야 되지!"

"네? 당연히라니오?"

김실장 부인은 남편이 강한 어조로 얘기하자, 뜻밖이라고 생각하면서 물었다. 김실장은 부인의 물음에 입을 꼭 다물고 잠시 침묵하더니 심각하게 말했다. 김실장의 눈은 빛나 보였고, 어떤 각오가 서려 있는 듯했다.

"여보, 그 사람, 그 도사는 내 생명의 은인이야. 당신에게도 고마워. 난 말이야, 죽을 사람인데 살았어. 그러니 그분을 찾아뵙고 감사를 표하고 내 운명을 물어 봐야겠어. 너무나 궁금해, 그리고 무섭기도 하고……."

부인이 들어 보니 남편의 말은 지극히 당연했다. 생명의 은인에게 감사의 인사를 올리는 것은 마땅히 해야 할 일이다. 그리고 그런 분한테 운명을 물어보고 싶은 것도 당연한 것이리라.

김실장의 부인은 인생의 신비에 잠시 휩싸이고서는 남편의 모습을 바라봤다. 남편의 모습은 왠지 측은하게 보였다. 그도 그럴 것이리라. 죽을 사람이 죽음에서 벗어났으니 기쁨의 한편에는 두려움도 있을 것이다. 앞으로의 운명은 어떤 것일까? 이것은 두려움과 신비함이 함께 섞여 있는 의문인 것이다.

"여보, 저도 따라갈게요."

부인은 다정하게 말했다. 김실장은 부인의 표정을 얼핏 보고는 말없이 고개를 끄덕였다.

이제 도사를 만나러 가는 보성 지방으로의 여행은 세 쌍의 부부, 즉 6명으로 늘어났다.

밤이 되자 민여사는 남편을 쉽사리 설득하여 도사 방문 여행을 결정하고 이를 최여사에게 알렸다. 최여사는 다시 남편을 통해 이것을 김실장 집으로 연락하여 여행의 모든 일정을 확정 지었다.

여행은 내일 모레, 그러니까 토요일 아침 8시에 출발하기로 하고, 집합 장소는 최여사 집으로 정해졌다.

이들 6명이 이토록 서둘러 여행 일정을 잡아 놓고 있을 때, 서울의 어떤 장소에서도 같은 곳으로 떠날 또 하나의 여행 일정이 만들어지고 있었다.

강도

밤 9시, 숭인동의 어느 중국집 2층 방.

이곳에는 30분 전부터 3명이 술을 마시고 있었다. 이들은 생김새로 보나 사용하는 말투로 봐서 선량한 인간은 아님이 분명했다.

"형님, 많이 늦는데요!"

"기다려 봐, 먼데서 오니까 좀 늦겠지."

형님이라고 불린 사람은 술을 한 잔 시원하게 비워 내고는 느긋하게 앉아 있었다.

"거참, 새끼 되게 늦네. 영 맘에 안 든단 말이야. 이놈이 오긴 올까요?"

"글쎄, 안 오면 할 수 없지 어떡해?"

형님으로 불린 사람은 이들 중 두목 같은데 아주 침착한 자세였.

반면, 부하인 듯한 두 청년은 잠시도 가만 있질 못했다. 공연히 방 안을 두리번거리기도 하고, 문을 열어 보기도 하고, 탁자를 발로 툭툭 치기도 했다. 확실히 수양이 안 되어 있었다. 이런 사람은 원래 남을 기다리지 못하는 성격이지만 자신도 마찬가지로 언제나 늦는다.

이들이 지금 기다리는 사람도 같은 부류의 인간이 틀림없는데, 남쪽 먼 지방 벌교에서 오고 있는 것이다. 벌교는 전남 보성에 이웃해 있는 제법 큰 마을이다. 이곳에서 오늘 올라오기로 되어 있는 사람은 중요한 사업(?) 정보를 가져오기로 되어 있었다.

"거참 미치겠네, 되게 늦네……."

두 부하들은 여전히 조급해하고 있었다. 시간은 아주 더디게 흘러서 9시 30분을 좀 넘어서고 있었다. 이제 사람이 오기는 틀린 것 같았다. 예정 시간에서 이미 2시간이나 지나 있었던 것이다.

그래도 두목은 묵묵히 술을 한 잔 더 마시고는 천천히 안주를 한 점 집는데, 이 때 문 밖에서 인기척이 났다. 누가 층계를 올라오는 소리였다.

부하는 급하게 문을 열어 봤다. 드디어 기다린 사람이 나타난 것이다.

"원, 제기랄! 지금이 몇 신데……."

부하 하나가 불평을 하면서 맞이했다.

지금 막 도착한 친구는 혈색이 좋고 멀끔하게 생긴데다, 건강미가 넘쳐흐르고 날쌘 기풍까지 풍기고 있었다.

"형님, 오랜만에 뵙습니다."

이 친구는 방에 들어서자 무릎을 꿇고 큰절을 했다. 이들의 인사법은 굉장했다. 보아하니 무슨 거창한 폭력배들의 인사법 같았다.

"늦었구나."

"죄송합니다. 길을 몰라서 애먹었습니다."

"그래, 좋아. 좋은 소식이 있다고?"

"네, 건이 좀 되겠습니다."

두목은 담배를 꺼내 피워 물었다.

"뭔데? 센 놈인가?"

이들은 좋은 소식이라면 으레 사람을 폭행하고 거기서 돈이 생기는 건으로 알고 있었던 것이다.

"아니에요, 제목(?)이 강도예요."

"뭐? 강도? 그 무슨 소리냐?"

두목은 놀라서 물었지만 적이 실망한 표정이었다. 왜냐 하면 이들의 본업은 싸움질이지, 강도나 절도 같은 것이 아니었기 때문이다. 이들의 세계에서는 강도나 절도 등을 오히려 크게 수치스럽게 여기고 있었던 것이다.

"저, 형님! 이번 일은 제목이 강도지만 좀 색달라요. 뭐, 강도라는 말이 마음에 안 드시면 세금(?)을 걷는다고 해도 되겠지요……."

이 친구 둘러대는 것이 아주 능숙했다. 두목은 일단 수긍했는지 고개를 끄덕이며 조금 관심을 나타냈다.

"그래, 일이 뭔데?"

"네, 금이에요. 꽤 많은가 봐요. 일하기도 아주 쉬워요, 그냥 가서 달라고 하면(?) 내줄 거예요."

"아무튼 얘기해 봐."

"네, 얘기하지요. 내용이 좀 길어요."

벌교 친구는 잠깐 뜸을 들이고는 드디어 말하기 시작했다.

"우리 동네 옆에 조그만 마을이 있어요. 여기 점쟁이 노인네가 있는데 약장수도 겸하고 있지요. 도사라고 말하기도 하지만 그놈이 그놈 아니겠어요?"

벌교 친구는 여기서 두목의 얼굴을 슬쩍 쳐다봤는데, 두목은 꼼짝 않고 이야기만 듣고 있었다.

얘기는 다시 이어졌다.

"이 점쟁이는 하도 소문이 나서 찾아오는 사람이 아주 많아요. 근처 여관이나 민박집 영업이 잘될 정도예요. 서울이나 대도시에서 수많은 사람이 다녀가지요. 이 점쟁이는 70세가 다 되어 보이는 노인네인데, 그곳에서 영업(?)을 한 지 10여 년이나 됐어요. 그런데 이 영감은 번 돈을 은행에 저축해 놓는 것이 아니라 물건을 사놓지요…… 금으로요."

"금을 사놓는다고?"

두목은 가만 있는데, 옆에 있는 부하가 물었다. 벌교 친구는 대답하지 않고 계속해서 말했다.

"이 영감은 수시로 읍내에 나가서 번 돈으로 여러 가지 형상의 순금 장식을 만드는데, 10여 년을 계속했지요. 그리고 그 금도 어디다 감추어 놓는 게 아니라 그냥 장롱에 놔둔대요. 수많은 금을요! 굉장하지요?"

벌교 친구는 두목을 빤히 쳐다보며 동조를 구했다. 두목은 고개를 끄덕이고는 담배 한 개비를 꺼내 다시 불을 붙였다.

"대단하군, 그런데 그걸 어떻게 알았어?"

"네, 얼마 전 그곳에서 일하다 그만둔 애한테 물어봤어요. 그 애는 거기서 도둑질을 하려다 되게 야단맞고 쫓겨났어요. 그런 일이 종종 있는가 봐요. 그런 애들 몇 놈 만나 봤어요."

"그래? 으음……."

두목은 술 때문인지 금 때문인지는 알 수 없었지만 얼굴에 홍조를 띠고 있었다. 그는 고개를 끄덕이며 다른 질문을 해 왔다.

"금방金房 주인은 만나 봤나?"

"네, 대단히 많이 사간대요. 금방도 여러 곳을 거래하지요."

"거참, 도둑이나 강도가 든 적은 없었나?"

"강도는 없었고 도둑은 있었나 봐요. 그런데 이 영감이 잠을 안 자고 있다가 소리를 질러 도둑이 잡혔어요."

"누구한테?"

"거기서 일하는 부부가 있는데 남자가 제법 힘깨나 쓰는가 봐요!"

"얼마나 센데?"

"아이, 형님도 별걸 다 묻네요. 그냥 힘쎈 나무꾼 정도예요. 촌놈이 힘이 있으면 얼마나 있겠어요?"

"그래, 좋아. 그러면 너희들이 안 하고 왜 나한테까지 왔냐?"

"우리는 그 동네에서는 안 돼요. 너무 얼굴이 알려져 있어서 우리가 움직이면 경찰에서 금방 눈치를 채요. 금도 처분하기 힘들고요."

"글쎄, 말이 잘 안 되는군."

두목은 의심스런 표정으로 고개를 저었다.

"형님, 그리고……"

벌교 친구는 할 수 없이 숨겨 놓은 사정을 얘기했다.

"그리고 뭐야?"

"네, 저…… 나무꾼이 세긴 좀 센가 봐요. 실은 우리도 두 번 정도 부딪쳐 봤는데 쉽지가 않았어요. 물론 시간이 길면 처치할 수가 있는데 소리를 지르면서 동네 사람들을 부르는데 도망을 안 갈 수가 있어야지요. 형님이라면 금방 끝내겠지만……"

"동네에 사람이 있어?"

"아니, 그런 것은 아니지만…… 싸우는 옆에서 부인이 소리 치고 일하는 애도 하나 있는데, 이놈까지 나와서 결사적으로 덤벼드니 도둑 입장에서 어디 불안해서 오래 견디겠어요? 하는 수 없이 피해 왔어요."

"글쎄―."

두목은 그래도 납득하지 못하는 것 같았다.

"또 한 가지가 있어요……"

벌교 친구는 속사정 하나를 더 얘기했다.

"좀 떨어진 곳에 파출소가 하나 있어요. 그런데 이놈(?)들이 근처에 자주 얼씬거리나 봐요."

"음, 몇 명인데?"

"두 명요, 아니 세 명인가?"

"다른 사항은 또 없나?"

"네, 다른 것은 없어요. 이것이 전부예요."

"음⋯⋯."

두목은 입을 꼭 다물고 허공을 응시하는 듯했다. 속으로 깊이 생각하고 있는 것이다.

"쉽지는 않군—."

두목은 혼잣말로 중얼거렸다. 벌교 친구와 부하 두 명은 심각한 표정으로 말없이 두목의 얼굴만 바라봤다.

"좋아, 하기로 하지."

두목이 마침내 선언하듯 단호하게 말했다. 두목의 얼굴을 보고 있던 세 명은 얼굴색이 환해졌다.

"일이 쉽지는 않겠어, 인원도 많이 있어야겠고⋯⋯."

두목은 속으로 벌써 대책이 서 있는가 보았다.

"자, 대책을 짜야겠어. 잘 들어."

두목은 작전을 설명하기 시작했다.

"인원은 모두 다섯 명이 한다, 나까지 합쳐서. 문제는 파출소 순경이야. 이들이 움직이면 일을 할 수가 없어. 그러니 근처에서 잠복하고 있다가 순경이 안 나타나는 것을 확인한 후에 일하자고. 첫날 안 되면 다음날 하면 되지. 일은 안전하게 해야 돼. 그리고 일은 심야에 하는 거야. 나무꾼은 내가 처치하지. 너희 둘은 영감 방에 뛰어드는 거야."

두목은 옆에 있는 자기 부하를 빤히 쳐다보며 말했다.

"그리고 너는 망을 보면서 멀리서 누가 오면 신호를 해 줘, 일하는 애가 떠들면 처치하고⋯⋯ 그리고 한 명이 더 있어야겠는데⋯⋯ 야, 너

지금 전화해서 용섭이 오라고 해."

두목은 일하는 것이 신속하고 아주 능숙해 보였다. 부하는 즉시 아래층으로 전화하러 내려갔다. 이곳 중국집은 이들을 잘 아는 단골이었기 때문에 이들이 위층에 와 있는 동안은 일체 누구도 올라오지 못하게 한다.

두목은 작전 설명을 계속했다.

"한 명은 남아서 만약의 사태에 대비하면서 서로를 연결하고, 나는 나무꾼을 처치한 후 영감 방에 합류해서 물건(?)을 운반한다. 그리고 하나 명심할 것은 절대 사람을 죽여서는 안 돼. 칼은 영감을 협박하기 위해 두 사람만 가지고 가고, 차는 도주할 방향으로 시동을 걸어 둔 채로 놔둔다."

"길은 잘 아나?"

"네, 여기 근방 약도를 상세히 그려 왔습니다."

벌교 친구도 제법 준비성이 있었다.

"이리 줘봐."

두목은 잠시 약도를 보더니 고개를 끄덕였다.

"차는 여기에 놔두고, 이리로 철수해야겠군. 파출소는 여기지? 만약에 일이 잘못되면 순경도 처치해야겠지. 그렇게 되면 일이 너무 커져서 시끄러워. 가급적이면 한밤중에 몰래 들어가 신속하게 처리하자. 출발은 내일 새벽 4시. 작전 개시는 내일 밤! 일이 끝나면 광주로 직행한다. 광주에는 미리 피할 곳을 마련해 두고ㅡ. 그건 내가 준비해 두지. 내일 가면서 다시 한 번 점검하겠지만, 지금 확실히 알아둬야 돼. 그리고 다음……."

두목은 설명을 계속했고, 작전은 치밀하게 준비되고 있었다.

얼마 후 한 사람이 더 합류해서는 회의는 계속됐다. 이들의 회의는 결국 자정이 좀 지나서야 끝이 났다. 이들은 만반의 계획이 세워진 회의가 끝나자, 함께 술을 들어 성공을 다짐하는 건배를 하고 인근 여관을 찾아들었다.

이제 몇 시간 후면 이들은 황금을 손에 넣기 위해 강도 행각에 오르겠지만 그 성공 여부는 아무도 알 수 없다. 그러나 이들 강도단 다섯 명 중 누구 하나 성공을 의심하는 사람은 없었다.

그것은 너무도 당연하다. 누가 실패를 생각하며 강도짓을 하겠는가?

과연 이들의 운명은 어떻게 정해져 있을까?

그리고 과연 운명이란 정해져 있기는 한 것인가?

사람은 대개 어떤 사업에 앞서 그것의 성패를 상정된 상황으로 판단하지 운명으로 판단하지는 않는다.

물론 어떤 사람들은 사업의 성패를 오직 운명에만 맡기는 경우도 있지만 누가 다가올 운명을 알 수 있을 것인가?

결국 사람이 상황 판단에 의해 미래를 확신하거나, 혹은 운명 판단에 의해 미래를 확신하다거나 하는 것은 모두 자기 신념일 뿐이지 정확히 앞날을 알 수 있는 것은 아니다.

만약 정확히 미래를 알 수만 있다면 그것의 이익을 가히 다 논할 수 없을 것이다.

예를 들어 등산을 하다 죽은 사람을 보자. 아무리 높은 곳에 오르고 싶어하는 등산가일지라도 산에서 떨어져 죽을 운명이라면 누가 산에 오르겠는가!

강도짓도 마찬가지이다. 실패할 운명을 알 수만 있다면 절대 하지 않을 것이다. 누가 감옥을 가기 위해 강도짓을 하겠는가! 인간은 단지 운명을 모르기 때문에 미래를 자기 좋은 쪽으로 확신하고 행동할 뿐이다.

그러나 때로 인간은 운명을 알려고 하기보다는 현재의 자기 신념에 따라 행동하는 게 옳을 수도 있다.

어떻게 일일이 운명을 따지며 행동하겠는가!

물론 그렇게 하고 싶어도 운명을 알 수 없으니 어쩔 수 없다.

어느덧 정해진 시간이 가까워졌다.

강도단 일행은 누가 먼저랄 것도 없이 신속하게 몸을 챙기고는 여관 문을 나섰다.

시간은 오전 4시 10분.

주변은 아직 캄캄했고, 거리에 다니는 사람은 없었다. 차는 어둠 속을 움직여 서서히 도심을 빠져 나와, 4시 55분에는 경부 고속도로에 들어섰다.

1970년 10월 18일, 날씨는 쾌청했다. 이들은 아침 식사도 거른 채, 1차 목적지인 광주를 향해 쉬지 않고 질주했다.

차가 광주에 도착한 시간은 오전 9시 10분, 날은 이미 밝아 있었다. 이들 일행은 일단 차를 광주공원으로 몰고는 그곳에서 얼마간 정차했다.

아침 식사는 순대국수. 식사를 마친 이들은 인근 여관에 들어 전투(?)를 위한 휴식을 하였다. 그러나 두목은 잠을 오래 자지 않고, 여관을 나서 혼자 어디론가 사라졌다. 부하들이 충분히 잠을 자고 있는 동안…….

두목이 다시 나타난 시간은 오후 4시 50분.

일행은 즉시 여관을 나와서 2차 목적지인 벌교를 향해 출발했다. 길은 고속도로처럼 넓지도 않았고, 곡선이 많아 벌교까지 가는 데는 시간이 좀 걸렸다.

도착 시간은 오후 8시 20분, 작전 개시까지는 아직 충분한 여유가 있었다. 이제 조성리 현장(?)은 지척에 있다.

일행은 벌교 읍내 큰거리의 식당에서 식사를 하고는 다시 장소를 다방으로 옮겼다. 다방에서는 서로 일체 말이 없이 한가히 휴식만을 취했다. 작전에 임할 마지막 휴식인 것이다.

9시가 막 넘은 시간, 서울의 서대문 김실장 집에서는 부부가 마주앉아 있었다.

"여보, 내일이면 보성엘 가는데, 당신이 도사한테 들은 말은 틀림없지?"

"네?"

부인이 깜짝 놀라 남편을 의아스러운 눈으로 쳐다봤다.

"9월 24일 물에 가면 죽는다던 그 말 말이야······."

"아니 여보, 이제 와서 무슨 말이에요? 내가 어떻게 그런 말을 지어낼 수 있겠어요, 내가 뭐 귀신이에요?"

"아니, 그게 아니고······ 너무 신기해서! 당신이 지어낼 수는 없겠지. 그래그래, 미안해."

김실장은 아까부터 무엇인가 골똘하게 생각하더니, 부인에게 엉뚱한 질문을 던졌던 것이다.

"여보, 너무 신경 쓰지 마세요. 세상엔 별일이 다 있으니까."

김실장은 고개를 끄덕이면서도 속으로는 여전히 도사의 말을 생각하고 있었다. 김실장은 친구가 죽은 이래 줄곧 우울해 있었는데, 근일에 와서는 그 기분이 인생에 대한 깊은 통찰로 바뀌어져 있었다.

'사람은 바로 앞날도 모르고 사는구나. 나는 다시 태어난 것이야—.'

김실장은 시간이 갈수록 보성에 있는 도사가 그리워지고, 인생의 의미에 대해 다시 생각하게 되었다.

누구든 죽음에서 다시 살아나면 그럴 것이다. 결국 죽어야만 하는 인생인데도 이렇게 기적적으로 죽음을 면하게 되면 생이 더욱 귀중한 것으로 다가오게 된다.

사형수가 만일 죽음에서 벗어난다면 그도 인생의 소중함을 뼈저리게 깨닫게 될 것이다. 그리고 아마 무엇인가 인생의 큰 보람을 찾으려고 애

쓸 것이 틀림없다.

　지금 김실장의 마음도 '인생인란 무엇이고, 또 무엇이어야 하는가?'라는 의문으로 가득 차 있었다.

　'나는 헛 산 것 같애. 인생이란 그저 살아만 가서 되는 것이 아니지, 무엇인가 가치를 찾아야 하는 것이야.'

　김실장은 내일 보성에 가면 그 도사에게 큰 가르침을 받으려고 굳게 마음먹고 있었다.

　이제 낚시는 다니지 않으리라―.

　낚시라는 취미가 문제되는 것은 아니었다. 그것은 죽은 친구에 대한 미안한 마음 때문이다. 그리고 낚시로 연관되어 큰 깨달음을 얻은 것이니 그 마음을 더욱 소중히 하기 위함이기도 했다.

　"여보……."

　옆에서 남편을 한참 동안 지켜 보던 부인이 다정히 불렀다. 김실장은 고개를 들어 부인을 바라봤는데, 부인이 그 모습을 보니 보통 때의 그의 모습이 아니었다.

　뭐랄까, 깨끗하고 순수함? 깊은 고요? 아무튼 크게 인격이 서려 있는 모습이었다.

　"이제 그만 자요."

　김실장은 부인을 따라 방으로 들어갔다. 그리고 잠시 후 잠자리에 들었는데 방사를 나누지는 않았다. 이는 내일 인생의 스승을 보고자 하는 경건한 마음 때문이었다.

　시간은 10시 40분, 다시 벌교 읍내의 다방.

　"슬슬 나가 볼까?"

　두목이 말하자 부하들은 번개같이 일어났다. 일행이 차를 타고 벌교 읍내로 빠져 나와 외곽 도로에 도달한 시간은 오후 10시 55분. 드디어 최종 임지로의 발진을 개시했다.

오후 11시 25분, 조성리 영역에 도착. 일단 차를 세우고 최종 점검에 들어갔다.

"너희 둘은 물건이 있는 방으로 들어가서 영감을 위협하고 물건을 손에 넣는다. 물건을 손에 넣으면 영감의 입을 막고 묶어 놓고 나와서 용섭이와 함께 있을 것. 만일 물건을 찾지 못했으면 계속 찾고 위협하면서 나를 기다려. 나는 나무꾼을 처치하고 합류해서 물건이 나올 때까지 계속 찾을 것이다. 새벽까지 계속!"

"그런데 너, 확실한 거지?"

두목은 벌교 친구를 예리한 눈으로 쳐다봤다.

"염려 마세요, 형님! 틀림없어요."

"좋아, 이제 와서 그 문제를 따질 필요는 없겠지. 어차피 손으로 만져 봐야 물건 있는 것을 알 수 있으니까. 그건 그렇고, 너는 집 밖에서 사람이 오는가를 살펴. 누가 나타나면 즉시 집 안으로 들어와 용섭이에게 알리고 행동을 같이할 것—."

"차는 현장에서 100미터 떨어진 곳에 시동을 걸어 둔 채 놔두고, 물건을 손에 넣기 전에 일이 잘못됐을 때는 각자 도주하고 알아서 행동한다. 물론 그런 일이야 없겠지만 말이야. 하지만 물건을 손에 넣었으면 함께 차로 간다. 혹 빠진 것은 없나? 질문은?"

부하들이 아무 말 없자 두목은 장갑을 나누어 주었다.

"끝날 때까지 이것은 절대 벗으면 안 돼. 그리고 플래시는 가급적 사용 말고······."

일행은 다시 차를 타고 출발, 마침내 현장에서 100미터 떨어진 지점에 당도했다.

시간은 오후 11시 45분.

주변은 캄캄했고 다니는 사람은 일체 없었다. 도사의 집은 도로에서 밭을 끼고 비스듬히 들어서서 얼마간 지난 산자락에 있었다.

근처에 민가는 전혀 없고, 저쪽 편에 자그마한 동네가 있다고 하는데 어두워서 보이지 않았다.

"차를 돌려 놔."

두목은 차에서 내리자 작은 목소리로 지시하고 주변을 잠시 살펴봤다. 주변은 조용했다.

"가시지요."

벌교 친구가 앞장을 서고 일행은 말없이 뒤따랐다. 길은 어두워서 어디가 어딘지 종잡을 수 없었지만 플래시는 사용하지 않았다. 길을 잘 아는 벌교 친구가 앞장을 섰기 때문에 그냥 뒤따라 걷기만 하면 되는 것이다.

길의 좌측은 언덕 쪽으로 밭이 있고, 우측은 아래로 깊게 떨어져서 논이 넓게 전개되어 있었다. 일행은 가급적 좌측으로 붙어서 조심스럽게 전진했다.

"다 왔습니다."

앞장 선 벌교 친구가 나지막이 말했다.

"저기예요."

드디어 황금의 땅에 다다른 것이었다. 도사의 집은 좌측으로 갈라져 있는 길의 우측에 제법 큼직하게 자리잡고 있었다. 대문은 없었지만 낮은 담이 둘러져 있었고, 담 안쪽에는 작은 마당이 있으며, 그 마당에 들어서면서 우측이 나무꾼 부부가 기거하는 방이었다.

그 옆의 방에는 심부름하는 아이가 있었고, 정면에서 좀 떨어져 있는 방에 도사가 기거하고 있었다. 우측에는 넓은 마루가 있었는데, 낮에는 이 마루에 손님들이 가득 차서 기다릴 것이다.

"시작하지!"

두목은 작전 개시를 알렸다. 드디어 '황금 탈취 작전'이 전개된 것이다. 두목의 명령이 떨어지자 두 명은 소리없이 걸어서 도사의 방 앞에 섰다. 두목도 나무꾼 방에 서서 일단 기회를 기다렸다.

벌교 친구는 담 밖으로 나와서 주변을 살피고, 나머지 한 명은 마당에 서 있었다. 두 명이 먼저 도사의 방문을 천천히 열어젖혔다.

"뉘시오?"

잠귀 밝은 노인이 즉각 반응해 왔다. 동시에 전등불이 켜졌다.

"꼼짝 마!"

두 명은 재빨리 노인 옆으로 다가서면서 칼을 목에 들이댔다.

"음……."

노인은 아무 말도 못 하고 있었다. 그러나 놀란 기색은 없고 편안한 자세였다.

"당신들은 누구요?"

"우리? 떠들지 마, 보면 몰라?"

"……."

도사의 방에서 사업(?)이 순탄하게 진행되는 중에, 나무꾼 방에도 불이 켜졌다. 이곳에 있는 사람들은 모두 잠귀가 밝은가 보다. 나무꾼은 잽싸게 일어나 옷을 걸치고 문 밖으로 나왔다.

순간, 두목의 강한 주먹이 턱에 날아들었다.

퍽—.

"억!"

나무꾼은 비명을 질렀지만 그래도 쓰러지지 않고 정신을 수습하려 했다. 그러나 두목의 제2 공격을 감당할 수는 없었다. 주먹은 명치에 적중

했다. 이어 또 한 차례의 주먹이 안면을 강타했다.

"읍, 헉!"

두목의 행동은 민첩했고, 그 주먹은 실로 위력이 있었다. 잠깐 사이에 건강한 나무꾼은 쓰러졌다. 그 동안 잠자던 나무꾼 부인도 일어나서 문을 열고 나왔는데 소리를 지를 새도 없었다.

두목은 옆차기로 복부를 내질렀다.

"악!"

부인은 그 자리에서 쓰러졌다. 이번에는 옆방의 젊은 아이도 일어났다.

"누구세요?…… 억!"

젊은 아이도 맥없이 쓰러졌다. 두목은 즉시 도사의 방으로 향했다. 담 밖은 여전히 고요할 뿐, 멀리 주변까지 일체의 변화도 없었다. 이제 외딴 집인 이곳에는 노인 한 사람과 우글거리는 강도떼만 있는 것이다.

두목이 간단히 일을 처리하고 도사방에 합류했을 때는 이미 사업(?)은 성공해 있었다.

"어떻게 됐나?"

"여기 담아 놨습니다."

"이리 줘, 더는 없나?"

"잘 모르겠는데…… 이만하면 충분한데요."

부하들이 몹시 만족한 모양이었다. 그러나 두목은 욕심이 많은 사람이었는지 방 안을 두리번거렸다.

"더 찾아봐!"

방은 넓었는데 아주 단순했다. 한쪽 벽에는 큼직한 약함藥函이 있고, 측면에 자그마한 장롱이 있었는데, 이곳에서 금이 나온 모양인지 농의 서랍은 모조리 열려 있었다.

그런데 이상한 것은, 노인은 이불도 안 덮고 자는지 담요든 이불이든 배개든 아무것도 없었다. 그러나 지금 이것을 생각해 볼 필요는 없었다. 두목은 일일이 약함을 열어 보았다.

몇 종류의 한약이 약서랍과 함께 방 안으로 쏟아졌다. 노인은 꿈쩍 않고 있었다.

"묶어라!"

방 안을 샅샅이 살펴본 두목이 명령했다. 부하들은 주머니에서 미리 준비해 간 끈을 꺼내 노인의 팔을 뒤로 해서 묶었다. 입은 솜으로 막고, 그 위에 다시 붕대로 둘러 묶었다. 노인은 전혀 반항하지 않고 인형처럼 순순히 묶이고 있었다.

"가자!"

일은 너무 간단히 끝난 것이다. 두목과 부하들은 밖으로 나왔다.

"잘됐나요?"

마당에 있던 부하가 물었다.

"자, 빨리!"

두목은 대답하지 않고 담 밖으로 나왔다.

"이상 없나?"

"네, 아주 조용한데요."

"좋아, 빨리 가자."

일행은 오던 길을 되돌아 철수하기 시작했다. 그러나 뛰지는 않고 걸음을 좀 빨리했을 뿐이다. 잠깐 사이에 도로로 나왔다.

저쪽에 세워 둔 차가 보였다. 이들 각자의 마음은 기쁨으로 들떠 있었다. 누구 하나 말은 없었지만 모두들 스스로를 대견하게 느끼며, 이곳에 오기를 잘했다고 생각했다.

이제 여유까지 생겨 급한 걸음도 늦추어 천천히 걷고 있었다. 바로 앞에 있는 차는 아직 발동이 걸려 있어 덜덜거리는 소리가 들렸다. 두목은 멀리 도사의 집 쪽을 한번 바라봤다.

그쪽은 여전히 캄캄하고 사람의 움직임은 보이지 않았다. 두목은 차의 앞문을 열고 들어가려 했다. 그런데 차의 상태가 좀 이상하게 느껴졌다.

"음? 문을 잘못 닫았나?"

순간, 갑작스레 문이 열리고 누군가 번개같이 돌진해 나왔다. 뒷문 쪽에도 마찬가지였다.

"경찰이다!"

두목이 소리 치면서 뒤로 몇 걸음 물러섰다. 그러자 길의 양쪽에서 수많은 사람들이 벌떡 일어났다. 곧이어 차가 세워져 있는 도로의 앞쪽과 뒤쪽에서도 사람들이 나타나 차와 강도단 일행을 에워쌌다.

순식간의 일이었다. 미리 잠복하여 대기했던 경찰들은 아주 능숙하게 포위 작전을 전개한 것이다.

"그대로 있어……."

어둠 속에서 무거운 음성이 들려 왔다. 그야말로 듣기 싫고, 인정머리 없는 음성이었다.

'실패했구나…….'

두목은 이렇게 생각하며 가슴이 철렁 내려앉는데, 포위한 경찰들은 잠깐 그 상태를 유지하고 있었다. 두목은 주위를 둘러봤다. 그러나 빈틈이라곤 전혀 없었다. 여기서 대항하는 것은 무모한 짓이었다.

두목이 마음 속으로 체념하고 있는데, 건장한 형사 한 명이 두목에게 다가와서 수갑을 채웠다. 두목이 끝까지 들고 있던 금이 든 가방도 맥없이 빼앗겼다.

부하들은 이미 수갑이 채워진 채 한쪽으로 끌려가 있었다. 잠시 후 도로의 앞쪽에서 자동차의 라이트가 비치면서, 경찰 백차가 몇 대 나타났다. 도로의 뒤쪽에서도 마찬가지였다.

경찰은 수십 명이나 동원되어 있었던 것이다. 이토록 대대적인 병력이 출동했다면, 이는 사전에 철저히 준비되었던 것이 틀림없다.

'이게 도대체 어떻게 된 일일까?'

두목은 절망의 순간에서도 이런 의문을 떠올렸다. 그러나 그것도 잠시뿐, 옆에서 팔을 잡아 끄는 바람에 더 이상 생각할 틈도 없이 차 안으로 밀려들어 갔다.

도사와 금

　차는 기세를 올리며 속속 출발했다. 경찰의 대규모 작전은 성공리에 끝이 났다. 수많은 경찰 병력이 동원됐던 산골 마을의 작은 도로에는, 이제 한 대의 승용차만 남아 있었다.

　"일운一雲 선생은 무사하실까?"

　이렇게 말한 사람은 평복 차림의 나이가 좀 든 사람이었는데, 이 사람은 인근 경찰서 서장으로서, 이번 작전의 지휘자였다.

　"빨리 가보지요. 선생님이 무사하셔야 할 텐데……."

　이들이 말하는 일운 선생이란 바로 그 도사를 이르는 것이었다. 서장과 형사 두 명은 걸음을 빨리해서 도사가 사는 산길로 들어섰다.

　'일운 선생은 별일 없을 거야. 어떤 분이신데…… 그나마 뵌 지도 오래 됐지.'

　서장은 평소 도사와 잘 알고 있는 사이였다. 전에도 몇 차례 이와 같은 일이 있었지만, 이번에도 예언은 어김없이 적중했다. 서장은 고개를 설레설레 흔들었다.

　일운 선생에 대해서는 언제나 신비하게 생각하고 존경해 온 터였지만,

이번 일이야말로 실로 탄복하지 않을 수 없었다. 아무튼 서장은 기분이 좋았다. 강도를 5명이나 잡고, 차제에 일운 선생도 찾아뵙게 되었으니, 얼마나 잘된 일인가?

오늘 작전은 경찰들도 아주 잘해 주었다. 강도 체포 작전은 추호도 실수가 없이 간단히 완수된 것이다.

저쪽에 도사의 집이 보였다. 서장과 함께 가는 두 형사는 일운 선생을 잘 몰랐다. 이 도사가 신통하다는 것은 오늘 몸서리치도록 느꼈지만, 그래도 노인이니 강도들에게 어디 다치지나 않았을까 걱정이 되었다.

두 형사는 걸음을 더욱 빨리했다. 그러나 이 두 형사의 생각은 기우에 불과했다. 도사는 불을 환하게 밝혀 놓고 마루에 앉아 있었다. 물론 나무꾼 부부나 일하는 아이도 멀쩡하게 함께 있었다.

형사들은 그 모습을 보고 한편으로 안도하면서도 또 다른 한편으론 의아스럽게 생각했다.

포악한 강도들이 그들을 그렇게 방치해 두고 떠나지는 않았을 것이기 때문이다.

사실이 그랬다. 도사는 단단히 묶여 있었고, 다른 사람들도 강도단 두 명의 공격을 받아 기절해 있었던 것이다.

그러나 도사는 강도가 나가자 묶인 줄을 쉽게 풀어 버렸다. 아니 끊어 버린 것이다. 도사는 팔을 뒤로 해서 질긴 줄로 묶여 있었는데, 가볍게 힘을 한 번 주자 줄은 여지없이 끊어진 것이다.

도사가 몸을 비틀거나 팔을 당긴 것도 아니었다. 단지 그 상태에서 어떻게 했는지 모르지만, 기합 한 번 없이 가벼운 힘의 주입으로도 줄은 맥없이 조각나 버린 것이었다.

이어 도사는 나무꾼 부부와 아이에게 신통한 응급 조치를 시술했다. 나무꾼과 아이는 얼굴에 상처를 좀 입었지만 크게 다치지는 않았다.

"안녕하세요, 선생님……."

서장은 도사를 보고 깊이 고개를 숙여 정중히 인사를 올렸다.

"어서 오시오, 서장."

도사도 반가이 맞이해 주었다.

"여보게들 인사 올리게, 일운 선생님이시네."

"아, 네. 안녕하십니까? 처음 뵙겠습니다."

두 형사는 서장이 일운 선생을 소개하자 급히 고개 숙여 인사를 올렸다.

"이리들 올라오세요."

옆에 있던 나무꾼 부인이 자리를 권했다. 서장과 두 형사는 마루에 올라앉았다.

"선생님, 다시 한 번 감사 드립니다."

서장은 마루에 앉아, 앉은 채로 절하며 감사를 올렸다. 도사는 말이 없었다.

"선생님, 오랜만에 뵙게 되었습니다만…… 먼저 공무부터 집행해야겠습니다."

서장은 밝게 미소를 지으며 조심스럽게 서두를 꺼냈다.

"강도 5명은 선생님이 지시해 준 방법대로 잡아 놓았습니다. 그런데 이곳이 범행 현장이고, 선생님이 피해자이시니까 간단한 몇 가지만 묻겠습니다."

서장은 이렇게 말해 놓고 도사의 기색을 살폈다.

"물어 보세요."

도사의 음성은 맑고 고요했다.

"네, 그럼, 먼저 다치신 데는 없습니까?"

도사는 고개를 가로 저었다.

"무기를 사용했습니까?"

"칼을 들고 왔더군요."

"위협을 하던가요?"

"뭐, 별로……."

"강탈당한 물건은 무엇인가요?"

"금덩이!"

"돈은 안 빼앗겼습니까?"

"네, 돈을 달라고는 안 하더군요."

"알겠습니다. 처음부터 금이 있는 것을 알고 왔군요, 그렇지요?"

도사는 말없이 고개를 끄덕였다.

"범행 후에는 어떻게 했습니까? 묶어 놓던가요?"

"네."

"그 줄은 어디 있습니까?"

"줄이 필요한가요?"

"네, 필요합니다. 증거물이거든요!"

"허허, 어쩌나 저기 쓰레기통에 버렸는데……."

도사가 이렇게 말하자 옆에 있던 형사가 즉시 일어나 쓰레기통 있는 곳으로 갔다. 그러고는 그 속을 세심히 들여다보더니 나이론 끈과 붕대, 솜 등을 끄집어내었다.

"이것입니까?"

도사는 고개를 끄덕였다.

"그런데 이게 어째서 이렇게 조각이 나 있지요?"

"글쎄요? 끈이 좀 낡은 것이 아닐까요?"

"네? 그게 아닌데……."

서장은 고개를 갸우뚱하면서 의아스럽게 끈을 들여다보더니 웃으며 말했다.

"아무튼 이제 다 됐습니다. 미안합니다, 선생님."

서장은 정중히 피해자 조사를 마쳤다.

"그럼, 다른 분들 이야기를 들어야겠는데…… 이분은 좀 다쳤군요."

서장은 나무꾼의 얼굴을 슬쩍 보더니 옆에 있는 형사에게 눈짓을 했다. 그러자 두 형사는 즉시 나무꾼 부부와 아이를 향해 말했다.

"우리 저쪽으로 가서 얘기할까요?"

"네? 네, 그러지요."

두 형사와 세 사람은 저쪽 방으로 물러갔다. 이는 도사에 대한 최대한의 존경심을 표시하는 것으로, 다른 사람 일로 시끄럽게 하지 않겠다는 것을 뜻한다. 마루에는 도사와 서장만 남았다.

"선생님, 금이 참 많지요?"

"많다니오? 뭐가 많습니까?"

"하하, 선생님, 도대체 어쩌자고 그토록 금을 모아 놓나요?"

서장이 묻는 것은 개인적인 것이었다. 서장은 항상 도사의 금에 대해 궁금해하고 있었기 때문이다. 도사는 그냥 웃을 뿐 대답을 하지 않았다.

"선생님, 제가 너무도 궁금해서 그러니 대답 좀 해 주십시오."

서장은 도사의 금에 대한 것이 마치 무슨 도술의 비결이나 된다는 듯이 다시 간절히 물었다.

"허허, 서장도…… 그것이 그리 궁금하오? 금이란 변치 않는 물건 아니오? 돈이라면 썩을 텐데……."

도사는 오히려 반문했다. 그런데 그 모습이 너무도 천진하고 진지해서 서장은 어처구니가 없었다.

"아니, 선생님. 돈은 은행에 놔두면 안전하고 금이 필요하면 언제든지 찾아서 살 수가 있습니다."

"은행도 변해요, 세월이 지나면 없어지지요."

도사와 금 / 77

"네? 은행이 없어져요? 하하, 선생님. 그럼 선생님은 은행보다 더 오래 살아 계실 수 있습니까?"

"글쎄요, 그건 살아봐야 알지요."

"네? 진담이세요? 하하."

서장은 웃다가 돌연 멈추었다. 도사는 전혀 웃지 않고 있을 뿐 아니라 뭔가 심상치 않은 기분이 들었기 때문이다.

어떤 부동의 힘 같은—.

그랬다. 서장이 도사에게 갑자기 느낀 기분은 태산처럼 움직이지 않는 절대 부동이었다. 착각이었을까? 서장은 순간적으로 그 비슷한 무엇을 느꼈는데, 금방 그 느낌은 사라졌다. 지금은 오로지 편안한 기분만을 느낄 뿐이었다.

'이상하구나, 이분하고 있으면 묘한 기분이 든단 말이야.'

서장은 이렇게 생각하면서도 전에도 몇 번인가 이런 느낌이 있었던 것을 기억해 냈다.

"선생님, 그런데 왜 이런 산골에서 혼자 사세요? 가족도 없이……."

서장은 일부러 화제를 바꾸었다.

"허허, 저 사람들도 가족이에요. 갈 데 없는 나를 이토록 받들어주니……."

"그러습니까? 그렇지만 선생님은 부자이실 텐데, 도시에 가서도 편히 사실 분이 왜 이런 시골에 계세요?"

"서장, 돌아갈 시간이 됐군요. 나는 쉬어야겠소."

도사는 피곤을 느꼈는지 아니면 서장이 꺼낸 화제가 마음에 안 들었는지 대화를 그만하겠다고 한다.

"네? 아, 네, 죄송합니다. 근간 찾아와도 되겠는지요? 어차피, 강도의 조사가 끝나는 대로 선생님의 금을 가지고 와야 하거든요."

서장은 도사의 뜻을 받들어 즉시 물러가겠다고 하면서 은근히 다음 번 약속을 받아내려 하였다. 서장은 그만큼 도사를 존경하기 때문에 기회가 닿는 대로 마주서고 싶은 것이다.
　"좋아요, 내 금을 빨리 가지고 오세요."
　도사는 선선히 허락했다.
　"고맙습니다. 다음번에 와서는 많은 가르침을 받겠습니다. 금을 찾아 준 대가로…… 하하."
　서장은 몹시 즐거운지 크게 웃으며 거리낌없이 말했다. 그것은 도사가 그만큼 편안한 기분을 만들어 주기 때문인 것 같았다.
　"선생님, 약속했습니다. 분명히?"
　"알겠소, 내 금이나 빨리 갖다 주시오."
　도사는 또 금 얘기를 했다. 그것도 '내 금'이라고 강조하면서…….
　서장은 속으로 도사의 이러한 말투에서 어린아이 같은 천진함을 느끼고 몹시도 우스웠다. 그러나 겉으로 웃음을 참고는 정중하게 말했다. 너무 자주 웃는 것은 아무리 편안한 사람이지만 높은 어른에 대해 실례가 될 것 같았다.
　"네, 선생님. 수일 내로 낮에 찾아뵙겠습니다."
　도사는 고개를 끄덕였다.
　"저, 그럼 이만 가겠습니다. 밤도 늦었으니 편히 쉬십시오."
　마침 두 형사도 막 일을 끝내고 기다리는 중이었다.
　"자, 이만 가지. 이분들도 쉬어야 될 테니."
　서장은 두 형사를 돌아보고는 마루를 나와 마당으로 내려섰다. 그리고 다시 도사를 향해 고개를 숙여 인사를 하고 떠나려 했다. 이 때 도사가 불렀다.
　"서장……."

"네?"

서장은 급히 걸음을 멈추고 도사를 바라보았다.

"그 아이들, 선처를 해 주시오."

"그 강도들 말입니까?"

"그래요. 그 두목인가 누군가 그 젊은 아이는 앞으로 좋은 일 많이 할 사람이에요."

"네? 그렇습니까?"

서장은 깜짝 놀랐다. 강도들의 두목이 좋은 일 많이 할 사람이라니! 서장은 순간적으로 무엇인가 생각하고는 고개를 끄덕였다.

누구의 말인가! 일운 선생님이 그렇다면 필경 그럴 것이다. 서장은 무엇인가 물을까 하다 그만두었다. 어차피 물어 봐서 알 길도 없고, 지금은 밤이 너무 늦었다. 물어 볼 것이 있으면 나중에 다시 와서 물어 보면 될 것이다.

"네, 선생님. 최선을 다 해 선처하겠습니다."

서장은 분명한 어조로 대답하고는 도사의 집을 나섰다. 주변은 여전히 캄캄하고 하늘의 별은 총총했다.

"서장님."

얼마간 걷다가 옆에서 한 형사가 물었다.

"저 노인네는 대체 어떤 인물이에요?"

"글쎄, 나도 잘 모르겠어. 점이 신통하긴 한데…… 범상한 분은 아닐 거야."

"도가 아주 높은 사람일까요?"

"그럴 테지. 아마 신선 같은 사람이 아닐까?"

서장은 도사를 아주 높게 생각하고 있는 것 같았다.

"네? 뭐 그리 대단해 보이진 않던데요. 신선 같은 분이라면 뭣 때문에 이런 속세에 살겠어요? 더군다나 돈받고 점이나 치면서…….”

다른 형사가 끼어들면서 부정적으로 말했다.

"아니야, 도가 아주 높은 사람도 속세에 살 수 있는 거야. 왜 이런 말도 있잖아. 소은小隱은 산에 숨고, 대은大隱은 도시에 숨는다고…….”

"허허, 서장님은 그 점쟁이한테 푹 빠진 거 아니에요?”

"허참, 그럴까? 글쎄 그런지도 모르지.”

서장은 고개를 가로 저었다. 속으로는 부하 직원의 생각을 부정하는 듯했다.

"서장님.”

처음에 말을 꺼냈던 형사가 다시 불렀다.

"그런데 이상한 것이 있어요.”

"응?”

"저, 도사가 말이에요, 우리한테는 강도가 나타날 것이라고 알려 줬는데, 그곳 식구들한테는 안 알려 줬어요.”

"뭐? 그거 이상한데!”

서장은 놀라면서 속으로 한참 동안 생각했다.

'왜 그랬을까? 이상한데…… 그렇지!'

서장은 나름대로 결론을 얻은 듯, 두 형사에게 자기 생각을 이야기했다.

"그 도사는 이번 강도를 꼭 잡으려고 한 것 같아. 전에는 그냥 쫓아 버린 적도 있어. 나무꾼한테 미리 말했으면 그들이 도망갔을 수도 있을 거야, 아마 틀림없을 거야, 꼭 잡으려고 그랬겠지.”

"그럴까요? 이번에는 왜 그토록 잡으려고 했을까요?”

"글쎄, 무슨 이유가 있겠지. 그렇지, 도사 말에 의하면 이번 강도 두목은 앞으로 좋은 일 많이 할 사람이래. 나보고 선처를 부탁하기도 했어.”

"네? 그것 참 이상하군요.”

이들이 도사를 화제로 삼아 한참 대화를 하면서 걸어가는 동안, 어느덧 논밭길을 벗어났다. 세워 둔 서장의 차는 바로 앞에 있었다.

"자, 이제 가보지, 오늘 큰일들 했어!"

차는 서서히 어둠 속으로 사라졌다. 이제 산골 마을은 한때 소란했던 사건의 파문이 가라앉고 다시 조용한 정경으로 돌아왔다. 어둠은 점차 풀려 가고 새벽은 소리 없이 찾아오고 있었다.

도사 방문

서울의 민여사는 날이 채 밝기도 전에 자리에서 일어났다. 오늘은 평소보다 일찍 일어난 것이다. 도사 탐방 여행은 앞으로 불과 몇 시간 후—.

민여사는 조용히 욕실로 들어가 몸을 씻고는, 다시 나와 커피를 한 잔 타가지고 창가에 앉았다.

'이제 조금 있으면 예언을 받으러 가는 거야! 내 운명은 어떤 것일까? 도사가 무슨 말을 할까?'

민여사의 마음 속에는 수많은 잡념이 아지랑이처럼 일어났다. 민여사는 지난 밤 잠을 푹 이루지 못했다. 신비한 사람을 만나러 간다고 생각하니 물어 볼 것도 수없이 떠오르고, 뜻밖의 운명이 드러날까 봐 걱정도 되었기 때문이다.

민여사가 신통한 도사라는 사람을 만나러 간 적은 여러 번 된다. 그러나 이번처럼 흥분해 보긴 처음이었다. 이번만은 웬지 진짜 도사를 만나는 것으로 느껴지기 때문이었다.

이것은 느낌이다. 최여사가 설명한 사건이 아니더라도 느낌으로 이미 그 도사가 진짜 신령한 도사라는 것을 깨달은 것이다. 물론 이는 민여사 자신의 믿음일 뿐이다.

　민여사는 느낌이라는 말을 자주 사용하는 편이다. 이는 영민이가 가장 싫어하는 말인데, 민여사는 중요한 대화에서 논리가 막힐 때는 언제나 느낌을 앞세운다.

　민여사가 주장하기에는 모든 논리 위에 느낌이 있다는 것이다. 특히 민여사 자신의 느낌은 절대적인 것이어서 이것 이상의 판단은 존재하지 않는다고 믿었다.

　물론 민여사는 이것을 깨달음이라고 말하는데, 영민이는 이것을 착각이나 자아 도취, 혹은 어리석은 고집이라고 말했다. 그래서 두 사람은 종종 싸움을 하는데, 결말은 언제나 속으로 자기 자신의 견해가 옳다는 확인만으로만 끝난다.

　아무튼 이번 여행에 대한 민여사의 느낌, 혹은 깨달음은 진짜 도사를 만나러 가는 것이기 때문에 어느 때보다도 흥분하고 있는 것이었다. 게다가 민여사는 한 가지 느낌을 더 가지고 있었는데, 그것은 민여사 자신이 아주 위대한 사람이고 그것을 도사가 이번에 선언해 줄 것이라는 점이다.

　민여사는 원래 자부심이 지나칠 정도로 강한데, 어느 때는 자신을 성뚫스럽게 느끼기까지 한다. 이것도 영민이가 싫어하는 것 중의 하나인데, 영민이는 민여사가 이런 생각을 표현할 때는 속으로 화를 내거나 아예 민여사를 미친 여자로 생각하기도 했다.

　물론 영민이는 이러한 자신의 견해를 절대로 내색한 적은 없었다. 오히려 그럴 듯하게 민여사의 생각에 동조해 주고는 이내 화제를 바꾸었다. 오래 견딜 수는 없었기 때문이다.

　민여사는 마지막 남은 커피 한 모금을 들어 마셨다. 시간은 오전 6시 5분, 가정부가 일어나 아침 식사를 준비하기 시작했고, 남편은 이로부터

30분 후쯤 일어났다.

　민여사의 남편은 민여사보다 6년 연상, 그러니까 당년 42세이고, 성은 홍씨, 본관은 남양이었다. 이 홍사장은 오늘 여행이 귀찮다거나 혹은 지루할 것이라고 생각하지는 않았다.

　원래 이 사람은 점이라는 것을 그리 좋아하지 않아서 언제나 마지못해 부인을 쫓아다녔는데, 이번만은 그럴 듯해 보여서 약간의 흥미마저 느끼고 있었다.

　만약 부인의 선배인 최여사의 말이 사실이라면, 이는 아주 신기한 일로서, 그런 도사를 만나려 간 김에 자기도 물어 볼 내용이 있는 것이다. 마침 홍사장은 근래에 들어서, 사업상 중대한 결정을 해야 할 사건이 생긴 것이다.

　사건은 다름아닌 사업 거래선을 결정해야 할 문제인데, 판단은 둘 중의 하나를 선택하는 것이고, 그것은 그리 쉬운 일이 아니었다. 왜냐 하면 선택은 돌이킬 수 없고, 그것으로 한쪽과는 완전히 결별하게 되기 때문이다.

　만일 선택이 잘못되면 크게 손해를 볼 수도 있고, 다시 만회할 수도 없다.

　"어디를 선택해야 하나? 미래를 미리 알 수는 없을까?"

　홍사장처럼 점을 안 믿는 사람도 이토록 다급하면 미래를 미리 알고 싶은 것이다. 사실 이런 문제는 많은 사람들이 종종 부딪치는 것인데, 홍사장의 경우는 결정해야 할 시기가 바로 눈앞에 다가와 있었다.

　'잘됐다, 그런 도사라면 정확한 판단을 해 줄 것이다!'

　홍사장은 이렇게 생각하였다. 게다가 오랜만에 좋아하는 여행을 하는 것이니, 말하자면 임도 보고 뽕도 따는 격이었다. 홍사장은 아침밥을 먹는 자리에서 자신의 속마음을 털어놓았다.

"여보, 그 도사가 내 사업도 잘 판단해 주시겠지?"

"하하, 여보, 당신도 점이 필요할 때가 있어요?"

민여사도 남편이 귀찮아하지 않고 오히려 즐거워하는 듯 보이자 마음이 놓였다. 물론 민여사는 남편을 억지로라도 데려갈 능력(?)이 있었지만, 남편도 일이 있어서 함께 간다니 더욱 좋은 일이 아닌가.

이들 부부는 7시 40분에 집을 나서 택시를 잡아탔다. 여행은 최여사 집 차로 가기로 정해져 있었기 때문이다. 이들 부부가 최여사 집에 도착하자, 이미 김실장 부부도 와 있었다.

이제 여행에 동참할 사람은 다 모였고, 이들은 출발에 앞서 필요한 것을 점검했다. 그 동안 민여사는 약국엘 갔다 오겠다고 하면서 잠깐 나섰다. 영민에게 전화를 걸기 위해서였다.

공중 전화는 대문을 나서 바로 우측 구멍가게에 있었다.

따르릉—.

화양리 언덕에 있는 영민이 하숙집의 전화벨이 울렸다.

"여보세요, 네? 네, 기다리세요."

"학생, 전화받아요."

영민이는 잠을 자다가 하숙집 아줌마 목소리에 급히 깨어났다. 영민이는 잠을 많이 자는 편이지만 잠귀는 귀신처럼 밝았다. 영민이는 이 전화가 틀림없이 민여사에게서 온 것이라고 생각했다. 원래 영민이에게 오는 전화는 거의 다 민여사의 전화였다.

게다가 오늘은 민여사가 전화를 해 주기로 한 날이었다. 영민이는 두근거리는 기대감을 갖고 전화를 받았다.

"여보세요."

틀림없는 민여사 목소리였다.

"네, 저예요, 누나. 왜 이렇게 일찍 전화를 걸었어요?"

영민이는 반가운 인사를 이렇게 했다. 영민이는 뜻밖의 이른 시간에 민여사 전화를 받아서 더욱 기분이 좋았던 것이다. 올 전화가 안 오고 늦어지면 이처럼 애가 타는 일이 없다.

"네? 여행요?"

영민이는 맥이 탁 풀렸다. 저쪽에서 나온 말은 오늘 만나자는 소리가 아니었다.

"아니, 누나. 오늘 만나기로 했잖아요?"

"그래, 그런데 갑자기 일이 생겼어."

"무슨 일인데요? 오늘 꼭 가야 돼요?"

"응, 남편과 보성엘 가게 됐어…… 미안해."

남편과?

영민이는 민여사의 남편을 몇 번 만나 본 적이 있었으나 그리 좋아하지는 않았다.

그런데 보성엘 간다고? 보성이면 바로 영민이의 고향이 아닌가!

"보성엘 간다고요? 거긴 왜요, 우리 고향인데."

"뭐, 영민이 고향이라고? 하하, 그것 참 신기하네!"

"누나, 거기 갑자기 왜 가요?"

"누굴 만나러 가, 도사 만나러!"

"도사라니오? 무슨 소리예요?"

"응, 신통한 점쟁이, 아니 도사가 있대."

"점쟁이오?"

영민이는 점쟁이란 말에 기가 막혔다.

"……"

"여보세요. 여보세요, 영민아!"

"누나, 도대체 왜 그러세요, 점에 미쳤어요?"

"얘는, 그렇게 말하면 어떡해? 중요한 일이 있다고 했잖아. 아무튼, 다녀와서 전화할게……."

"네, 알았어요."

영민이의 목소리는 우울했다.

"여보세요, 영민아, 왜 그래? 미안해, 갔다와서 좋은 산에 데려갈게. 하하, 기분 풀어."

찰칵—.

전화는 여운을 남긴 채 끊어졌다.

'좋은 산에 데려간다고?'

영민이는 속으로 미칠 지경이었지만, 이 말만은 선명하게 뇌리에 남았다.

'어쩔 수 없어, 미쳤군.'

영민이는 민여사가 밉기도 하고 보고 싶기도 했다.

'아, 정말 미치겠네!'

영민이는 전신의 기운이 쭉 빠졌다. 이제 얼마나 긴 시간을 또 기다려야 할 것이냐, 자기 방으로 들어선 영민이는 자신이 자고 있던 이불을 걷어찼다. 그러나 달라진 것도, 달라질 것도 없다. 고통은 스스로 견딜 수밖에 없는 것이다.

민여사는 영민이의 이러한 마음에는 아랑곳하지 않고 신령한 도사가 사는 보성을 향해 편안히 출발했다. 차는 두 대, 앞차에는 김실장 부부가 탔고, 뒤차에는 민여사와 최여사 부부가 탔다.

날씨는 전형적인 가을 날씨로 쾌청했고, 몸 컨디션은 모두들 좋았다. 얼마 후 이들 일행의 차는 경부 고속도로에 진입했고, 이때 민여사는 한가한 마음을 가지고 한 가지 생각을 떠올렸다.

'아참, 영민이의 사주를 알아올걸! 가만 있자, 25세 10월, 생일을 며칠이더라? 이십 며칠인데…… 시는? 언제더라?'

민여사는 신통한 도사한테 가는 길에 기회가 있으면 영민이의 장래도 물어 보려는 생각이었는데, 생일도 기억이 안 나고 생시는 아예 모르는 것이었다. 그러나 다음에 알아서 다시 가면 되는 것이니 크게 실망하지는 않았다. 물론 그 도사가 생각한 대로 정말 신통한 경우에 한해서이지만…….

민여사는 이번에는 다른 생각을 했다.

'영민이가 지금쯤 화가 몹시 나 있을 거야, 조금 미안한데…… 갔다 와서 좋은 산에 데려가야지!'

도로는 한적했고, 차는 정상 속도를 유지했다. 가까이 작은 언덕들이 속속 지나가고 훤히 트인 논밭도 종종 나타났다. 민여사는 한동안 영민이에 관해서만 생각하며 시간을 보냈다.

'아직도 자고 있겠지?'

민여사는 영민이가 언제나 늦게 일어난다는 것을 알기 때문에 아직도 잠자리에 있을 것으로 생각하고 있었다.

그러나 영민이는 오늘만은 벌써 일어나 나갈 준비를 서두르고 있었다. 도저히 잠을 계속 잘 기분이 아니었던 것이다.

오늘 영민이의 잠을 훼방하고 며칠 분의 불면증을 제공한 장본인은 다름아닌 민여사였다. 영민이는 원래 심한 불면증이 있지만, 한번 자면 좀처럼 깨지 않는다. 하루 보통 15시간 정도는 자는 편이다. 물론 어느 때는 이틀씩 잠을 안 잘 때도 있다.

오늘은 재수 없는 날이다. 새벽부터 잠을 깨우고 어딜 간다고?

'에이, 멍청이! 점에 미친 여자! 누나는 정말 바보야!'

영민이는 속으로 민여사를 수없이 욕하면서 하숙집을 나섰다. 하숙집 아줌마가 아침상을 차려 놨다고 말했지만, 그는 듣지도 않고 도망치듯 나왔다. 도저히 밥이 넘어가지 않을 것 같았기 때문이다. 우선은 어디로

든 한참 동안 걷든지, 어디 가서 다른 일에 몰두하든지 해서 마음을 진정시켜야 한다. 그래야 배가 고프든 잠이 오든 할 것이다.

행운의 승리

영민이는 빠른 걸음으로 언덕길을 내려와 큰길을 건넜다. 그러고는 버스를 타고 무작정 시내로 향했다. 버스에는 사람이 많아서 앉을 자리가 없었다. 영민이는 버스 손잡이에 매달려 차가 움직이는 대로 한참 시달리다가 서울역 앞에서 내렸다. 여기까지 오는 동안 속상한 마음이 조금이나마 달래진 것 같았다. 이는 버스 손잡이에 매달려 실컷 흔들렸기 때문이리라.

영민이는 걸음을 빨리해서 서대문 쪽으로 걸었다. 그는 원래 걷는 것을 아주 좋아했다. 그래서 웬만한 거리는 걸어서 가는 편인데, 이것은 성격이 급한 사람의 특징이다. 아무튼 영민이는 한참 동안 걸어서 서대문에 당도했다. 영민이의 마음은 걷는 동안 이미 평상으로 돌아왔고, 이제부터 찾아갈 곳에 마음이 쏠리고 있었다.

영민이가 찾아가는 곳은 기원棋院이었다. 영민이가 도박 다음으로 좋아하는 것이 있다면 그것은 바둑이었는데, 그렇다고 바둑을 잘 두는 것은 물론 아니다. 그저 바둑판 앞에서 시간을 보내는 것을 좋아하는 것이다. 영민이는 층계를 단숨에 올라갔다. 기원은 이층에 있었다. 영민이가 기원에 들어서고 보니 선수(?)들이 가득 차 있었다. 영민이는 무조건 기분이 좋았다.

"어? 영민이!"

여러 사람들이 아는 척해 주었다. 영민이는 오랜만에 기원을 찾았지만, 본방 멤버(?)였기 때문에 아는 사람이 많았다. 그리고 오늘은 마침 바둑 대회가 있어서 사람이 평소보다 많았던 것이다.

"안녕하세요?"

영민이는 원장에게 인사를 건넸고, 원장도 반가워했다.

"오랜만이야. 마침 잘 왔어, 오늘 시합인데 낄 거지?"

"네? 시합요? 그럼요!"

영민이는 싱글벙글하면서 출전료를 지불했다. 시합은 2개조로 나누어서 하는데, 상품은 금이 석 돈으로 제법 큰 상품이었다. 조를 정하는 방식은 A조가 4급 이상, B조는 5급 이하로, 대전 방식은 토너먼트인데, 영민이는 턱걸이로 겨우 A조에 속해 있었다. A조라고 해서 상품이 더 많다거나 싸움이 쉬운 것은 물론 아니었다. 오히려 A조는 강자들이 많아서 그만큼 싸움이 어렵다.

그래도 영민이는 부득불 A조를 고집했다. 이것이 영민이의 성격인데, 일종의 허세였다. 영민이가 만약 B조로 간다고 해도 누가 말리지는 않을 것이다. 왜냐 하면 영민이의 실력은 실제로 5급 정도밖에 되지 않기 때문이다.

누가 만일 영민이에게 반드시 B조에 속해야 한다고 굳이 주장한다면 영민이는 분명 출전을 포기할 것이다. 그러나 누가 그렇게 하겠는가? 본인 스스로가 불리한 게임을 자청하는데, 오히려 잘된 일이라고 생각할 수밖에.

게임이 시작되었다. 영민이가 속한 A조는 총인원이 15명으로 둘씩 짝을 지으면 한 명이 남는다. 그래서 부득이 한 명을 추첨해서 부전승을 뽑기로 했다. 그렇게 되면 14명이 싸워 7명을 탈락시키고 부전승자 한 명을 포함하여 8명이 되니까 그 다음부터는 수월한 것이다.

추첨 방식은 누군가 바둑돌을 듬뿍 감춰 쥐고서 선수 15명에게 각자 번호를 하나씩 부르게 한다. 그리고 바둑돌을 15개씩 제하고 나머지 숫자로 당첨자를 정하는 것이다.

원장은 돌을 한아름 바둑판 위에 쌓아 놓고, 그 위에 손을 가리고 각자 번호를 부르게 했다. 그런데 누가 영민이를 보고 먼저 부르라고 했다. 이는 영민이가 바둑이 약하기도 하고, 오랜만에 기원에 나왔으니 일종의 친절의 표시로 그렇게 한 것이다. 물론 먼저 번호를 부른다고 유리한 것은 아니다. 언제 부르거나 마찬가지이고, 모든 것은 우연일 뿐이다. 그래도 영민이는 자기가 먼저 부르겠다고 하면서 잠깐 생각하는 듯하더니 6번을 불렀다.

이어 나머지 사람도 차례로 번호를 불러 1에서부터 15까지 다 번호를 불렀다. 이제 손을 펴서 바둑돌 개수만 세면 되었다. 바둑이 아니더라도 이런 방식으로 승자를 정하는 경우도 많다. 예를 들어 동전을 가지고 하는 도박인 쌈치지(짤짤이?)는 일에서 삼까지 부르는 방식이다.

이런 경우 숫자를 부르는 방식은 사람에 따라 다르다. 어떤 사람은 아무 생각 없이 입에서 나오는 대로 아무렇게나 부르는 사람이 있는가 하면, 자기도 동전을 쥐어 보고 그것이 나오는 대로 부르는 사람도 있다.

또 어떤 사람은 자기가 무슨 초능력이라도 있는 양 눈을 감고 생각해서 떠오르는 것을 부르기도 하고, 또는 그전에 나온 것에 어떤 계산을 가해서 부르기도 한다. 아무튼 별의별 사람이 다 있는데, 영민이는 이 중에서 생각해서 부르는 타입에 속한다.

원장은 쌓아 놓은 바둑돌을 15개씩 제해 나갔다. 바둑돌을 15개씩 세

번 제하고 나니, 여섯 개가 남았다. 뜻밖에도 영민이가 추첨된 것이다.
"와!"

영민이는 환호했다. 일회전을 싸우지 않고 통과한 것이다. 이는 우연이었을까, 아니면 영민이가 신통하게 골라낸 것일까? 이런 문제는 아무도 생각해 보지 않는다. 영민이도 그저 기분이 좋았을 뿐이다.

다른 사람들은 즉시 짝을 정하고 대국을 시작했다. 영민이는 8강에 선착했으니, 이제 느긋하게 기다리면 되었다. 영민이는 그제서야 배가 고팠다. 민여사의 일은 어느 새 잊어버리고 다른 일에 몰두할 수 있게 된 것이다. 영민이는 중국집에 음식을 시켰다.

얼마간 시간이 흐른 후, 4강전이 시작되어서 영민이도 짝을 정해 바둑을 두었는데, 대국이 시작되자마자 그 사람은 걸려 온 전화를 받았.

그러더니 집안에 중요한 일이 있다면서 기권을 하고 급히 나갔다. 이래서 영민이는 4강전도 행운으로 통과한 것이다.

'오늘 왜 이래? 운수 좋은데……'

영민이는 속으로 이렇게 생각하면서 여유를 갖고 다른 사람들이 끝나기를 기다렸다. 이윽고 준결승전—.

영민이는 강자를 만났다. 영민이 자신도 이번에는 별수 없을 것으로 생각했다. A조에 허세로 참가하여 종점에 온 것이다. 그런데 이상하게도 이번에도 행운이 따랐다.

상대방이 어처구니없는 실수를 한 것이다. 영민이는 쉽게 결승에 올랐다. 이것을 본 원장은 영민이의 어깨를 두드려 주며 말했다.

"오늘 운이 좋구먼!"
"네, 그런가 본데요! 하하."

영민이도 기분이 좋아서 크게 웃으며 대답했다. 그러면서도 약간 기분이 이상했다. 마치 정신이 어디에 홀린 듯 현실감이 나질 않았다.

'오늘은 운이 좋은 것인가, 아니면 우연? 글쎄…… 우연이 겹친 것일까?'

오늘은 확실히 이상했다. 영민이는 이날 이때까지 무슨 추첨에 당첨된 적이 한 번도 없었다. 그런데 15명 중에 한 명으로 뽑히다니…….

이어 상대방이 기권했다. 그러고는 강자마저도 쉽게 물리쳤다. 이것은 운이 아니라면 무엇일까? 영민이는 즐거운 마음과 심각한 마음이 교차했다. 그러나 어떤 결론이 나는 것은 아니었다.

마침내 결승전이 시작되었다. 영민이는 심각하게 최선을 다 했다. 구경하는 사람 중에는 영민이의 운은 이제 끝났겠지, 하고 생각하는 사람도 있었다.

그러나 영민이는 잘 싸워서 이겼다. 그 동안에 이긴 것이 운 때문이었다면 이번에는 운이 아닌 것이다. 그런데 영민이는 싸우기 전에 웬지 이길 것만 같았다. 아니, 이길 것을 분명히 느낄 수 있었다. 이것은 단순히 기분 탓일까?

여러 사람들이 박수를 쳐주었다. 그런데 영민이는 웃지 않았다. 왜 그런지 영민이 자신도 몰랐다. 영민이는 금반지를 받고 오히려 우울한 기분을 가지고 기원을 나왔다.

시간은 오후 6시 40분.

이로부터 몇 시간 전 민여사 일행은 이미 보성의 조성리 마을에 당도하여 도사 접견을 신청했다. 이들이 배정받은 시간은 내일 오전 9시, 도사를 찾는 사람이 워낙 많아서 토요일인 오늘은 차례를 얻지 못한 것이다.

그나마 내일 아침 이른 순번을 받아 놓아서 크게 다행이었다. 이들은 어느 민박집 넓은 대청마루에 나와 앉아 한가하게 얘기를 나누고 있었다. 앞에는 커피잔이 하나씩 놓여 있었고, 저녁 식사도 이 마루에 앉아서 조금 전에 끝낸 상태였다. 기온은 덥지도 춥지도 않아서 날씨의 조건으로서는 최상, 하늘은 아직 어두어지지 않고 있었다.

"언니, 정말 신통한 도사예요. 그 강도들 상당히 놀랐겠는데요!"

민여사는 민박집 주인으로부터 지난 밤 강도 사건 얘기를 듣고, 지금은 그것을 화제로 얘기하는 중이었다. 그 사건에 대한 이야기는 날이 새자 순식간에 온 마을에 퍼졌고, 타지방에서 도사를 만나러 이 마을에 온 사람들도 거의가 다 소식을 듣게 되었다.

현재 마을은 온통 도사를 만나러 온 사람으로 들끓었다. 민박집 주인의 말에 의하면 토요일엔 으레 이렇다는 것이다.

마을 전체를 한눈에 보자면, 마을은 마치 커다란 잔치가 있는 것처럼 곳곳에서 수많은 대화가 이루어지고 있었다.

민여사와 최여사도 끊임없이 얘깃거리를 만들어 내고 있었는데, 옆에 있는 민여사 남편이나 최여사 남편이 종종 끼어들어서 도사를 화제로 한 각종 상상이 제기되기도 했다. 이 자리에서 전혀 말이 없는 사람은 오직 김실장뿐이었다.

김실장은 이 마을에 오자마자 지난 밤 강도 사건을 들었거니와, 이 사건도 김실장에게는 또 하나의 충격이었다. 지금 김실장의 마음은 설레임과 확신, 그것이었다. 그리고 자신이 이 마을에 오게 된 것은 자연의 섭리이고 하늘의 인도引導라고 생각되었다.

"언니! 그런데 말이야, 만일……."

옆에서 민여사의 목소리가 들렸다. 그래도 김실장은 속으로 혼자 생각하고 있었다.

'어제의 강도! 이들은 자신의 계획이 도사 때문에 틀어졌다는 것을 알고나 있을까? 아니면 우연히 경찰에 잡혔다고 생각할까?'

김실장의 마음에는 어제 있었던 강도의 일이 남의 일처럼 여겨지지 않았다. 왜냐 하면 자신의 입장과 강도들의 입장이 비슷한 면을 가지고 있기 때문이었다. 김실장 자신은 죽을 운명이었는데 도사 때문에 못 죽었고(?), 강도들은 황금을 얻을 것을 도사 때문에 못 얻은 것이 아닌가!

말하자면 둘 다 예정된 미래가 도사 때문에 빗나간 것이다. 그런데 그로 인해 김실장은 인생의 큰 회의를 갖게 되었지만 강도들은 어떤가?

김실장은 마음 속으로 강도들도 자기처럼 인생을 다시 한 번 생각해 주기를 바랐다.

'허어, 내가 지금 무슨 생각을 하는 거야. 내가 도대체 무엇이라고!'

김실장은 속으로 웃었다. 자신이 마치 무슨 성스러운 도사나 되는 것처럼 남의 인생을 생각해 주다니! 그러나 김실장의 이러한 마음은 그렇게 이상한 것이 아니었다. 누구나 자신의 깨달음이 깊으면 남의 일에도 마음이 쓰이는 법이다.

'만약, 사람이 자신의 운명을 미리 알 수 있다면 사람은 그 즉시 크게 다른 사람으로 변할 것이다. 강도도 마찬가지겠지!'

김실장은 이렇게 생각하며 먼 하늘을 바라봤다.

두목의 술명

이 시간 조성리 마을의 인근 경찰서에는 어제 잡혀 온 강도들이 새로운 취조를 받고 있었다. 이들은 어젯밤 이미 사건 경위를 모두 조사받고 강도 현장범으로 확인되었는데도 다시 취조를 받는 것이었다. 이는 서장의 특별 명령에 의한 것이었는데, 사실 명령이라기보다 부당한 청탁, 혹은 강압성 부탁이라고 할 수 있었다.

아무튼 지금 현재 조사를 다시 받는 것은 실은 조사가 아니라 교육 비슷한 것이었다. 취조관은 박수사관인데, 이 사람은 지난 밤의 태도와는 전혀 다른 친절하고 부드러운 방식으로 시작했다.

"이름은?"

"박일준입니다."

"나하고 종씨구먼…… 나이는?"

"31세요."

"직업은?"

"……."

"직업은 없어? 아니 장사를 한다고 하지. 어제 조성리에 여행을 왔었나,

동생들을 데리고?"

"……?"

"이봐, 자넨 어제 조성리에 놀러 온 거야, 알겠어?"

"……?"

"그리고 금을 훔치다 들켰지?"

"……?"

"박일준! 자넨 동생들 데리고 놀러 왔다가 우연히 점쟁이가 금을 많이 가지고 있다는 것을 들었지?"

"……?"

"그랬을 거야. 그래서 순간적인 충동으로 금을 훔치고 싶었지? 누구나 그럴 수 있겠지……."

조사관의 친절은 감동할 지경이었다.

"……?"

"그리고 몰래 들어가서 금을 가지고 나와 도망치다가 잡힌 것이지?"

"……?"

강도 두목인 박일준은 도무지 영문을 모를 일이었다. 자신이 저지른 일은 분명 강도짓이었는데, 지금 수사관이 하는 얘기를 들어보면 강도짓이 도둑질로 바뀌고 있는 중이었다.

박수사관은 새로운 진술 조서를 작성하고 있었다. 박일준은 자신을 놀리는지 어떤지 알 길이 없어서 아무 대답 없이 눈치만 보고 있는데, 박조사관은 한참 동안 저 혼자 묻고 저 혼자 대답하더니,

"자, 여기다 지장 찍어!"

라고 말했다.

이윽고 진술 조서가 다 작성되고 확인 지장을 찍었다. 확실히 자신이 한 짓의 제목(?)이 바뀌고 있었다. 박수사관은 잠시 자리를 비웠다. 강도

두목 박일준은 이상하다고 느끼면서도 일이 잘되어 가고 있다는 생각이 들었다.

'도대체 무엇 때문일까?'

박일준은 아무리 생각해도 알 길이 없었다. 그러나 자신의 죄목이 바뀐 것만은 사실이었다. 잠시 후 박수사관이 다시 나타났다.

"궁금하지?"

박수사관은 눈을 찡긋하면서 물었다.

"네."

박일준은 아주 작은 목소리로 천천히 대답했다.

"하하, 자넨 정말 운이 좋은 사람이야. 내가 얘기해 주지!"

박일준은 꿈을 꾸는 것 같았다.

'운이 좋다고? 하긴, 강도가 절도로 바뀌었으니 이 얼마나 큰 다행인가! 지금은 잡힌 몸, 죄가 가벼울수록 좋은 것 아닌가?'

박일준은 이런 생각을 하면서 박수사관의 말에 귀를 기울였다. 박수사관은 크지 않은 목소리로 친절하게 설명을 시작했다.

"자넨 잡힌 이유도 모르겠지? 물론 그럴 테지. 그건 말이야, 이렇게 된 거야—."

박수사관은 아주 재미있디는 듯이 미소를 지으며 얘기했다.

"며칠 전 우리는 도사한테서 연락을 받았어, 서장이 직접 받은 거지. 그러니까 한 열흘쯤 됐나? 도사는 10월 18일 자시子時에 강도 5명이 올 것이라고 했어. 그래서 서장은 병력을 많이 동원해서 잠복해 있었지. 처음엔 멀리서 대기했지. 차가 한 대 산속 길에서 서더구먼, 그리고 자네들이 차에서 나왔어. 그래서 우리는 기다렸지, 뒤따라갈까도 생각해 봤지만 들키기 쉬워서 그만뒀어. 조금 있으니까 자네들이 어김없이 나타나더구먼. 도사가 자네들이 잡히는 장소도 얘기해 줬지. 하하, 알겠나? 자네들은 처음부터 잡히도록 꾸며져 있었어. 그러니 앞으로는 조심하라고. 아니, 앞으로는 이런 일 졸업해야지, 안 그래? 하하. 아참, 그리고 도사가 말이야, 자네를 몹시 잘 봤더군! 자네의 선처를 부탁했어. 그래서 이렇게 봐주는 거야. 사실 우리가 봐주는 것은 불법이야. 그렇지만 서장의 명령, 아니 부탁인데 어떡해? 도사가 서장한테 간곡히 부탁했기 때문에 서장도 어쩔 수 없었겠지. 그런데 도사가 다른 말도 했어. 자네 보고 앞으로 좋은 일 많이 할 거라고 하더군. 하하, 정말일까? 아무튼 이제 이런 짓은 졸업해! 그리고 자넨 강도에서 도둑놈으로 강등(?)되었으니 학교(?)에서도 오래 살지 않을 거야. 재수 좋으면 한두 달도 안 걸리겠지, 그 정도는 잠깐 아니야? 제대로 했으면 자네들은 사전 모의에 의한 강도니까 몇 바퀴(?) 돌 뻔했어. 자네 부하들도 어지간히 재수가 좋아! 좀 있다가 부하들하고 입을 맞춰 놔, 자네들은 며칠 내로 검찰로 넘어갈 거야……."

박수사관은 또 자리를 비웠다. 박일준은 꿈인지 생시인지 아련한 기분을 느꼈다. 자신이 이토록 행운을 얻게 된 것은 물론이려니와, 그 도사라는 사람에 대해서 실로 놀라지 않을 수 없었다.

'세상에! 그런 사람도 있다니……'

그리고 인생이란 것이 너무나 묘하다는 생각이 들었다.

'우리는 그토록 애써 계획하고 성공을 기대했는데, 그것이 이미 실패하도록 운명적으로 정해져 있었단 말이지? 운명? 더구나 열흘 전에 도사가 경찰에 알렸다면 너무나도 이상하다. 그때 나는 아직 그런 일을 할 줄은 꿈에도 몰랐었는데. 그리고 강도가 5명이라고? 거참, 용섭이는 나중에 우연히 정해졌는데…… 기가 막혀! 그 노인 겉으로 봐서는 모르겠던데 그토록 신통하단 말이야? 도사? 도사가 대체 뭘까? 도道는 또 무엇이고…….'

박일준은 수많은 생각이 어지럽게 꼬리를 물고 일어나 현기증을 느낄 정도였다.

'꿈일까, 아니 분명 생시야. 그렇지만 꿈이나 마찬가지야. 인생은 다 그런가? 나의 운명은 무엇일까? 내가 좋은 일을 많이 한다고…… 글쎄, 하긴 우리의 강도 계획을 그토록 자세히 알고 있는 것을 봐서 나의 운명도 알 수 있겠지. 그런데 나의 운명은 좋게 되어 있을까? 곧 죽게 되어 있다든가, 아주 불행하다거나…… 지금껏 불행했었는데, 과연 앞으로 나의 운명은?'

박일준은 신기하다 못 해 무서움이 와락 몰려왔다. 자신이 경찰에 잡혀 감옥에 간다는 것은 아무것도 아니었다, 운명이란 것이 궁금하고 무서워진 것에 비하면.

'도사? 어떤 사람일까? 신? 귀신? 마음씨 좋은 사람? 무서운 사람?'

박일준은 도저히 종잡을 수 없는 생각에 미칠 것만 같았다.

"박일준!"

어느 새 박수사관이 다시 나타났다. 박일준은 겨우 정신을 차렸다.

"따라와!"

박수사관은 앞장 서면서 친절히 말했다. 강도 두목인 박일준이 따라간 곳은 서장실.

"이리 앉게!"

서장은 부드럽게 말했다. 박일준은 서장이 가리킨 의자에 조심스럽게 앉았다. 서장은 서류를 뒤적이더니 그것을 박일준에게 넘겨주었다.

"자, 이것을 찬찬히 읽어 보고 외워 둬. 부하들한테도 그대로 시키고."

서장이 건네 준 것은 절도 사건 진술 조사서 사본이었다. 서장은 박일준을 유심히 살펴보는 듯했다.

"자네, 상황은 알고 있겠지? 더 도와줄 방법은 없어. 그런데 자네, 혹시 그 도사를 언제 본 적이 있나?"

서장은 뜻밖의 질문을 했다.

"네? 아니오!"

박일준은 놀라서 큰 소리로 대답했다.

"음, 그럴 테지!"

서장은 공연한 것을 물어 봤다고 생각하고는 돌연 박수사관을 돌아보며 물었다.

"박수사관, 당신이 보기에 어때? 이 사람 좋은 일 하게 생겼나?"

"네? 아니, 서장님…… 제가 뭘 알아요?"

"허허, 수사관이 사람도 볼 줄 모른다니!"

서장은 재미있다는 듯이 박일준과 수사관을 번갈아 보면서 미소를 지었다. 서장은 도사가 말한 박일준의 모습이 자기네들에게도 보이는지가 궁금한 모양이었다. 서장은 다시 한 번 박일준의 모습을 보고는 고개를 가로 저었다. 자기가 보기에는 영락없이 강도 혹은 불량배의 얼굴이었다.

"나는 도저히 모르겠군, 그러게 도사는 도사지. 허허, 알겠네. 그만 데려가게."

서장의 면담은 끝났다. 박일준은 서장실을 나오면서 이상한 기분을 느꼈다. 그것은 끝없는 용기와 깨끗한 희망이었는데, 인생이 이토록 행복했던 적은 한 번도 없었다. 이 순간 박일준은 다시 태어난 것이다. 이제 그의 앞날엔 어떤 것이 기다리고 있을까?

박일준은 지금 이러한 것을 생각하고 있지는 않았다. 그는 인생이 무엇이고 운명이 어떤 것이든 간에 모든 것이 다 자신에게 주어진 소중한 인생이란 것을 깨닫게 된 것이다. 박일준은 자신이 지금 어느 곳에 있는지도 크게 문제되지 않았다. 현재는 비록 자유가 없이 이리저리 끌려 다니는 신세지만, 머지 않아 자유롭고 보람있는 시간이 오리라는 것을 어

두목의 운명 / 103

렴풋이 알고 있는 것이다.

다시 조성리 마을, 시간은 오후 9시 10분.

아직 도사의 영업(?) 시간은 끝나지 않았다. 지금 순번을 받아 도사의 방에 막 들어선 손님은 10대 후반의 소녀였는데 키가 훤칠하고 가히 절색이라 할 만큼 미인이었다. 이 소녀는 도사의 방에 들어서자마자 얌전하게 무릎을 꿇고 고개 숙여 인사부터 올렸다. 순간, 도사는 이 소녀를 일별一瞥하는 것으로써 이 소녀에 관한 전모를 파악했다.

"선생님……."

소녀는 조심스레 서두를 꺼냈다.

"이것이 저희 오빠 사주四柱입니다. 현재 원인 모를 병을 앓고 있어요. 오빠의 운명을 알려 주시고, 약도 좀 지어 주세요."

소녀의 목소리는 맑고 침착했다.

"음……."

도사는 잠시 말없이 무엇인가 생각하는 듯하더니 인자한 표정으로 소녀를 바라봤다.

"아가야, 그냥 돌아가거라."

"네? 무슨 말씀이신지요…… 약은요?"

"약은 필요 없다. 그리고 아가는 자기 인생을 살아야 한다. 알겠느냐?"

"네? 약이 필요 없다니오? 자기 인생……?"

"어서 나가 봐."

도사는 이 말을 끝으로 침묵했는데, 그 침묵은 범인으로서는 견딜 수 없는 한없는 적막과 부동, 바로 그것이었다. 소녀는 이 순간 자신의 마음과 몸의 존재가 너무 소란스러워서 견딜 수가 없었다. 소녀는 물어 볼 것이 많았으나 감히 말도 꺼내지 못하고 물러나오고 말았다.

귀신 탄생

그 소녀는 조성리에서 그리 멀지 않은 순천이란 곳에 살며 현재 고등학교 2학년 재학 중으로, 도사에 관한 소문은 자기가 살고 있는 옆집 아줌마에게 들어서 익히 알고 있었다. 소녀는 몇 년 전 부모를 다 여의고 오빠와 단둘이 어렵게 살고 있던 중, 최근 오빠가 원인 모를 병이 들어 도사를 찾게 된 것이었다. 오빠가 병석에 누운 지는 거의 6개월이나 되었다.

소녀는 뜻모를 도사의 말을 생각하며 문 밖을 나섰다. 좌측 마루에 환하게 불이 밝혀져 있고, 아직 많은 사람들이 기다리고 있었다. 소녀가 도사의 집을 나서자 밤하늘에는 수많은 별들이 반짝거리고 있었다.

'오빠는 약이 필요 없다고? 이제 회복되려나, 아니면 혹시?'

소녀는 갑자기 불길한 생각이 들었지만 애써 지워 버렸다. 지금은 밤이 늦어 집으로 돌아갈 수가 없다. 어차피 내일 새벽이 되어야 집에 갈 수 있으니, 그때까지는 모든 것을 잊고 마음을 편안히 해두어야 했다. 그렇지 않으면 견딜 수가 없을 것이기 때문이다. 소녀는 가까이에 정해 둔 민박집을 찾아 들었다.

같은 시간, 순천 읍내에서 멀리 떨어진 산골 마을에서는 소녀의 오빠가 홀로 누워 있다가 어느 순간 심장이 정지하고 말았다. 의학적으로 말하면 사망한 것이다. 그러나 오빠는 아직 의식이 존재했다. 오빠의 의식은 먼저 추위를 느꼈다. 그러나 몸이 떨려 오지는 않았다. 이상하게도 무엇인가가 자신의 몸을 감싸 잡아 주고 있어 떨림을 막아 주는 것 같았다.

눈이 저절로 떠졌다. 그런데 아무것도 보이지 않고 캄캄하게 느껴질 뿐이었다. 그래도 답답하지는 않았다. 오히려 어둠 그 자체가 보이는 것 같았다. 이러한 느낌은 귀에서도 마찬가지였다. 한없는 고요 뒤에는 고요 그 자체를 듣는 것이었다.

그런데 이상한 것은 귀가 곧 눈이고, 눈이 곧 귀라는 생각이 들었다. 이것은 착각일까? 정신은 점점 맑아졌다. 그러고는 일생에 한 번도 겪어 보지 못했던 절대 쾌감이 전신을 휘감았다. 이것은 성교性交의 오르가슴을 천 배나 만 배나 능가하는 것이었다. 마치 쾌감이라는 바닷속에 깊게 적셔져 있는 솜처럼 즐겁지 않은 부분이 없었다. 이 순간은 미래나 과거까지도 모두 행복하게 생각되었고, 현재의 정신은 한없이 맑았다.

어느덧 추위도 사라졌다. 그러고는 몸이 한없이 가벼워지는 것을 느꼈다. 마치 날아갈 수 있을 것 같았다. 이젠 모든 것이 편안해졌다.

'병도 완전히 나은 것인가? 그런데 너무나 조용해! 너무 밝은 것 같기도 하고…… 지금은 밤인가, 낮인가? 수진이는 어딜 갔나?'

소녀의 오빠는 자신이 죽었다는 사실을 모르고 있었다. 오히려 정신은 더욱 맑아지기만 해서 한없이 행복했다. 그리고 눈도 귀도 너무나 밝아진 느낌이어서 천 리 밖에 있는 것도 보고 들을 수 있을 것 같았다. 그뿐이 아니었다. 기억력이나 상상력도 한없이 증가하여 세상에 모를 것이 없을 것 같았다. 숨겨진 과거나 아직 오지 않은 미래의 사실도 알 것만 같았다.

　몸도 이제 예전의 몸이 아니었다. 높은 곳이나 낮은 곳 어느 곳도 자유롭게 날아다니고 뛰어내리고 할 수 있을 것 같았고, 아무리 좁은 틈이라도 드나들 수 있으며, 심지어는 완전히 벽이 막혀 있어도 별 장애가 될 것 같지 않았다.

　그렇다면 물과 불은 어떨까? 이것도 마찬가지일 것이다. 분명 물에 젖지 않고, 불에 들어가도 뜨겁지 않을 것이다. 게다가 숨겨진 남의 마음이나 감정까지 눈에 보일 것 같았다.

　눈? 글쎄, 눈일까? 아니다, 이것은 눈이 아니다. 그냥 마음으로 아는 것이다. 귀는 어떨까? 이는 말하지 않아도 듣는다. 아니, 아는 것이다. 사실 귀나 눈이 필요 없다. 팔도 다리도 필요 없다. 그냥 내 마음 하나로 다 되는 것이다.

　'그런데, 그런데 한 가지 마음에 안 드는 것이 있다. 감정이 좀 적어진 것 같다. 슬프지도 않고 기쁘지도 않으니 이상한 일이야! 너무나 심심한데……. 그리고 내 마음이 왜 이렇게 들떠 있는 것이지? 그리고 너무 빨라! 마음먹은 순간 모든 것이 이룩되니까 너무 빨라. 도대체 내가 마음먹은 건지 아니면 내가 마음먹게 된 것인지 모르겠단 말이야…….'

　소녀의 오빠는 자신이 지금 모든 것이 잘되어 있는 것만은 아니라는 것을 느꼈다.

　'그리고 말이야, 왜 내 모습이 안 보이지? 거울을 볼까? 거울은 어디 있을까? 어허, 물건이 다 어디 갔지? 어허, 세상이 어딜 갔어? 내가 미쳤나? 아닌데, 이렇게 생각이 멀쩡한데, 안 되겠어, 침착해야겠는데…….'

　소녀의 오빠는 무엇인가 잘못된 것을 느끼고 침착하려고 애를 썼다. 그런데 마음이 영 가라앉지 않았다.

　'이러면 안 되는데, 잠이라도 잘까? 그런데 잠이 올 것 같지가 않구나,

침착해야 돼. 안 그러면 나 자신을 잃어버릴 것 같아.'

소녀의 오빠는 있는 힘을 다 해 평정을 유지하려고 애를 썼다. 쉬운 일이 아니었다. 빨리 동생이라도 와서 자기를 도와줬으면 좋겠다고 생각했다.

'수진이 계집애, 도대체 어딜 갔어? 금방 나갔나? 언제 오지? 가만 있자, 문이 어디 있지? 어허, 이상하네. 안 되겠어, 잠을 자든지 침착하든지 해야지 안 그러면 큰일 나겠어!'

수진이 오빠가 죽고 나서 이토록 자신의 현실을 안정시키려 노력하는 가운데 조성리 도사 마을에는 어느덧 날이 밝았다.

수진이는 이미 일어나서 기다리다가 새벽에 떠나는 첫 버스를 탔다.

이제 순천 외곽에 있는 집까지 한 시간 남짓이면 도착할 것이다. 버스 안에는 수진이 이외의 승객은 아무도 없었다. 차는 심하게 흔들리면서 좁은 논밭길을 달렸다. 멀리에는 아직 어두컴컴한 높지 않은 산들이 보였다. 수진이는 몸을 움츠리고 도사가 한 말을 음미해 보았다.

'약이 필요 없다고? 그렇다면 앞으로 병이 나을 것이라는 뜻일까, 아니면……'

수진이는 불길한 생각이 들어 급히 고개를 가로 젓고는 도사가 한 말을 잊어버리기 위해 눈을 감았다. 그러나 마음은 여전히 불안했고, 차는 자주 흔들렸다. 이윽고 순천 어귀에 도착, 버스가 정차했다. 수진이는 내렸다. 날은 어렴풋이 밝아 왔으나 넓은 논에 사람은 보이지 않았다. 수진이는 논길로 들어서서 한동안 걸었다. 그러자 저쪽에 초가집 몇 채가 나타났다. 수진이는 걸음을 빨리했다.

'오빠가 많이 기다렸을 거야, 별일은 없겠지—.'

수진이는 이렇게 생각하면서 울타리 안으로 들어섰다. 아직 옆집 아줌마는 일어나지 않고 있었다. 수진이는 조용히 방문을 열었다. 방 안은 기척도 없이 조용했다. 오빠는 여전히 누워서 자고 있는가 보다. 수진이는 불을 켰다.

"오빠!"

대답이 없었다.

"오빠!"

다시 한 번 불렀다. 여전히 대답이 없었다. 수진이는 오빠가 잠들어 있겠지, 하면서 오빠의 모습을 슬쩍 봤는데 뭔가 이상했다. 오빠는 눈을 뜨고 있었던 것이다.

"어머!"

수진이는 깜짝 놀랐다. 그러고는 오빠를 찬찬히 살펴보더니 이윽고 상황을 파악했다. 순간, 가슴이 철렁하고 하늘이 무너지는 느낌을 받았다.

"오빠……."

처음에는 너무 기가 막혀 울음도 나오지 않았다. 오빠가 죽다니! 서서히 슬픔이 복받쳐 오고 자기도 모르게 눈물이 흘러 내렸다. 수진이는 절규했다.

"오빠!"

수진이의 울음이 점차 커지자 옆집에서 일어나는 기척이 들렸다. 그런데 이때, 수진이 오빠는 수진이가 나타난 것을 느꼈다. 수진이가 물론 방문을 열고 들어온 것을 듣거나 보거나 한 것은 아니었다. 그냥 갑자기 수진이가 나타난 것을 느낀 것이다.

"수진아!"

수진이 오빠는 동생을 불렀다. 아니, 자신은 불렀다고 생각했다. 그러나 목소리가 나온 것은 아니었다. 이상했다.

'목소리가 왜 안 나올까? 수진이는 왜 듣지 못할까, 나는 분명 부르고 있는데…… 목소리를 낼 필요가 뭐가 있나? 어? 이 느낌! 수진이가 슬퍼하고 있지 않은가? 뭐가 어떻게 된 거야. 사람이 또 나타났나? 글쎄, 그런 것 같기도 하고 아닌 것 같기도 하고, 옆집 아줌마일까? 꿈인가? 이상하다.'

수진이 오빠는 침착하려고 애쓰는 한편, 현재의 상황을 이해하려고 수많은 생각을 떠올렸다. 물론 이 생각은 육신인 뇌를 가지고 하는 것은 아니었다. 오히려 그보다 훨씬 빠르고 깨끗한 영혼 그 자체가 생각하는 것이다.

이것은 물질을 초월한 완벽한 실존實存으로서 시간과 공간을 자유로이 넘나드는 존재였다. 그렇기 때문에 그 속에 일어나는 사건의 속도는 이루 말할 수 없이 빠른 것이다. 세상의 찰나도 그 속에서는 영원일 수가 있다.

수진이 오빠가 이러한 세계 속에서 자신의 실황을 깨닫기 위해 노력하는 동안 몸 밖, 즉 수진이 오빠의 시신 주위에는 여러 사람들이 모여들어 있었다. 여기 모인 사람들은 시신의 내면 혹은 시신의 주인인 수진이 오빠의 세계와는 서로 별개의 세계에 존재하고 있는 것이다.

수진이가 세상에 혈육이라곤 하나밖에 없는 오빠의 주검 앞에 망연자실하고 있는 동안, 마을 사람들은 사람이 죽었을 때의 필요한 절차, 즉 죽음의 확인, 장례의 허가, 시신의 처리, 수진이의 보호 등을 위해 저마다 힘써 움직였다. 수진이는 모든 현실을 잊어버리고 오직 슬픔에만 잠겨서 흐느끼고 있을 뿐이었다.

그러나 하나의 실존인 수진이 오빠의 영혼 속에는 끊임없는 작용이 계속되고 있었다. 수진이 오빠가 우선 할 일은 동생이 왜 슬퍼하는지와 불러도 대답 없는 이유였다. 그 외에 하나 더 있다면 자신의 몸이 보이지 않는 이유도 찾아야 했다. 수진이 오빠는 자신(?)의 주변부터 찬찬히 살펴보기 시작했다. 그러나 무엇이 보인다거나 들리는 것이 아니기 때문에 생각으로 그렇게 하는 것이다.

다만 스스로가 느끼기에는 생각한다는 것이 즉 본다는 것과 같은 것이어서 불편을 느끼지는 않았다. 시간이 상당히 흐르는 동안 놀랄 만한 많은 것들이 파악되었다. 우선 방위인데, 이는 도무지 이해할 수가 없는 것이었다.

세상은 동서남북 사방四方과 상하上下를 합쳐 여섯 곳으로 통해 있는데, 어찌 된 일인지 지금 수진이 오빠가 있는 곳은 방위가 네 개가 더 있었다. 말하자면 동서남북 상하와 미래와 과거, 그리고 내계內界와 외계外界까지 열 개였던 것이다.

너무나 이상했다. 자기 자리에서 이 모든 방향이 느껴지다니?

그리고 더욱 이상한 것은 미래의 방향으로 끊임없이 움직여 간다는 것이었다. 이것은 그쪽으로 가려고 해서 그렇게 되는 것이 아니라 저절로 그 방향으로 가는 것이다. 정지하고 싶어도 정지할 수가 없었다. 더구나 반대 방향, 즉 과거 쪽은 점점 멀어져 갈 뿐 그 방향으로는 도저히 다가갈 수가 없었다. 이는 마치 뗏목을 타고 강 아래로 흘러가는 것과도 같았다.

"수진아!"

수진이 오빠는 생각하는 도중 답답해서 동생을 한 번 불러 봤다. 그러나 여전히 반응이 없었다. 그래서 다시 연구를 거듭했다. 또 하나의 사실이 발견되었다. 그것은 내계와 외계 방향인데, 내계 방향으로 움직이기는 쉽지만 외계 방향으로 움직이는 것은 상당히 어렵다는 것이었다. 이것은 마치 떠 있는 풍선처럼 서서히 내계로 떨어져 가는 것인데, 이상하게도 힘을 줘서 자신의 몸(?)을 무겁게 하면 떠오르고 힘을 빼서 몸무게(?)를 가볍게 하면 가라앉는 것이었다.

한 가지 더 이상한 것이 있었다. 그것은 내계로 내려가면 갈수록 정신이 흐려지면서 졸음이 오는 것인데, 자칫하다가 아주 잠들어 버릴 뻔했다.

'큰일 날 뻔했군, 아마 잠들어 버리면 영원히 깨지 못하고 저 아래로 한없이 떨어질 거야.'

수진이 오빠는 아주 중대한 것을 깨달았다. 그래서 정신을 바싹 차리고 있는 힘을 다 해 몸무게(?)를 높였다. 순간, 몸이라고 느껴지는 자신은 외계로 급격히 떠올랐다. 이것은 마치 물 속에서 물 위로 떠오르는 듯한 기분이었다. 한동안 떠오름이 계속되었다. 그러고 보니 자신은 그동안 많이 가라앉아 있었던 것이다.

이윽고 표면(?)이라고 생각되는 지점에 도달했다. 그런데 이게 웬일인가? 거기에는 마치 그림자 같은 무리들이 많이 모여 있었는데, 그 중 하나에서 수진이라는 느낌이 분출되는 것이 아닌가.

'어! 이상한데? 그렇지, 이 그림자가 바로 수진이구나! 그렇다면 이 그림자는 누구지? 어? 이것 봐라! 이 그림자는 바로 난데, 그렇다면…… 이 나는 도대체 뭐야? 아이고, 나는…….'

이 순간 수진이 오빠는 자신이 죽었다는 것을 깨달은 것이다.

죽음, 그토록 싫어하던 죽음이란 것이 자신에게도 닥쳐온 것이었다.

'내가 죽다니…… 큰일 났구나!'

수진이 오빠의 마음 속에는 수많은 생각이 요동쳤다. 그것은 괴로움과 슬픔, 허탈 등이었는데, 일생의 모든 역사가 한순간에 지나갔다. 그리고 한없는 고독과 절망이 엄습해 왔다. 그런데 시간이 점점 흐르자 이상한 현상이 나타났다.

가만히 생각해 보니 죽음이란 것도 별게 아니었다. 실은 슬프거나 괴로울 것이 하나도 없었던 것이다.

'어허, 죽음이 바로 이것이구나. 그런데 별로 큰일 난 것도 아닌데…….'

수진이 오빠는 자신이 죽었다고 깨닫는 한편, 죽음의 세계가 그리 절망적인 것이 아니라는 것도 깨달았다. 오히려 죽음의 세계란 아주 자유롭고, 편리하기까지 한 것이었다. 수진이 오빠는 일시적으로 허탈감이나 슬픔 같은 것을 느꼈지만, 그것은 단순한 습관이라든가 선입견 때문이라는 것도 알았다.

지금 동생인 수진이는 슬픔에 잠겨 있는데, 오빠가 이런 상태에 있는 것을 안다면 그 슬픔은 분명 사라질 것이리라.

수진이 오빠는 주위를 세심히 살펴보았다. 물론 이것도 눈으로 하는 것이 아니라 마음으로 하는 것이다. 수진이 오빠는 이제 죽음 속에서 생生이라는 세계를 바라보는 것이었다.

이때 가장 주의를 해야 할 일은 자신의 몸무게(?)를 유지하는 일이다. 수진이 오빠는 최대한 힘을 주어서 내계로 떨어지지 않게 하는 한편, 자기의 죽은 몸부터 확인해 나갔다.

'음, 이것은 내 몸…… 움직이지 않는군! 이것은 수진이, 너무도 슬퍼하는구나. 움직이질 않는데? 그렇지, 앉아서 울고 있는 것이겠지.'

수진이 오빠는 시간이 흐를수록 많은 것을 깨달아 나갔다. 그러고는 자신이 취할 방도를 생각해 봤다. 아직은 무엇을 해야 할지 확연하게 정하지는 못했지만, 단지 하나 분명한 것은 자신은 절대로 수진이 곁을 떠날 수 없다는 것이었다. 그리고 저 깊은 아래, 졸음이 오는 내계의 바닥으로는 떨어지지 않겠다는 것이었다.

이제부터는 배울 것이 참으로 많다. 죽음 속에서 살기 위해서는…….

도사 접견

조성리의 도사 마을이 점점 밝아 왔다. 민여사 일행은 아침 식사를 마치고 민박집을 나서서 도사의 집으로 향했다.

시간은 오전 8시 30분, 도사의 집은 높지 않은 언덕을 하나 넘으면 바로 나타난다.

"경치 좋구나!"

민여사의 남편이 한가한 농촌 풍경을 바라보며 즐거운 듯이 말했다.

"여보, 당신도 좋지요?"

최여사도 남편을 뒤돌아보면서 말을 걸었다. 최여사 남편은 웃으며 고개를 끄덕였다. 일행은 좁은 논길을 한 줄로 걸으면서 좌우를 유심히 바라보며 한동안 말없이 걸었다. 논길의 공기는 청량했고, 저쪽에는 그리 높지 않은 산들이 길게 이어져 있었다. 어느덧 논길은 끝나고 자그마한 언덕이 나타났다. 언덕은 한쪽이 잘려나간 듯이 생겨 있었는데, 옆으로 맑은 개울물이 졸졸 흘러가고 있었다.

"멋지군!"

민여사의 남편이 또다시 감탄사를 내뱉었다. 옆에서 최여사의 남편도 거들었다.

"좋은데…… 우리 종종 이런 델 오자고!"

최여사의 남편은 성이 백씨이고 나이는 민여사의 남편보다 5년 위인 47세인데, 부인과 사이가 아주 좋을뿐더러 점을 친다거나 여행하는 것을 아주 좋아했다. 게다가 성격이 좋아서 따르는 사람도 많았다. 지금도 연신 싱글벙글하면서 앞장 서고 있었다.

이 마을을 처음 안내한 김실장 부인은 뒤쪽에 있었는데, 그 뒤로 남편이 줄곧 말없이 뒤따르고 있었다. 언덕이 끝나자 도사의 집이 보였다. 문 쪽에는 마침 나오는 사람이 몇 있었다.

시간은 오전 8시 55분, 민여사 일행에게 정해진 시간이 거의 다 되어 있었다. 민여사는 마당에 들어서자마자 가지고 있던 번호표 6장을 일하는 아이에게 건네 주었다. 일하는 아이는 나이가 15세 전후 정도로 이 마을 토박이였는데, 민여사 일행의 번호표를 슬쩍 뒤적이더니 그 중에 한 장을 골라냈었다. 그러고는 그것을 민여사에게 도로 내주었다.

"손님, 이 사람은 다음에 오시래요!"

"응? 뭐라고?"

민여사가 놀라서 번호표를 다시 받아 보니 김실장의 접수표였다.

"왜 그래? 이분은 어제 접수했는데……."

"알고 있어요, 선생님이 다음에 오랬어요!"

"아니, 그런 법이? 이제껏 기다렸는데."

"난 몰라요. 선생님이 그랬으니……."

일하는 아이는 아주 쌀쌀맞았다. 옆에서 보고 있던 김실장도 깜짝 놀랐다.

'다음에 오라니…… 이 무슨 말인가? 무엇 때문이지?'

김실장은 심상치 않은 기분을 느끼고 아이에게 다가섰다.

"얘야, 왜 그런지 이유를 알아야지!"

"아이 참, 아저씨, 제가 뭘 알아요? 선생님이 안 된다면 안 되는 거예요!"

"응, 그래? 거참!"

김실장이 난감한 표정을 짓고 좌우를 둘러보는데 나무꾼이 다가왔다.

"손님, 안됐습니다만 다음에 오세요. 선생님은 한번 하신 말은 절대로 바꾸시지 않습니다."

"네…… 그런가요? 할 수 없군요."

김실장은 영문을 몰랐지만 체념할 수밖에 없었다. 지금 김실장은 허탈감과 신비감을 함께 느끼면서 꿈 속을 헤매는 듯했다. 순간, 구역질이 날 것만 같았다.

"욱—."

김실장은 급히 담 밖으로 나왔다. 일행도 놀라서 뒤따라 나왔는데, 김실장은 이미 토하고 있었다.

"우억—."

"어머, 여보. 왜 그러세요?"

김실장 부인이 급히 부축했다.

"아니야, 이제 괜찮아. 난 여기서 쉬고 있을 테니 들어갔다 와."

"네, 그렇게들 하세요. 제가 여기 있을게요."

김실장 부인도 이렇게 말하자 다른 사람들은 들어가 보기로 했다.

"그래, 그럼 자넨 여기 있게. 금방 갔다 올게."

김실장 친구인 백이사가 김실장의 어깨를 가볍게 만지고는 앞장 서 들어갔다. 도사 접견 순번은 민여사의 남편 홍사장이 일행 중 제일 먼저였다. 홍사장은 조심스럽게 도사의 방으로 들어섰다.

"……"

도사는 조용히 앉아 있었다. 순간, 홍사장의 마음도 이상하게 가라앉았다. 조금 전까지 떨리던 가슴이 어느 새 진정이 된 것이다.

"저, 선생님……."

홍사장은 즉시 서두를 꺼냈다.

"저는 사업상 중대 결정을 해야 하는데, 이 두 사람 중 누구와 거래를 해야 잘되겠습니까?"

홍사장은 미리 적어간 사업 관계자 두 사람의 이름과 생년월일시를 내밀었다. 그러자 도사는 즉각 대답을 해 주었다.

"두 사람 다 무난합니다."

"네? 아, 네."

도사의 대답은 맥이 좀 빠지는 것이었지만 요지는 분명했다. 말하자면 두 사람 중 어떤 사람과 거래를 하든 다 잘된다는 뜻이다. 홍사장은 일단 안심을 하고 다음 문제로 넘어갔다. 이곳의 규칙은 한 사람이 2분 정도씩만 물어 볼 수 있게 되어 있었다.

홍사장은 이번에는 포괄적인 질문을 던졌다.

"제 운명은 어떻습니까?"

도사는 적어 놓은 사주를 얼핏 보는 듯했다.

"큰 불행은 없습니다."

도사의 말은 간단했다.

"네, 감사합니다."

홍사장은 더 붙잡지 않고 급히 방을 나왔다. 오래 앉아 있다가 공연히 불길한 소리를 들을 수도 있었다. 큰 불행이 없다니, 이보다 더 좋은 운명이 어디 있겠는가!

이번에는 최여사의 남편 백이사 차례였다. 백이사는 말없이 고개를 숙여 인사를 하고는 사주를 내밀었다.

"저는 오래 살겠습니까?"

"네."

"건강하겠습니까?"

"네."

백이사는 간단히 끝냈다. 그러나 이러한 물음은 심사 숙고해서 만들어 둔 것이었다. 오래 살겠느냐라는 물음에 대해 답이 '그렇다'이면 이 얼마나 좋은 것이냐! 병들어 죽거나 사고로 죽거나 하지 않고 오래 살 수 있다는 것이기 때문이다. 게다가 건강하기까지 하다니 더 바랄 것이 무엇이냐?

백이사는 점치러 다닌 경력이 프로(?) 수준이었기 때문에 묻는 방법을 잘 알고 있었다. 백이사는 만족한 표정을 지으며 나왔다. 이제 여자들 차례인 것이다. 민여사가 들어섰다.

"안녕하세요?"

민여사는 상냥하게 말하면서 고개를 숙였다. 그리고는 애써 웃음을 지어 보였는데 도사는 반응이 없었다. 민여사는 즉시 정색을 하며 공손히 물었다. 그러나 묻는 내용만은 공손한 것이 결코 아니었고, 자신을 인정해 달라는 투였다.

"저, 선생님. 저는 어떤 사람인가요?"

"대단한 사람입니다!"

도사의 대답을 빨랐고 민여사가 원하는 대로였다. 민여사는 혼자 미소를 짓고는 다음 질문을 던졌다. 이제야 정상적인 질문을 할 수 있게 된 것이다.

"저의 운명은요?"

"귀하게 살겠습니다. 그리고 일도 많이 하겠군요."

'귀하게……'

민여사는 겉으로는 내색하지 않고 도사가 한 말을 순간적으로 음미해 보았다. 귀하게 산다는 말은 자신이 크게 성공해서 직위가 높아진다는 뜻일 것이다.

어떻게 되는 걸까?

"저…… 선생님, 제가 일을 많이 한다고 하셨는데 무슨 일인가요?"

"남을 위하고 자신도 위한 일입니다."

"네, 감사합니다. 선생님, 그리고 저희 어머니가 몸이 좀 아픈데요……."

민여사는 자신이 너무 많은 시간을 뺏는 것 같아서 미안한 듯이 어머니 얘기를 꺼냈는데 도사는 선선히 응해 주었다.

"사주를 줘보세요."

"네, 여기 있어요."

민여사는 급히 어머니의 사주를 꺼냈다.

"음, 별일 아니군. 마음이 즐겁지 않아!"

도사는 흥미 없다는 듯이 사주가 적힌 종이를 민여사에게 돌려주었다.

"네? 어머니는 괜찮아요?"

민여사는 기쁜 표정을 지으며 도사를 바라봤다. 도사는 아무 말도 하지 않았다. 그런데 민여사는 느낌으로 도사의 마음을 알 수 있었다.

'어서 나가 봐라…….'

민여사는 고개를 깊이 숙여 인사를 올리고는 뒷걸음으로 걸어서 조심스레 물러나왔다. 민여사가 나오자 최여사가 뒤이어 들어섰다.

"안녕하세요?"

최여사는 엄숙한 표정으로 공손히 인사를 건넸다. 도사는 묵묵한 상태…….

"선생님, 이것 좀 봐주시겠어요?"

최여사가 꺼낸 것은 뜻밖에도 사주를 적은 쪽지가 아니라 책이었다. 책을 낡은 한지로 되어 있는 고서古書로 한쪽에 제목이 길게 씌어져 있었다.

책의 제목은 〈단군도역정수태극진경천편檀君圖易井數太極眞經 天篇〉으로 상당히 긴 편이었다. 도사는 무심히 책의 제목을 보는 듯했는데, 확실히 반응이 있었다.

"음……."

도사가 이 정도로 반응했으면 속으로 놀란 것이 분명했다. 도사는 책의 내용을 잠시 훑어봤다.

"이 책을 어디서 구했소?"

도사가 오히려 물었다.

"네, 저희 외삼촌 유물입니다."

"음……."

도사는 잠시 무엇을 생각하는 듯하더니 고개를 끄덕였다. 최여사는 도사의 행동을 유심히 살펴보다가 조심스럽게 물었다.

"선생님, 이 책은 무슨 책인가요?"

"아주 귀한 책입니다."

"네? 무엇에 관한 책인데요?"

"우주 자연을 논한 책입니다 주역周易의 이치이지요."

"네? 주역의 이치요? 그것이 뭔데요?"

"……."

도사는 말이 없었다. 아마도 설명해 줄 방법이 없는가 보았다.

"도술道術에 관한 책인가요?"

"글쎄요, 그렇겠군요."

도사는 최여사의 말을 억지로 수긍했다.

"그럼…… 저, 선생님. 이 책은 어려운 책인가요?"
"어렵지요, 사람이 알기에는…… 단지……."
"네? 사람이 알기에는 어렵다고요? 단지, 단지 뭐지요?"
최여사는 신비한 기분에 휩싸이면서 최대한 물고늘어졌다.
"……."
도사는 최여사의 물음에 침묵하면서 속으로 생각에 잠겼다.
'허어, 대단한 일이야, 저 책이 나타나다니! 이제 때가 되었음일까? 그러나 너무 늦었어, 애석하군.'
최여사는 긴장을 하며 도사의 말을 기다렸는데 한참 만에야 말소리가 들렸다.
"저 책은 절반입니다, 지편地篇이 없어요. 아무튼 귀중한 책입니다."
"네? 지편요?"
최여사는 확인하듯 물었으나 도사는 더 이상 말해 주지 않았다.
"……."
최여사는 물러나왔다. 소득이 충분했다. 아끼던 책의 연원淵源에 대해 그만큼이나 알아냈으니—. 이번에는 김실장 부인의 차례였다. 김실장의 부인은 조심스레 들어서서 공손히 고개를 숙였다. 그러자 뜻밖에도 도사가 먼저 말을 걸어 왔다.
"부인, 어째서 또 오시었소?"
도사는 지난 달 부인이 찾아왔던 사실을 정확히 기억하고 있었다.
"저……."
김실장 부인은 마치 죄라도 진 기분으로 어쩔 줄을 몰라했다.
"부인, 돌아가시오. 그리고 가급적 빨리 이사를 하세요."
"네? 이사를 가라고요?"
도사는 고개를 끄덕였다.

"……."

김실장 부인은 도사를 살펴봤지만 말할 엄두가 나지 않아 그냥 나올 수밖에 없었다. 이렇게 해서 민여사 일행은 도사 접견을 성공리에 끝마쳤다. 아쉬운 점은 김실장이 접견을 거부당한 일인데, 이는 다음에 다시 기회를 만들면 되는 것이니 크게 실망할 일은 아니다.

생각하기에 따라서는 오히려 크게 기대될 수도 있다. 유독 김실장만 다음에 오라 하는 것을 보면 어떤 특별한 예언을 해 줄 수도 있는 것이다. 그러나 김실장 자신은 이런 생각을 할 겨를이 없이 크게 충격을 받고 있는 상태였다. 김실장의 부인이 도사의 집을 나서자 일행이 기다리고 있었다. 남편을 제외한 다른 모든 사람들은 기분이 좋은 모양이었다.

"어떻게 됐어?"

김실장이 부인에게 궁금한 듯이 물었다. 김실장 자신이 들어가보지 못했으니 혹시 부인에게라도 무슨 얘기를 해 주지 않았을까 하고 기대를 해 본 것이다.

"네…… 좋았어요, 나중에 얘기해요."

김실장 부인은 다정한 얼굴로 남편을 바라보며 미소 지었다.

"자, 그럼 가볼까? 봐서 다음에 또 오지……."

백이사가 김실장을 슬쩍 쳐다보며 말했다.

"그러지요, 갑시다."

천서天書

일행은 일단 민박집으로 향했다. 이제 기대하던 도사 접견도 끝났으므로 저마다의 생각 속에 젖어서 한가히 논길을 걸었다. 가까이 산자락에는 곱게 단풍 든 나무들이 선명하게 보였고, 하늘은 훤히 트여 보였다.

"언니, 언니는 뭐래요?"

그냥 걷기에는 좀 심심했던지 민여사는 바로 앞에서 걷고 있던 최여사에게 말을 걸었다.

"응, 나 말이야? 하하."

최여사는 기분이 몹시 좋은지 웃으며 뜸을 들였다. 뒤에서 따라 걷던 사람도 최여사의 즐거운 웃음소리 때문에 궁금증을 가지고 무슨 말이 나오나 기다렸다.

"나는 운명을 물어 본 게 아니야."

최여사는 가급적 소리를 높여 뒤에까지 들리도록 말했다.

"얘, 너두 알지, 내가 갖고 있는 책 말이야……."

"네? 아, 그 책요!"

민여사도 최여사가 가지고 있는 책에 대해 잘 알고 있었다. 최여사는 지난 수년 동안 기회 있을 때마다 책 자랑을 했고, 민여사도 종종 궁금해 했었던 것이다. 그 책은 원래 최여사의 외삼촌, 그러니까 최여사 어머니의 남동생이 가지고 있던 것인데, 그는 평생을 나그네 생활을 하면서 전국 방방곡곡을 떠돌아다녔던 사람이다. 서울에는 수년에 한 번 올까 말까 했었는데, 언젠가 찾아와서 하룻밤을 보내고는 떠나기 전에 이렇게 말했다고 한다.

"누님, 저는 이번에 떠나면 다시 못 뵙게 될 거예요."

"응, 무슨 소리냐?"

"네, 저는 이제 떠날 때가 되었어요."

"떠나다니? 너는 항상 떠나는 게 일이잖니?"

"하하, 맞아요, 누님. 저는 항상 떠나지요. 그런데 이번에는 좀 먼데로 가요."

"먼데? 어딜 가는데?"

"네, 저 높은 곳으로 가지요."

"뭐? 죽는다는 소리냐?"

"하하, 여기서 죽고 다른 곳에서 태어나는 것이지요."

"어머, 왜 그런 소릴 하니? 그런 소릴 할 바에는 이곳에 있거라. 이곳에서 죽으면…… 아니, 죽긴 왜 죽겠냐?"

최여사의 어머니는 평소 동생이 범상치 않은 사람인 것을 잘 알고 있었다. 지금 하는 얘기도 자신의 죽음을 예고하고 있는 것이 아닌가!

"누님, 저는 집에서는 못 죽어요. 넓은 들판이 제가 죽을 곳이지요, 하하."

최여사의 어머니는 웃지 않았다. 동생은 심경일탈心境逸脫한 사람이라서 자신의 죽음마저도 이토록 웃으며 말할 수 있겠지만, 한 인간의 누님으로서는 슬픈 이야기였다.

"저, 이만 떠날래요. 그리고 이 책…… 평생을 가지고 있던 책인데, 누님 가지세요. 뭐, 대수로운 책은 아니에요. 가진 물건이 이것밖에 없어서……."

동생은 이 말을 남기고 떠나갔다. 그후 동생이 산 언덕길 들판이 보이는 곳에서 죽었다는 소식이 들려 왔다. 평생을 떠돌다가 길거리에서 혼자 죽은 것이다. 최여사의 어머니는 이 슬픈 이야기를 딸에게 들려주고는 책도 남겨 주었다. 최여사 어머니가 죽은 지 이제 10여 년이 지났다. 그러니까 최여사는 이 책을 10년 이상 가지고 있었던 것이다.

그러나 이 책이 무엇에 관한 책인지 정확히 아는 사람은 아무도 없었다. 최여사는 이 책에 관해 수많은 사람한테 물어 보았지만 신통한 대답을 들을 수가 없었다. 그런데 이번 조성리 여행에서 이 책의 정체가 밝혀진 것이다. 단지, 기인인 외삼촌의 유물이 무엇인지 알고 싶었을 뿐이다. 최여사는 지금 논길을 걸으며 외삼촌의 모습을 떠올리려 했는데 기억이 잘 나질 않았다.

"……."

"언니, 왜 말이 없어요?"

민여사는 최여사가 잠시 침묵하자, 큰 소리로 일깨워 주었다.

"응, 그 책 말이야. 대단한 책이래, 인간이 읽을 책이 아니라는구먼…… 말하자면 천서天書이지! 난 그 책이 그렇게 귀한 책인 줄 몰랐어."

최여사는 책에 대한 자랑을 최대한 키워서 늘어놓았다.

"네? 도사가 그렇게 말했어요?"

"그래, 아무에게나 보여 주면 안 된대……."

최여사는 도사가 하지도 않은 얘기를 하면서도 그 책의 하편下篇이 있다는 말은 하지 않았다.

"호, 그래요? 언니는 보물을 가지고 있군요. 그 책의 제목이 뭐였더라? 그렇지, 〈단군도역정수태극진경 천편〉이었지요."

민여사도 그 책을 여러 번 봤기 때문에 제목을 외우고 있었다. 민여사와 최여사가 책 얘기를 하는 것을 뒤쪽에 따라오는 사람들은 잘 듣지 못했고, 그러는 동안 논길은 어느덧 끝나 있었다.

"어떡할까? 점심을 먹고 갈까?"

백이사가 김실장에게 물었다.

"글쎄? 시간이 많이 남았는데, 그냥 가지 뭐!"

김실장은 얘기를 하면서 다른 사람들을 둘러봤다.

"그래요, 지금 떠나지요."

홍사장도 떠나자는 의견을 내서 일행은 즉시 떠나기로 했다.

시간은 오전 10시 50분.

두 대의 차량은 도사 마을에서 서서히 빠져 나와 광주를 향해 속도를 내기 시작했다. 차 안에서는 모두 줄곧 말이 없었다. 도사 마을은 이제 점점 멀어지고, 얼마간 시간이 지나자 차는 광주에 당도했다. 일행은 광주에서 잠시 머물며 점심 식사를 하고는 또다시 서울로 향했다.

서울 도착은 오후 8시 20분.

일행은 서울에 도착하자 별도로 시간을 갖지 않고 곧바로 헤어졌다. 이렇게 해서 한바탕 소란했던 도사 방문 여행은 끝나고 모두들 편안히 자신들의 보금자리로 돌아왔다. 이번 여행의 의미는 두고두고 각자의 마음 속에 자리잡게 될 것이다. 다소 긴장했던 여행을 끝내고 돌아오자 이들은 모두 깊은 잠을 취했다.

또다시 아침.

도시의 일상 생활이 시작되었다. 최여사는 아침 식사를 하고 일찍 집을 나섰다. 얼마 후 최여사가 찾아간 곳은 인사동 고서점가古書店街. 최여사는 눈에 띄는 아무 집이나 들어섰다.

"아저씨, 책을 하나 찾으려는데요."

"네, 무슨 책인데요?"

고서점 주인은 나이가 좀 들어 보이는 사람으로 검은 테의 안경을 쓰고 있었는데, 그렇게 유식해 보이지는 않았다.

"저, 이런 책을 보신 적이 있는지요?"

최여사는 책을 직접 가져가지 않고 제목만을 적어간 것을 보여 주었다.

"글쎄요, 일일이 이 많은 책을 알 수는 없으니까요…… 잠시 기다려 보시지요."

책방 주인은 최여사를 기다리게 해놓고 잠시 동안 이곳저곳을 뒤져보더니 무성의하게 말했다.

"없는데요!"

책이 워낙 많은데다 크게 값 나가지 않을 것 같은 책 한 권 때문에 세세히 살펴볼 생각이 없는 모양이었다. 대개는 책을 눈에 띄는 대로 골라 가지, 제목을 대고 사가는 것이 아니었다.

"아저씨, 다른 곳에도 찾아봐 주실래요…… 사례는 충분히 할게요!"

"네? 그 책을 꼭 구하시게요?"

책방 주인은 최여사가 사례를 충분히 하겠다고 하니까 그제서야 흥미를 나타냈다.

"아저씨, 제가 구하려고 하는 것은 지편地篇이에요. 아시겠지요?"

"네, 알겠어요. 그 제목을 주고 가세요. 찾으면 어디로 연락할까요?"

책방 주인은 속으로 책 찾을 궁리를 하면서 최여사의 연락처를 물었다.

"여기, 전화 번호예요."

최여사는 전화 번호를 남겨 놓고 고서점을 나섰다. 주변에는 고서점과 골동품 가게가 연이어 있었지만 거리에는 다니는 사람이 별로 없었다.

최여사는 고서점 한 곳을 더 들러 볼까 하다가 그만두고 다시 차를 돌려 집으로 향했다.

지난 밤 도사 방문 여행을 다녀온 최여사가 날이 밝자, 즉시 외삼촌의 유물인 천서天書의 후편을 찾아 나섰거니와, 민여사도 최여사 몰래 이 책을 찾아 나섰다. 최여사가 이 책을 찾는 이유는 도사가 그토록 귀한 책이라고 했기 때문이지만, 민여사는 최여사와 달리 그 책의 내용이 궁금했던 것이다.

민여사는 평소 동양 고전을 어느 정도 읽고 있었고, 노장사상老莊思想이나 주역周易 등에 대해서는 특히 흥미를 느끼고 있었다. 그리고 동양의 귀한 책이라는 것은 거의 다 이 계통이라는 생각도 가지고 있었다.

민여사는 아침 일찍 집을 나서, 잠시 후 신촌 로터리에 도착하여 어느 다방에 들어섰다. 오늘 민여사가 만나기로 한 사람은 젊은 한학자漢學者로서 동양 서적류에 관해서는 방대한 지식을 갖고 있는 사람이었다. 민여사는 종종 이 사람을 만나 노장사상이나 음양陰陽의 도道에 대해서 설명을 들은 바 있었다. 다방에 들어서니 저쪽 구석에 이미 그 사람이 와 있었다.

"안녕하세요."

민여사는 맑은 목소리로 인사를 건네고 앞좌석에 마주 앉았다.

"김선생님, 바쁘신데 이렇게 만나자고 한 건 아닌지요?"

"아, 아닙니다. 괜찮아요……."

김선생으로 불려진 사람은 남루한 차림에 얼굴색이 검고, 왠지 기가 좀 죽어 있는 듯하게 보이는 남자였다. 민여사는 즉시 용건을 꺼냈다.

"저, 김선생님…… 책 좀 하나 찾아 주시겠어요?"

"무슨 책인데요?"

김선생은 책에 대해서만은 자신이 있는지 어렵지 않게 반문했다.

"여기 제목이 있는데요······."

민여사는 미리 적어간 쪽지를 내밀었다. 김선생은 민여사로부터 제목을 받아 쥐고는 잠시 생각에 잠겼다.

'《단군도역정수태극진경 천편》? 이런 책도 있었나? 모르겠는걸.'

김선생은 고개를 가로 저었다.

"모르겠는데요."

"네? 모르시겠어요? 그럼, 이 책을 찾을 수는 없을까요?"

"글쎄요, 제가 알아보지요. 아마 찾을 수 있을 거예요. 그런데 책이 두 권인가 보지요?"

"네? 두 권요? 한 권인 것 같은데······."

"아니에요. 두 권일 겁니다. 여기 천편이라고 되어 있으면 대개 지편이라는 것이 있어요. 그렇지 않으면 굳이 천편이라고 쓸 이유가 없지요!"

"그런가요? 전 모르겠어요. 아무튼 구해 주실 수 있겠어요?"

"네, 아직 장담은 못 하겠지만······."

"좋아요, 김선생님이 나서면 찾을 수 있겠지요. 그럼, 우선 경비를 좀 드릴게요."

민여사는 미리 준비해 간 돈 봉투를 꺼내 주었다.

"이거 얼마 안 되지만······."

"아니, 뭐. 아직 책을 찾아보지도 못했는데······."

김선생은 말로는 사양하면서도 돈 봉투를 받고 싶은 눈치였다.

"저, 김선생님. 책을 못 찾으면 할 수 없지요. 하여튼 힘써 주세요."

민여사는 돈 봉투를 손에 쥐어 주었다. 이것이 민여사가 일하는 방식이었다. 김선생은 종종 책 관계 일로 민여사에게 돈을 받았는데, 그때마다 어김없이 책을 구해 주었다. 김선생이란 사람은 세상일에는 좀 무능한 것 같은데, 책 구하는 일에 대해서만은 아주 천재적 소질이 있는 것이다.

"네, 최선을 다 해 보지요."

김선생은 돈을 받아 넣었다. 민여사는 이제 책은 거의 찾은 것이나 다름없다고 믿었다.

"저, 그럼 먼저 가겠습니다."

언제나처럼 김선생은 먼저 일어났다. 다방 문을 나서는 김선생의 뒷모습은 참으로 희한했다. 고개를 깊이 숙이고는 사람 옆을 지나갈 때면 멈칫거리며 허리까지 숙인다. 걸음걸이는 유난히 보폭이 넓고, 허름한 바지에 윗양복은 지난 3년 동안 똑같은 것이었다. 민여사는 그의 뒷모습을 보고 고개를 가로 저으며 혼자 미소를 지었다.

'저 사람은 어디가 모자란 것일까, 아니면 비범해서 그런가? 알 수가 없단 말이야, 아마 약간은 잘못된 사람일 거야. 그런데 동양학은 상당하지! 그래서 책 구하는 솜씨는 정말 대단해.'

민여사는 이런 생각을 하며 공중 전화가 있는 쪽을 보았다. 전화는 한 쪽 구석에 있었는데, 마침 사람이 없자 급히 그쪽으로 가서 전화를 걸었다.

따르릉—.

"여보세요, 네, 기다리세요. 영민 학생, 전화받아요!"

하숙집 아줌마는 민여사의 목소리를 기억하고는 즉시 영민이를 불러 주었다. 영민이는 평소대로 늦잠을 자고, 이불 속에서만 깨어 있는 상태에서 급히 나와 전화를 받았다.

"여보세요, 어! 누나예요? 만나자고요…… 지금? 어디서요? 거기라니오? 아, 그 다방요? 네, 알겠어요. 한 시간 걸린다고요? 네,…… 먼저 가서 기다릴게요."

반성

　영민이는 정신이 번쩍 들었다. 언제나 보고 싶은 누나가 만나자는 것이었다. 민여사도 영민이의 목소리가 안정된 것을 느끼고 마음이 편했다. 민여사는 다방을 나와 차를 타고 화양리로 갔다.

　영민이를 만나기로 한 다방은 화양리 사거리에서 시장 쪽으로 조금 들어가서 있었다. 민여사가 다방에 도착하자 문을 열고 들어서니, 영민이는 저쪽 구석에 등을 돌리고 앉아 있었다. 민여사는 말없이 그 앞좌석에 마주 앉았다.

　"영민아, 그간 어떻게 지냈니?"

　민여사는 미소를 지으며 조용한 목소리로 안부를 물었다.

　"네, 그저 뭐……."

　영민이는 무덤덤하게 대답하고는 화제를 돌렸다.

　"차를 드시지요, 커피로 할까요?"

　"응, 그러지."

　두 사람은 커피를 주문하고 잠시 침묵하다가, 커피가 나오자 민여사가 먼저 말을 꺼냈다.

"영민아, 여행 다녀 온 얘기 해 줄까?"

"아, 그 여행요? 그래요!"

오늘 영민이는 평소와는 좀 달랐다. 예전 같으면 점 얘기를 꺼내려 하면 질색을 하고 말렸을 텐데, 오늘은 별로 반대를 안 했다. 웬지 영민이는 침착해 보였다.

민여사는 이렇게 생각하면서 조심스럽게 서두를 꺼냈다.

"영민이 고향이 보성이라며?"

"네, 거기 도사가 정말 있었어요?"

"응, 대단한 도사야, 조성리라는 마을이야."

"조성리라고요? 우리 마을에서 조금밖에 안 떨어진 곳인데……."

영민이는 오히려 관심조차 보였다. 민여사는 영민이가 도사 얘기를 마다하지 않자 편안히 얘기를 시작했다.

"그러니까 우리가 도착하기 하루 전에 말이야, 대단한 일이 있었어!"

민여사의 얘기는 상당히 길게 이어졌지만, 영민이는 끝까지 흥미를 가지고 주의 깊게 듣고 있었다. 민여사는 마지막에 책 얘기도 해 주었는데, 영민이는 특히 이 부분에 크게 관심을 보였다.

"누나! 그 책 후편이 정말 있을까요?"

"글쎄, 김선생 얘기로는 후편이라는 것이 있을 거라고 했는데, 아무튼 후편이 있다면 그것까지 구해야겠지."

"……."

영민이는 말없이 무엇을 생각하는 듯했다.

"영민아, 무얼 생각하니?"

"아니오, 뭐 그저……."

영민이는 별말이 없었는데, 민여사는 이 순간 어떤 생각이 하나 떠올랐다.

"영민아, 너도 그 책이 보고 싶니?"

"네, 그것이 구해지면 저도 좀 보여 주세요."

영민이는 밝게 대답하며 책에 대해 관심을 분명히 표명했다.

"그래, 보여 줄게."

민여사는 영민이가 책을 보여 달라고 하자 웬지 크게 기뻤다. 그리고 속으로 책을 반드시 찾아야겠다고 다짐했다.

"영민아, 이제 그만 가볼까?"

두 사람은 다방을 나섰다. 날씨는 화창했고, 길을 따라 맑은 개천이 흐르고 있었다. 두 사람이 개천을 보며 조금 걸어 나오자 큰길에 도달했다.

"영민아, 나 이만 갈게!"

"네."

영민이는 택시가 올 때까지 별말 없이 기다렸다. 평소 같으면 틀림없이 '언제 만나지요?' 하고 물었을 것이다. 그런데 오늘은 웬지 그런 말이 나오지 않았다. 그렇다고 우울한 것은 아니었다.

영민이의 마음은 오히려 전에 없이 편안하고 차분한 느낌이었다. 영민이는 며칠 전부터 여러 가지 깊은 생각을 하면서 보내고 있었는데, 오늘 기분도 그 생각의 여운 속에 이어지고 있는 것이었다.

민여사가 만일 내일 모레 만나자고 했다면 영민이는 그러자고 대답을 했겠지만, 그것을 미리 정해 두고 싶지는 않았다. 어차피 만날 때가 되면 만나게 될 것이다.

인간이 정해 둔다고 반드시 그렇게 되는 게 아니다. 영민이는 어느 새 사람 사는 일이 모두 운명적이라는 것을 느끼고 있었다.

이는 영민이가 지나치게 운명이란 것에 큰 비중을 두는 것이기는 하지만, 아무튼 현재 영민이는 인생살이가 너무나 운명적이라는 깨달음에 도취되어 있었다.

원래 영민이는 운명이란 말엔 언제나 비웃거나 혹은 관심조차 갖지 않았는데, 지금은 그와 정반대의 느낌을 갖고 있어서, 어쩌면 그를 아주 좋아하는 민여사조차도 영민이의 생각을 반대할지 모른다.

영민이가 이렇게 된 것은 과연 운명적인 것일까?

택시가 왔다. 민여사는 다정한 표정을 지어 보이고는 차에 올랐다. 영민이는 잠시 생각을 중단하고는 손을 흔들어 주었다. 민여사를 태워 보낸 영민이는 멀어져 가는 차를 잠깐 보더니 이내 돌아서서 오던 길을 되돌아 걸었다. 영민이는 또다시 생각에 잠겼다.

'나는 어떤 사람일까? 어떤 사람이 될까? 아니, 나는 어떤 사람이 되고 싶은가?'

영민이의 지금 생각은 깊은 반성이 포함된 것이었다. 하루하루를 거짓으로 보내고, 누나 만나는 날짜만 기다리면 도대체 어쩌자는 것이냐? 다음이 끝나면 그 다음을 기다리고, 그 다음이 끝나면 또 그 다음을 기다리고…… 이래서는 무엇을 할 수 있단 말인가?

그날 그날 누나 만나는 것을 위안으로 삼고 지낸다면 인생의 의미는 무엇이고, 나중에는 어떻게 되는 것인가? 영민이는 자기 자신이 미래에 대해 어떤 포부를 가지고나 있는지 의심해 봤다.

물론 그런 생각을 해 본 적이 없었다. 그냥 오늘 좋으면 또 좋은 날을 기다리고, 나쁜 날이 있으면 넘겨갈 뿐, 인생의 어떤 근본적인 대책을 세워 본 적이 없었다. 물론 사람을 진정 사랑하거나 사랑받거나 한 적도 없다.

이는 자기의 모든 것이 거짓으로 꾸며져 있기 때문임이 분명했다. 민여사와의 관계도 깊이 생각해 보면 진실이 결여되어 있었다. 민여사는 자신을 진실로 대하는데 자기는 무엇인가?

학생? 천만에!

이것이 거짓이라는 것을 밝혀야 할 것이다.

동생? 이것은 또 무엇인가?

항상 나약하고 귀여운 사람이 되어 누나의 사랑을 받아야만 하는가?

영민이는 얼굴을 찡그리고 한숨을 쉬었다. 자기 자신이 밉고 한심해서였다.

'나는 고칠 것이 너무 많구나, 모든 것을 고쳐야 한다!'

영민이는 앞으로 무엇을 해야 할지 몰랐다. 그러나 분명한 것은 지금 이대로는 아무것도 할 수 없다라는 사실이었다. 당장 무엇인가를 시작해야 한다. 그것이 무엇일까?

아무튼 자신을 고쳐야 한다…… 생각해야 한다…… 뜻이 있는 길로 나아가야 한다…… 옳은 길을 찾아야 한다!

영민이의 눈에 눈물이 고였다. 자신의 무능에 대한 후회와 결심의 눈물이었다. 영민이는 어지러운 마음을 달래면서 꿈 속을 걷듯이 자신도 모르게 어느 새 하숙집으로 돌아왔다. 그러고는 방에 들어가 즉시 잠을 청했다. 아니, 지쳐서 잠들어 버린 것이었다.

영민이는 좋은 생각을 많이 해야 했다. 그러기 위해서는 어떡하든 힘을 내야 하고, 주어진 운명도 좋아야 한다. 그러나 우선은 잠시나마 현실을 도피하고 싶었다.

영민이가 잠든 하숙집은 아주 조용했다. 집 밖에는 간혹 사람이 지나다니는데, 하늘은 끝없이 높고 한가했다. 영민이는 지금 무슨 꿈을 꾸고 있을까?

지리산의 두 노인

이로부터 시간은 쉬지 않고 흘러 어느덧 보름이 지났다. 가을은 더욱 깊어졌고, 아침저녁으로 쌀쌀한 기운마저 느껴졌다. 전국의 많은 산에도 낙엽은 이제 거의 다 떨어졌고, 산행을 하는 사람도 훨씬 줄어들었다.

11월 3일, 관상대 예보로는 오후 늦게 남쪽 지방에 구름이 끼거나 혹은 비가 온다고 했다. 그래도 오늘 지리산에는 산을 오르는 사람이 드문드문 눈에 띄었다.

지리산은 예부터 삼신산三神山의 하나로 불리어지는 민족 신앙의 영지靈地로서, 두류산頭流山·방장산方丈山 등 여러 가지 다른 이름을 가지고 있기도 하다. 이 지리산은 소백산맥의 종말점에 우뚝 솟아 있는 신령한 산으로서, 그 둘레가 320km에 이르는 거대한 산이다.

이 산의 주봉인 천왕봉天王峰은 해발 1,915m에 달하고, 그 자락은 경상남도인 하동·함양·산청과 전라남도인 구례, 그리고 전라북도인 남원 등 3개의 도道와 5개의 군郡에 접하고 있다. 또 지리산은 오악五嶽의 하나인 남악男嶽으로 불리어지며, 먼 옛날 마고선녀麻姑仙女가 이 산에 하강하여 딸 여덟 명을 낳아 팔도八道에 내보내 민속民俗을 다스리게 했다는 전설이 있고, 근고近古에는 진시황이 불로초를 캐기 위해 삼천 동자三千童子를 보냈다는 전설이 지금까지 전해 오고 있다.

이 지리산에는 수많은 동식물이 서식하고 있는데, 900종에 이르는 식물과 500종에 이르는 동물은 그야말로 자연 자원의 보고寶庫라고 할 수 있다.

원래 지리산은 구름이 걷힐 날이 없고, 백여 리 주능선의 사방 계곡 어디엔가는 비가 항상 내리고 있지만, 특히 오늘은 지리산 전역에 구름이 낮게 덮여 있어서 산 위로 통하는 길이 모두 막혀 있었다.

지금 시간은 오후 6시. 날은 이미 저물어 가고 하늘은 잔뜩 흐려 있어 금방이라도 비가 쏟아질 것만 같았다. 이 상태에서 산을 오르려는 사람은 물론 없겠지만, 아직 산을 내려오지 못한 사람이라도 있으면 조난을 당할 수도 있었다.

그런데 이런 험한 상황에서도 산을 오르려는 사람이 나타났다. 이 사람의 차림새로 보아 전문적으로 산에 오르는 사람도 아니고 절을 찾아가는 스님도 아닌데다, 나이도 상당히 들어 보여 아주 이상하게 느껴진다.

이 사람은 하늘을 살핀다거나 주변을 둘러보거나 하지도 않고 선뜻 산길로 들어섰다. 산길은 흐린 날씨에다 늦은 시간이어서 어둠이 잔뜩 서려 있었다. 잠시 후 빗방울이 가늘게 떨어지기 시작했고, 하늘은 급격히 어두워져 갔다.

산의 정상 쪽은 구름 속에 갇혀 있어서 더욱 어둡고, 빗발도 점점 굵어지고 있었다. 조금 전 산길로 들어선 사람은 대원사에서 한판골 쪽으로 방향을 잡았는데, 한판골까지는 8km 남짓, 맑은 날에도 4시간이나 걸리는 곳인데다 도중에 비를 피할 곳도 없었다.

이 사람은 무슨 깊은 사연이라도 있는지, 아니면 정신이 좀 이상한 것인지, 어둡고 비 오는 험난한 산길을 거리낌없이 올라갔다. 실로 기이한 일이 아닐 수 없다. 이 사람은 도대체 위험한 산길을 올라 무엇을 하려는 것일까…….

그러나 정작 위험한 상황은 이 길목의 정상 쪽에서 전개되고 있었다. 위치는 써리봉 아래쪽 치밭목 방향으로 2km 지점, 남녀 6명이 두 시간 전부터 위험한 산길을 하산, 힘겨운 행군을 계속하고 있었다.

이들은 당초 천왕봉을 정복하려고 중봉 쪽으로 방향을 잡았으나, 도중에 위험을 깨닫고 하산을 시작하여 써리봉을 지나 치밭목으로 향하다 비를 만났다. 이들이 목표로 삼는 곳을 치밭목 산장. 그러나 아직 얼마나 더 내려가야 하는지 알 길이 없었다.

빗발이 더욱 굵어졌고, 옷은 이미 물 속에 담가 놓은 것처럼 늘어져 있는 상태로 한기가 온몸을 감싸고 있었다. 이들은 자기들 나름대로 산을 제법 아는 듯했고, 약간의 경험도 있었으나 초보임이 분명했다. 그나마 모두들 체력은 강한 편이어서 탈진 상태에서도 버티며 겨우 하산을 하고 있는 중이었던 것이다. 이제 날은 더욱 어두워지고, 비도 세차게 퍼부어서 앞길이 보이지 않았다. 드디어 한 사람이 미끄러지듯 쓰러졌다.

"어, 은경아!"

뒤따라 내려오던 남자가 급히 부축했으나 더 이상 걸을 수 없는 상태였다.

철퍽—.

또 한 여자가 주저앉았고, 일행은 모두 멈추고 말았다.

"정신 차려, 이겨야 돼!"

일행의 리더로 보이는 사람이 독려했으나 이미 희망이 없는 상태, 모두의 마음 속에는 죽음이라는 불길한 생각이 떠올랐지만, 그것으로도 별 자극을 못 느끼고 정신은 점점 혼미해져 가기만 했다.

"정신 차려! 별일 아니야, 견뎌야 해!"

리더격인 이 사람은 소리를 지르며 일행을 돌아봤지만 별 반응이 없었다.

'내려가긴 틀렸고, 비라도 좀 피할 곳이 없을까…….'

리더는 이렇게 생각하며 길 옆 위쪽 숲 속으로 올라섰다. 그런데 이게 웬일인가? 바로 불빛이 보이지 않는가! 기적일까, 환상일까, 아니면 우연한 행운일까? 아무튼 살길이 열렸다.

"정신 차려! 집이 있어, 집이 있다고!"

"음, 집이라고?"

집이란 말에 모두들 반응했지만, 한 여자는 이미 실신 상태였다. 일행은 기운을 차리고 숲 속으로 들어섰다. 과연 불빛이 보이고 있었다. 리더가 여자를 둘러멨고, 모두들 불빛을 향해 바삐 움직였다. 불빛이 갑자기 사라지기라도 하면 큰일이었다.

산길은 가파르지 않았고, 조금 더 올라가니 평탄한 길이 나타났다. 이제 불빛은 더욱 확실해졌고, 어렴풋이 집 같은 커다란 물체도 보였다. 그래도 집까지는 상당한 거리였다. 그렇지만 이제 모두들 기운을 차린 듯했고, 업혀 있는 여자도 의식을 회복했다.

집은 통나무로 지어졌는데, 제법 컸고, 널찍한 마당도 있었다. 리더는 여자를 내려놓고 불빛이 보이는 곳으로 무조건 들어섰다.

"누구요? 이곳 주인이오, 아닌가?"

이곳에는 먼저 와 있던 사람이 여럿 있었는데, 묻는 투로 보아 그들도 주인은 아닌 모양이었다. 불빛은 이들이 피워 놓은 모닥불이었는데, 늦게 온 일행은 먼저 온 사람들에게 가볍게 목례를 하고는 불부터 쬐였다. 먼저 온 사람들은 벌써 전에 와 있었는지 옷도 젖어 있지 않았고, 무엇인가를 먹고 있으면서 생기가 넘쳐흐르고 있었다.

"당신들 운이 좋았군. 여길 찾다니! 하하."

먼저 온 사람들은 지금 막 고통에서 벗어난 사람들에게 대수롭지 않게 말했는데 말투가 곱지는 않았다.

"자, 이거 먹을래?"

먹을래? 완전히 반말투였다. 그러나 겨우 살아난 판국에 그런 것을 생각할 겨를이 없었다. 춥고 배고픈 위기에서 이미 추위는 면했고, 이제 배고픈 위기마저 해결되려는 것이다.

"고맙습니다."

일행은 급히 음식물을 받아 쥐었다. 잘 익은 고구마였다.

"여기 더 있으니까, 먹고 더 먹어. 하하."

이 사람은 무엇이 우스운지 말끝마다 웃었다. 사람이 특별한 이유 없이 웃는다는 것은 별로 아름답게 보이지 않는다. 그러나 이런 것이 신경 쓰이지는 않았다. 늦게 도착한 사람은 먼저 도착한 사람을 마치 집주인 양 미안해하면서 옷을 말리고, 고구마를 먹고, 물을 마시는 등 차츰 기운을 회복해 갔다.

"다들 먹었나? 저쪽에 방이 있으니 가서 자려면 자게, 하하."

응? 이 무슨 말인가? 추위를 피하고 허기를 면하고 이번엔 잠자리까지? 아무튼 잘된 일이다.

"고맙습니다, 방에서 쉬어도 될까요?"

"하하, 마음대로 하게. 우리가 주인은 아니니까!"

"네, 고맙습니다."

뒤에 도착한 이들은 더욱 미안해하면서 방을 찾아 들었다. 비는 더욱 세차게 쏟아졌고 주변은 아주 캄캄했다. 방은 자그마했지만, 여섯 명이 들어갈 만큼 덮을 것도 몇 개 있었다.

세상에 별일도 다 있다. 이렇게 안성맞춤으로 되다니! 일행은 크게 다행스럽게 여기고 편안히 벽에 기대어 한숨을 돌렸다.

"꿈만 같애, 이렇게 운이 좋다니…… 죽을 뻔했어."

한 여자가 생기 있는 목소리로 말했다.

"그래! 큰일 날 뻔했지, 기적이야."

"그런데, 저 사람들은 주인이 아닌가 봐!"

"음, 그런 것 같더군…… 주인은 누굴까?"

"뭐, 주인 없는 집일 수도 있지. 그건 그렇고, 저 사람들 별로 안 좋아 보여."

"음, 그래. 뭐 신경 쓸 필요 없지. 우리 조금 자두어야 하지 않을까?"

"그럼, 자야지. 내일이면 비가 그치겠지."

이들 남녀 6명이 편안한 마음으로 잠을 청하려 할 때, 방의 뒤켠 광 쪽에서는 먼저 이 집에 와 있던 8명의 남자들이 심상치 않은 대화를 하고 있었다.

"형님, 기분이 어떠세요?"

"뭐가?"

"아따, 형님도…… 뭘 시치미 떼세요?"

"음?"

"형님, 고기 생각 없으세요?"

"고기? 생각 있으면 어쩔래?"

이들은 아주 위험한 불량배가 틀림없었다. 형님이라고 불러진 사람은 두목인 듯한데 부하의 말에 잔뜩 흥미를 나타냈다.

"하하, 형님도…… 그럼, 가만 놔둘 생각이었어요? 좋은 물건(?)이 세 개나 돼요!"

"음, 글쎄……."

이들은 지금 저쪽 끝방에 있는 여자들을 얘기하던 중이었다. 말하자면 몸도둑질, 즉 강간을 모의하는 중인데 주어진 조건이 너무나 완벽했다.

"괜찮을까?"

두목은 은근히 부추겼다.

"형님!"

옆에 있던 다른 부하가 끼어들었다.

"시작할까요? 남자애들이 셋인데 먼저 없애 버리지요!"

"없애다니?"

"뭐, 그냥 묶어 놓을까요, 조금 혼내 주고."

"글쎄, 집주인이 오면 어떡하지?"

"하하. 형님, 이 비 오는 캄캄한 산중에 누가 와요? 오면 또 어때요, 없애 버리면 되지."

"그래, 너희들은 어떠냐?"

두목은 주위에 있는 부하들을 돌아보며 물었다.

"저희야, 뭐…… 형님 뜻에 따르지요, 하하."

물어 보나마나였다. 두목은 속으로 묘한 흥분이 일어나는 것을 느꼈다.

"그래, 그럼 시작해 봐."

"네, 하나씩 불러내지요."

이렇게 해서 위험한 모의는 끝나고 즉각 행동이 개시됐다.

똑똑—.

"……"

똑똑—.

"누구세요?"

한 여자가 얼핏 깨면서 말했다.

"네, 의논할 일이 있어서요…… 이 방 대표 한 사람 나오세요."

"네? 무슨 일인데요!"

여자는 불길한 기분을 느끼면서 물었다.

"나와 보면 압니다!"

불량배의 목소리는 아주 뻔뻔하고 퉁명스러웠다.

"네? 기다리세요. 진명 씨, 일어나 보세요!"

"흐음, 왜 그래 응?"

이들 중 리더격인 진명이는 놀라서 급히 잠을 깼다.

"누가 왔어요. 이 방 대표를 찾아요."

"그래? 내가 나가 보지."

진명이는 불안한 기분에 잠이 확 달아났다. 다른 사람들도 모두 잠에서 깨어났다.

"무슨 일인데요?"

진명이는 문 밖으로 나가서 불량배를 보며 조심스레 물었다.

"우리 형님이 좀 보자는데요!"

우리 형님? 완전히 명령투였다.

"네, 네."

진명이는 마음이 내키지는 않았지만 따라 나설 수밖에 없었다. 저쪽에서 불을 등지고 선 두 사람이 진명이가 오는 것을 보고 있었다.

"이쪽으로 와!"

그들은 무슨 죄인이나 포로를 다루듯 위압적인 말투로 한쪽으로 끌었다. 진명이는 신변의 위험이 가까이 도래한 것을 깨달았다.

'이들이 원하는 것은 돈일까, 여자일까? 여자가 분명하다, 조금 전 고구마를 먹을 때 무례하게 웃으며 여자들 쪽을 힐끔힐끔 보더니만…….'

"야, 너희들 어디서 왔어?"

진명이의 생각은 이미 아무 소용도 없었다. 불량배 몇 명이 앞뒤로 애워싸며 시비를 만들기 시작했기 때문이다.

"네, 서울에서 왔는데요."

진명이는 최대한 공손하게 대답했다. 그러나 정해 놓고 시비를 걸고자 하는 사람 앞에서는 공손도 조심도 소용이 없다.

"뭐, 왔는데요? 말투가 건방지군!"

"네? 죄송합니다."

"어허, 이 자식 봐라, 누굴 놀리나……."

"……."

진명이는 가슴이 두근거리며 말문이 막혔다. 순간 옆구리로 발길질이 날아들었다.

퍽—.

"헉!"

진명이는 옆구리를 두 손으로 감싸 안았는데, 뒤이은 공격이 안면을 강타했다.

뻭—.

그러나 진명이는 쓰러지지 않고 몸을 옆으로 숙이면서 반격을 시도했다. 진명이도 약간은 힘을 쓰는 편이어서 가만히 서서 맞고만 있을 사람은 아니었다.

휙—.

진명이의 오른손 주먹이 정면에 있는 놈의 명치로 향해 강하게 뻗쳐졌다. 실로 강하고 빠른 주먹이었다.

퍽—.

"윽!"

한 놈이 비명을 지르고 주저앉았다.

"어? 이놈 봐라!"

불량배들은 놀라면서 본격적인 결투 대형을 갖추었다. 싸움에 가담한 불량배는 정면에 한 명, 좌우에 한 명씩 모두 세 명이었고, 다른 불량배들은 멀찌감치 서서 구경만 하고 있었다.

  진명이는 몸을 옆으로 돌리면서 왼발로 옆에 있는 놈을 차올렸다. 그러나 잽싸게 피한 불량배의 발이 어느 새 진명이의 다른 쪽 얼굴을 강타했다.

  빡―.

  진명이는 비틀거렸고, 입에서는 피가 흘렀다. 연이은 공격이 진명이의 복부에 닿지했다.

  퍽―.

  강한 일격이었다. 진명이는 무릎을 꿇고 주저앉았다. 이번에는 안면으로 발길질이 날아들었다.

  빡―.

  진명이는 앞으로 엎어지면서 움직이질 못했다. 더 이상 공격은 없었다. 그래도 이들은 인정이 좀(?) 있는 편이었다.

  "자식, 제법인데……."

  세 번의 연이은 공격으로 진명이를 쓰러뜨린 불량배 하나가 씩 웃으며 말했다.

  "저놈을 묶어 놔!"

  이 불량배는 그야말로 싸움질이 능숙한데 보아하니 부두목쯤 되는 것 같았다. 진명이의 반격은 큰 효과를 발휘하지 못하고, 몸은 팔을 뒤로 해서 묶여졌다.

  "야, 또 한 놈 데려와."

  불량배 하나가 또다시 여자들이 있는 방으로 갔다.

  똑똑―.

  "네……."

문이 급히 열렸다. 이들은 근심을 하며 기다리고 있었던 것이다.

"또 한 사람 나오래요!"

또 한 사람? 음산한 말투였다.

"진명씨는 어디 있지요?"

"진명씨? 아, 네, 와보면 압니다."

불량배는 뻔뻔하게 웃으며 말했다.

"가보자……."

이번에는 두 사람이 동시에 나섰다.

"어? 둘 다 오시려고? 좋지!"

불량배는 뜻 모를 말을 하면서 앞장 섰다. 뒤따라오는 두 명은 이미 사고가 난 것을 느끼고 있었다.

"이쪽으로……."

두 사람이 광장 쪽으로 들어서자 여러 명이 에워쌌다. 그러고는 그 중 하나가 한 친구의 정강이를 걷어찼다.

뻑―.

"읍!"

정강이를 맞은 친구는 앞으로 고꾸라졌는데, 미처 넘어지기 전에 앞에 있던 불량배가 부축을 하면서 주먹으로 턱을 세차게 공격해 왔다. 턱이 돌아갈 만큼 강한 일격이었다.

퍽―.

"흑!"

뿌득―.

이 친구는 아무런 반격도 못 하고 쉽게 쓰러졌다. 이젠 한 사람만이 남았다.

"야, 너, 무릎 꿇어!"

아직 매를 맞지 않고 남아 있던 친구는 급히 무릎을 꿇었다.

"허, 자식, 말 잘 듣는군! 그래야지, 매 안 맞으려면……."

이들 두 명도 진명이처럼 팔을 뒤로 해서 묶어졌다. 이제 가시(?)는 간단히 제거됐고, 부드러운 살(?)만 남았다.

"형님, 준비됐습니다."

불량배 하나가 징그럽게 웃으며 두목을 바라봤다.

"음, 다같이 가보자."

두목이 이렇게 말하자 부하들 7명 모두가 따라 나섰다. 주변은 온통 칠흑 같았고 빗소리도 여전했다.

쏴—.

여자들의 방은 조용했다.

"여보시오!"

"……."

"여봐라!"

"……."

"어? 조용한데."

"들어가 봐!"

불량배 하나가 마루로 올라서서 문을 확 열어젖혔다. 여자들은 한 구석에 몰려 있었다.

"허, 귀여운 것들, 똘똘 뭉쳐 있네!"

"모두들 나와!"

"……."

여자들은 어두운 방에서 부들부들 떨며 움직이질 못했다.

"어서 못 나와!"

불량배 하나가 들어가서 한 여자의 멱살을 잡아 일으켰다.

"악—."

여자가 비명을 질렀다.

"아이쿠 깜짝이야, 이년이 정신 나갔나!"

찰싹—.

불량배는 사정 없이 따귀를 한 대 갈겼다.

"빨리들 일어나, 버텨 봐야 소용 없어."

"……."

그래도 여자들은 떨기만 할 뿐 꼼짝도 하지 않았다.

"야, 안 되겠다, 끌어내!"

두목이 기다리다 못 해 부하들에게 지시하자 여러 명이 달려들어 여자들을 끌어냈다. 여자들은 일단 불이 지펴져 있는 밝은 곳으로 연행(?)되었다.

"음……."

두목은 속으로 흥분을 억제하면서 포로(?)를 슬쩍 둘러보았다. 여자들은 20대 초반으로 보이는 제법 미인들로, 건강미가 넘쳐흘렀다.

'대단하군, 잘들 생겼어. 오늘은 일진이 잘 풀리누만, 허허.'

두목은 기분이 몹시 좋았다. 산에 와서 느닷없이 비에 발이 묶여 있게 되었는데 제 발로 이런 먹이(?)가 찾아오다니!

행운이란 바로 이런 것을 두고 말하는 것이리라. 지금 이 순간만은 두목이 바로 왕이고, 신이다. 잡혀 온, 아니 제 발로 찾아 들어온 일행 6명은 운명이 참 기구하다. 겨우 죽음을 면하고 살길을 찾았다 싶었는데 더욱 위험한 곳으로 들어섰으니…….

그러나 두목은 지금 남의 운명이 어떻든 알 바 없었고, 자신에게 주어진 무한대의 권리(?)를 행사하려는 것뿐이다. 두목은 잔인한 웃음을 보이고 점잖게 서두를 꺼냈다.

"너희들, 운이 참 좋다……."

운이 좋다니? 듣기에 따라서는 용서(?)라도 해 줄 것 같다. 그러나 두목은 희롱을 겸해서 자신의 행복을 마음껏 음미하려는 것이었다.

"만약에 이곳에 못 왔으면 산에서 죽었을 거야, 그렇지? 그런데 이곳의 불빛을 보고 찾아왔겠지, 불은 우리가 힘들게 피워 놓은 거고. 말하자면 너희들의 목숨을 우리가 구해 낸 셈이야, 안 그래?"

두목은 자신이 하는 말에 상당히 만족한 듯 잠시 여자들의 반응을 기다렸다.

"……."

여자들은 여전히 고개를 돌린 채 묵묵무답. 두목의 말이 계속 이어졌다.

"그러니 은혜를 갚아야 할 것 아니냐, 하하."

결론은 이미 난 셈이었고, 두목은 세 여자를 찬찬히 훑어보았다. 자기 몫(?)을 정하려는 것이다. 긴장이 감돌았다. 부하들은 옆에 둘러서서 침을 삼키며 두목의 태도를 주시했다. 두목이 먼저 하나를 정해야 자신들의 차례(?)가 정해지는 것이다.

이윽고 두목은 한 여자를 지목했다. 이 여자는 처음에 쓰러져서 이곳에 오게 된 원인을 제공한 사람으로, 은경이라고 불리어진 여자였다. 부하들은 환성을 질렀다.

"와—."

두목은 은경이의 멱살을 잡아 끌며 얼굴에 가볍게 키스를 하면서 입맛을 다셨다.

"하하, 녀석, 무서워할 것 없어. 자, 어디로 갈까?"

두목은 주변 사정을 둘러보고 잔치(?)를 벌일 장소를 택했다. 장소는 큰방 앞마루로 정해졌다.

"얘들아, 저기다 상(?)을 봐놓아라."

"예잇…… 하하."

부하들은 급히 방에 들어가 베개며 깔 것을 끌어내 왔다. 다른 두 여자들은 바로 그 방으로 끌려 들어갔다. 이제 꿈 같은 육체의 향연이 시작되는 것이다. 모두들 부산하게 움직였지만, 여자들은 눈을 감고 악몽 같은 현실을 잊으려고 애를 썼다.

"야, 저 애들도 이쪽으로 끌고 와."

두목은 묶어 놓은 세 명의 남자를 데려오게 했다.

"거기 꼼짝 말고 있어!"

두목은 이들로 하여금 잔인한 구경을 시키려는 것이다. 끌려 온 남자들은 부하들에게 심하게 발길질을 한 차례씩 받고는 마루 앞 처마끝에 무릎이 꿇려졌다. 거친 비는 계속되고 있었고, 캄캄한 밤은 흡사 지옥의 분위기였다.

두목이 마루로 올라섰다. 두 명의 부하가 은경이의 팔을 뒤로 비틀어 잡고 펄썩 주저앉혀 놓았다. 방 안의 여자들은 구석에 몰려 있었고, 아직 임자(?)는 나타나지 않은 상태였다. 한쪽에서는 부하들이 차례를 정하려고 아우성을 치는 중에, 두목은 은경이의 앞가슴 옷을 확 잡아 찢었다. 그러자 하얀 어깨와 브레지어가 나타났다.

"허어, 예쁜 것을 차고 있구나!"

"자자, 가만 있어."

두목은 어린아이 달래듯 천천히 브레지어를 벗겨 냈다.

"으음, 악―."

은경이는 소리를 질렀다. 그 소리는 이미 두목의 귀에 들리지 않았다. 두목은 숨을 몰아 쉬면서 은경이의 바지를 잡아 내렸다. 여자의 하얀 허벅지가 어둠 속에 어렴풋이 드러났다. 두목은 손을 무례하게 뻗쳐 여자의 깊은 곳을 슬쩍 만지더니, 이어서 자신의 바지를 내리기 시작했다.

위기의 순간은 이제 눈앞으로 다가왔다.

바로 이 때, 방해자가 나타났다.

"어흠, 무슨 일들이오?"

뜻하지 않은 목소리가 끼어든 것이다.

"음?"

두목은 가볍게 놀라는 동시에 김이 확 새는 것을 느꼈다.

"웬 놈이야?"

두목은 벼락같이 소리를 지르고는 급히 바지를 올렸다. 그 사이 부하들은 벌써 달라진 상황을 재빨리 파악하여, 나타난 사람을 에워쌌다. 두목이 방금 나타난 방해꾼을 살펴보니 건장해 보이는 노인 혼자였는데, 등에다 무엇을 한짐 짊어지고 물을 뚝뚝 흘리며 서 있었다.

비를 흠뻑 맞고 온 그 모습이 흡사 물 속에서 금방 건져 놓은 것 같았다. 노인은 웃고 있었다. 두목은 어처구니없기도 하고 화가 나기도 해서 아주 신경질적으로 물었다.

"이 쌍놈의 영감! 뭐야?"

"뭐라니오? 사람 아니오?"

노인은 대수롭지 않게 대답했다.

"뭐? 이 영감 봐라, 넌 대체 누구야?"

"나요? 난 이 집 주인이오! 당신네들이야말로 누구요? 주인 없는 집에 와서 이게 무슨 짓들이야, 연놈이 발가벗고는. 어허, 사람도 묶어 놨잖아?"

노인은 마루에 있는 여자와 묶여서 무릎이 꿇어져 있는 남자 세 명을 번갈아 쳐다보며 말했다. 두목은 잠시 말문이 막혔지만 잠깐 생각해 보니 별일이 아니었다.

"미친 영감이군. 얘들아, 이 늙은이 뼈다귀를 추려 놔! 쌍놈의 영감!"

부하들은 두목의 명령이 떨어지자 신속하게 행동했다. 그렇지 않아도 마음이 급한 판국에 두목의 명령이 너무 느렸던 것이다. 먼저 발길질이 노인을 향해 인정사정없이 내질러졌다.

퍽—.

"으윽!"

노인은 짐과 함께 나뒹굴었다. 그래도 노인이 다시 일어나면서 짐을 풀어 놓자,

"어허? 이 영감 봐라, 질긴데!"

부하들은 이렇게 말하며 일어서 있는 노인의 복부에 강하게 주먹을 질러 넣었다.

"헉!"

노인은 비명을 지르며 배를 움켜쥐었다.

빽—.

공격은 다시 안면으로 이어졌다. 노인은 얼굴을 감싸 쥐고 무릎을 꿇었다.

빽—.

이번에는 노인의 등을 사정없이 짓밟았다. 노인은 땅바닥에 납작하게 엎어졌다. 부하들은 엎어진 노인의 등과 머리를 세차게 짓밟았다. 부하들은 노인이 너무 미웠던 것이다. 한참 신이 난 판국에 필요 없이(?) 끼어들어 약이 오른 것이다.

"그만!"

두목이 제지했다.

"묶어 버려!"

부하들은 재빠르게 노인을 묶었다. 할 일(?)이 바빴기 때문에 동작이 신속했다. 노인은 찍소리 못 하고 묶여서 먼저 묶인 젊은 세 사람 옆에

나란히 무릎이 꿇려졌다. 두목과 부하들은 이미 김샌 마음을 다시 가동하기 시작했다. 두목은 마루 위에서 여전히 허벅지가 노출되어 앉아 있는 여자를 보자 오히려 더 흥분되는 것을 느꼈다.

"애들아, 다시 시작하자!"

두목은 조금 멋쩍은지 부하들에게도 행동을 지시하고는 자기 앞 여자의 팬티를 움켜쥐고는 곧바로 잡아 찢었다.

"아악—."

여자는 소리를 지르며 몸을 움츠렸다. 두 팔이 여전히 잡혀 있었기 때문에 몸을 비틀며 떨고만 있었다. 두목은 번개같이 자신의 바지를 내리고 마지막 남은 팬티마저 벗어 던졌다. 두 팔을 잡고 있는 부하들은 침을 꿀꺽 삼키며 흥분을 억제하고 있었다.

두목은 무릎을 꿇고 여자의 허벅지를 더듬었다. 두 다리는 요동 쳤지만 두목은 두 다리를 깔고 앉아서 낙원(?)을 향해 서서히 전진했다.

"으음, 흑—"

여자는 비명과 함께 흐느꼈다. 조금 전 노인이 나타났을 때는 무슨 기적이라도 있을 줄 알았는데 그것도 잠시, 이제는 절망뿐이었다.

그런데 이 다급한(?) 순간에 또다시 방해자가 나타났다.

"이놈들!"

벼락 같은 목소리였다.

"응?"

두목은 이번에는 정말 놀라 급히 돌아서 보니 상황이 조금 전과 비슷했다. 다른 것이 있다면 이번에 나타난 노인은 나이가 조금 덜 들어 보이고, 짐이 없고 소리가 좀 큰 것뿐이었다. 두목은 속으로 울화가 치밀었다.

뭔 일이 될 만하면 이토록 방해자가 나타나다니! 그것도 두 번 씩이나, 게다가 두 번 다 썩어질 영감들이라니!

부하들도 놀라기는 했지만 번개같이 노인을 둘러쌌는데 행동은 두목이 먼저 전개했다. 두목은 급하게 화가 난 나머지 아랫도리를 완전히 노출한 채 맨발로 땅바닥에 내려선 것이었다.

두목은 노인 앞에 성큼 다가서서 안면을 향해 주먹을 뻗었다.

빡—.

뻗은 주먹은 틀림없이 물체에 닿았는데 그것은 노인의 얼굴이 아니라 왼손바닥이었다. 노인은 주먹이 날아오자 그 자리에서 미동도 하지 않고 왼손바닥으로 주먹을 받아낸 것이다. 그와 동시에 노인의 오른손은 두목의 멱살을 잡아채서는 끌어당기듯 하면서 멀리 집어던졌다. 두목의 몸은 비가 쏟아지는 저쪽 숲 속으로 내동댕이쳐졌다. 실로 눈 깜짝할 사이였다.

부하들은 순식간에 두목이 없어져서 잠시 영문을 몰랐으나, 두목의 몸이 저쪽으로 내동댕이쳐진 것을 보고는 크게 경악했다.

"어?"

"아이쿠…… 어억……."

부하들이 놀라는 한편 반격을 하려고 노인 앞으로 다가서려는데, 어느 새 노인은 한 발 앞으로 나서더니 두 손바닥으로 두 놈의 앞가슴을 밀어친 것이다. 두 놈은 그 자리에서 공중에 뜨더니 뒤로 나가빠졌다. 노인은 동시에 몸을 뒤로 휙 돌리면서 오른 주먹을 휘둘러 한 놈의 안면을 박살내고 뒷발로는 피해 가는 놈의 옆구리를 내질렀다.

순식간에 다섯 명이 쓰러진 것이다. 노인은 잠시 동작을 멈추고 나머지 세 명을 바라봤다. 세 명은 가슴이 두근거려서 어쩔 줄을 모르고 있었다.

"이리 와!"

노인의 음성은 어찌나 큰지 빗소리를 무색케 했다. 부하들은 엉거주

춤 노인 앞으로 다가왔는데 노인은 그 중 하나의 따귀를 후려 갈겼다.

딱—.

"억!"

뿌득—.

턱뼈가 부서지는 소리와 함께 또 한 명이 쓰러지고 이제 두 명만이 남았다.

"이놈들, 이 집 주인 어디 갔나?"

노인의 눈에는 살기가 번뜩였다.

"네…… 저…….''

그들이 얘기하려는데 저쪽에서 먼저 소리가 들렸다.

"사제, 나 여기 있네!"

"음? 아니, 사형! 거기 계셨군요."

"허허, 오랜만이군!"

"네? 아니, 거기서 뭘 하고 계세요?"

두 번째 나타난 노인은 어느 새 살기가 사라지고 어처구니없다는 표정이었다.

"웅, 공부를 하는 중이야, 허허."

사형이라고 불린 노인은 산장의 주인인가 본데 일어나면서 묶인 줄을 쉽게 잡아 끊었다.

툭—.

뒤로 묶인 줄이 맥없이 끊어지자, 노인은 천천히 걸어서 사제라고 불려진 노인 앞으로 왔다.

"자네가 올 것 같았어, 허허. 잠깐! 이곳부터 정리를 하고 손님을 맞이해야지……."

"이놈들아!"

산장 주인은 떨면서 서 있는 두 명을 돌아보며 부드럽게 말했다.
"너희들 빨리 한데 모여, 늦으면 혼난다!"
"네?"
두 명은 말뜻을 몰라 엄거주춤하고 있었는데, 바로 벼락이 떨어졌다.
"어리석은 놈!"
딱, 탁—.
산장 주인이 왼손바닥으로 한 명의 등을 두들기듯 가볍게 쳤는데, 그 힘은 실로 엄청났다.
"악!"
맞은 부하는 등이 뻣뻣이 굳어 오며 그 자리에서 비틀거리면서 엎어졌다.
"너도 혼날래?"
"아, 네!"
하나 남은 놈은 급히 행동했다. 가만히 서 있다가는 큰일 날 것이 분명했기 때문이다. 우선 멀리 떨어져 비를 맞고 있는 두목부터 끌어내는 것을 시작으로, 그 다음엔 실신한 사람들을 모았다. 아직 정신이 깨어 있는 사람은 제 발로 한곳에 모였다.
"모두들 무릎 꿇고 있어! 아참, 저쪽은 아니지. 저 애들은 풀어줘라, 허허……."
산장 주인이 웃으며 이렇게 말하자, 불량배는 급히 가서 진명 일행 셋을 풀어 주었다.
"으음, 이놈들을 어떡하지? 아예 죽여 버릴까?"
산장 주인이 사제라고 불린 노인을 쳐다보며 웃으면서 물었는데, 사제 노인은 어처구니없는 표정과 못마땅한 표정을 번갈아 지으면서 대답을 안 하고 있었다.

"사제, 자네가 처리하게!"

산장 주인은 사제를 돌아보면서 약간 심각하게 말하자 사제라는 노인은 그제서야 말문을 열었다.

"사형, 도대체 어찌 된 일입니까? 가만히 앉아서, 아니 묶여서 구경만 하시다니!"

"허허, 미안하네…… 실은 이렇게 될 줄 알았어."

"네? 무슨 말씀이세요?"

"음, 자네가 와서 구해 줄 것을 알았지."

"네? 제가 안 왔으면요? 바로 일이 터질(?) 뻔했는데요?"

"그만하세. 자네가 왔으니 다 된 것 아닌가?"

"네? 거참! 알겠어요. 이놈들이나 혼내 주고 보지요!"

이렇게 말해 놓고 사제 노인은 불량배들을 무섭게 노려봤다.

"이놈들, 이 고약한 놈들! 야, 너 이리 와!"

사제 노인이 지명한 사람은 두목인데 아직 아랫도리가 노출된 상태였다. 두목은 겨우 정신을 차렸는지 힘겹게 걸어서 노인 앞에 섰다.

"네놈이 두목이지? 네놈이 가장 나쁜 놈이야, 아주 죽여 버려야 되겠지만…… 똑바로 서지 못해! 자, 이렇게 벌려!"

노인은 이상한 주문을 외웠다. 두목은 노인이 시키는 대로 가랑이를 조금 벌렸다. 그러자 노인은 두목의 낭심을 한 손으로 힘껏 움켜쥐었다.

"으악—악!"

두목은 비명을 연거푸 지르면서 주저앉았다.

"이놈, 잘 들어! 네놈은 앞으로 삼 년 동안 그 짓(?)을 못 해. 만약 그 몸을 가지고 억지로 사용하려고 하면 아주 불구가 되는 거야, 알겠나? 대답해!"

"네? 네!"

두목은 슬프게 대답했다.

"앞으로 삼 년이야, 꼼짝 않고 있으면 삼 년 정도면 회복되니 염려 말아! 그리고 너희들……!"

이젠 부하들 차례였다. 노인은 눈초리는 더욱 무서워졌다.

"여긴 무얼 하러 왔나?"

"……."

"어서 대답 못 해!"

"네, 저…… 저희는 이곳에 우연히 왔는데, 마침 비내 오길래 그냥 있게 되었습니다."

"음…… 그래? 여기서 무엇하고 있었나?"

"……."

"어허, 안 되겠군. 너 이리 와!"

노인이 부른 사람은 아직 매 한 대 안 맞고 멀쩡하게 있는 유일한 불량배였다. 이 불량배는 자신은 상당히 운이 좋다고 여기던 차였는데 갑자기 지적을 당한 것이었다. 이는 우연이 아니었다. 노인의 성격으로 봐서 일부러 놓아두었다가 이제야 다루는 것이 분명했다. 그러나 불량배는 이런 뜻을 알지 못하고, 공연히 걸려들었다고만 생각했다.

노인은 어깻죽지를 내리찍었다.

빽—.

"으악—."

불량배는 비명을 지르고 옆으로 기울며 쓰러졌는데, 여지없이 어깨가 박살났다.

"너희들, 대답을 늦게 하면 모조리 죽여 버릴 것이다. 알겠나?"

"네…… 네…… 네!"

불량배들은 앞을 다투어 대답했다.

"좋아."

노인은 고개를 끄덕였지만 안색은 조금도 부드러워지지 않았다.

"너희들 이런 짓 몇 년 했나?"

"저…… 3년이오!"

누군가가 겨우 대답을 했다. 대답한 사람은 얼떨결에 말이 나왔겠지만 아마 3년 전부터 불량배 짓을 했는가 보다.

"음, 3년씩이나 이런 짓을 했단 말이지! 큰 벌을 받아야겠군, 죽일 놈들!"

사제 노인은 점점 무서워지는데 비는 여전히 그치지 않고 사방은 완전한 암흑을 이루고 있어 더욱 지옥地獄 같았다. 불량배들은 조금 전 자신들이 신神처럼 남의 운명을 마음대로 할 때와는 너무 대조적이었다. 모두들 후회가 엄습해 왔다. 그러나 후회는 지금으로선 아무런 도움이 되지 못했다. 당초 악인惡人에겐 반드시 악과惡果가 있다는 것을 깨닫고 있어야 했다.

이젠 인정머리 없는 이 무서운 노인의 처분만 기다릴 수밖에 없다. 벌은 무엇일까? 여기서 맞아 죽는 것일까, 아니면 불구라도 되는 것일까?

노인의 차가운 음성이 들려 오기 시작했다.

"너희들은 죽어 마땅한 놈들이다. 살려 두면 평생 남을 해치며 살겠지, 한데 지금은 내가 좀 바쁘니까……."

노인은 스스로 각오라도 하는지 얼굴이 더욱 험악하게 일그러졌다.

"벌을 내일 아침에 주겠다!"

드디어 판결이 떨어졌다. 일단 내일 아침까지는 무사한 것이다. 불량배들은 속으로 그나마 쉴 수 있어(?) 다행으로 생각하였다. 노인의 냉엄한 말이 이어졌다.

"그러니 오늘 밤은 저 광 속에 가 있거라. 만약 떠든다든지 불을 피운

다든지 하면 당장 찢어 죽일 것이야, 알겠나?"

"네!"

불량배들의 대답 소리는 일제히 크게 나왔다. 사람은 누구나 다음 순간에 어떻게 될지언정 당장의 안전이 중요한 것이다. 다음 순간은 그때 가서 또 생각할 수 있다.

"자, 모두들 광 속으로 들어가!"

노인은 불량배들이 다투어 광 속으로 들어가는 것을 끝까지 지켜 보았다.

"음, 한심한 놈들! 사형, 우린 방으로 들어가지요."

사제 노인은 할 일을 다 한 듯 얼굴색을 펴고 산장 노인을 돌아보며 부드럽게 말했다.

"음, 그럴까? 그런데……"

산장 주인은 아직 옆에 서 있는 진명 일행을 돌아봤다.

"얘들아, 너희는 저쪽 방에 가서 자거라."

"네, 목숨을 구해 주셔서 감사합니다."

일행은 일제히 무릎을 꿇고 구해 준 은혜에 감사했다.

"음……"

산장 노인은 인자한 표정으로 고개를 끄덕였다. 진명이는 여자들을 데리고 작은방으로 물러갔다.

"……"

"사형, 이곳은 몹시 시끄럽군요. 어딜 가셨었어요?"

애들이 물러가고 조용해지자 사제 노인이 물었다.

"음, 읍내에 물건을 좀 구하러 갔다 왔지. 그 사이에 이런 일이 벌어졌구먼. 그런데 사제는 어디서 오는 길이야?"

"네, 저는 천왕봉 쪽에서 내려왔어요."

"음, 하여간 오랜만이군, 우리도 좀 쉬고 내일 얘기할까?"
"그러시지요."
 두 사람은 각자 벽을 바라보고 정좌靜坐했다. 이것이 이들의 쉬는 방식인가 보다.

대스승

　이제 산장은 잠잠해지고 캄캄한 밤은 새벽을 향해 운행을 계속했다. 어느덧 어둠은 가라앉고 서서히 밝음이 찾아오기 시작했다. 비는 지난 밤중에 그친 것 같았다. 시간이 더 지나자 자잘한 나무 숲이 보이고 산의 저 아래쪽에는 하얀 구름바다가 펼쳐졌다.
　공기는 한없이 청량했고, 어디서 찾아왔는지 새들의 울음소리도 들려왔다. 지난 밤의 지옥 같은 풍경은 말끔히 가시고 한적한 낙원의 세계가 도래한 것이다.
　이제야 드러난 산장의 규모는 상당히 컸고, 주변의 장관은 그야말로 절경絶景이었다. 산장의 마당에서 보면 좌측으로 높게 이어져 올라간 산의 고봉高峰이 가까이 보였고, 바로 옆쪽으로 깊은 절벽이 자리잡고 있었다. 절벽은 지금 구름으로 덮여 있지만 날이 맑으면 저 깊은 아래까지 훤히 보일 것이다. 산장 마당 앞으로는 간간이 높은 소나무 숲이 보였지만 대체로 낮은 키의 한온대寒溫帶 식물이 다양하게 섞여 있어 그윽하고 신비한 모양을 이루고 있었다.
　산장의 뒤쪽으로는 밭이 조금 있고, 가까이 바위 무더기 앞으로는 맑은 개울이 흘렀다. 산장의 오른쪽은 사철나무의 깊은 숲인데 숲 속으로는 조그만 길이 겨우 뚫려 있고, 다시 그 오른쪽의 낮은 벼랑 아래쪽에는 써리봉으로 통하는 작은 등산로가 있었다.

산장은 등산로에서 급경사인 좌측 산언덕을 올라와서 길게 숲으로 들어와야 한다. 그러나 간신히 뚫려 있는 좁은 통로로 이 길을 찾기란 쉽지 않다. 어제 불량배들이 찾아온 것은 아주 어려운 우연이었고, 진명 일행은 묘하게도 불빛이 보이는 유일한 지점에서 산장의 불빛을 볼 수 있었던 것이다.

만약 진명 일행이 몇 발자국만 벗어났어도 불빛을 보지 못했을 것이고, 결국 비 오는 산에서 불행한 운명을 맞이했을 것이다.

산장의 정면은 큰 산의 그늘에 덮여 있고 숲이 깊어 길이 막혀 있는데, 가까이 가서 보면 여러 종류의 꽃들이 여기저기 피어 있다.

해는 점점 떠올라 산장을 밝게 조명하고 구름 틈 속으로 드물게 저 아래가 보이기 시작했다. 큰방의 노인들은 날이 밝은 것을 아직 모르는지 여전히 벽을 바라보고 명상에 잠겨 있었다. 작은방의 젊은 아이들은 일어났지만 아직 밖으로 나오지 않고 있었다.

그런데 광 속의 불량배들은 하나도 보이지 않았다. 이들은 아마 비가 그치자마자 새벽도 되기 전에 몰래 사라졌을 것이다. 산장의 남쪽 하늘은 완전히 개어서 한없이 높은 먼 세계가 시원하게 열려 있었다.

지리산의 아침은 아름답고 평화롭게 서서히 고개를 들었다. 산의 아래쪽은 아직 어둠이 완전히 가시지 않은 채 지리산은 하루의 시작을 맞이했다.

산장의 작은방에서 기척이 나더니 진명이가 조용히 나왔다. 이 방에 있는 사람들은 아직 지난 밤의 악몽을 잊지 못하고 조심스럽게 행동하고 있었다. 진명이는 새롭게 전개된 세계에 안도감을 느끼면서 슬그머니

큰방 앞으로 가보았다. 큰방 안은 깊은 고요가 서려 있었다. 진명이는 더욱 발소리를 죽이며 방향을 돌려 광 쪽을 살펴보았다. 광은 원래부터 문이 없었는데 그 속은 이미 텅 비어 있었다.

'음? 아무도 없어! 모두들 어디 갔지?'

진명이는 의아스럽게 생각했다. 그렇다고 진명이가 이들이 사라진 것에 대해 아쉬워하는 것은 아니었다. 단지 확실히 없어졌는지가 궁금할 따름이었다. 진명이는 시야를 넓혀 주변을 둘러보면서 산장의 뒤쪽으로 가보았다. 역시 불량배들은 없고 장엄하게 전개되어 있는 산의 고봉만이 보일 뿐이었다.

'대단하구나!'

진명이는 절로 감탄하면서 방으로 돌아와 불량배들이 없어진 사실을 알리고 동료들을 밖으로 불러냈다. 여자들은 워낙 착하고 대범하여 어느 새 지난 밤의 충격을 잊고, 어느 정도 평온한 마음을 회복하고 있었다.

"어머, 아름다워!"

여자들은 문을 나서자 눈앞에 펼쳐진 정경에 놀라 큰 소리를 질렀다.

"쉿―."

진명이는 조용하라고 주의를 주고는 산장의 뒤쪽으로 안내했다. 일행은 바위 쪽으로 가보았다. 거기엔 맑은 물이 콸콸 흐르고 있어, 보기만 해도 가슴이 시원하였다.

"어머, 이 물 좀 봐!"

은경이는 물에 먼저 손을 담그고 얼굴을 씻었다. 이를 뒤에서 보던 일행은 안도감과 함께 한없는 평화를 느꼈다. 누구보다도 지난 밤 가장 곤욕을 치른 사람은 은경이가 아니었던가!

위로의 말을 하기도 쉽지 않았는데 이토록 스스로 마음을 달래고 있으니 너무나 다행이었다. 아마 산의 아름다움이 감정의 상처를 말끔히

씻어 주었나 보다.

　일행은 물을 마시고 세수를 하는 등 자연을 즐기면서 잠시 시간 가는 줄 몰랐다.

　"어흠!"

　인기척이 나서 돌아보니 산장 노인이었다.

　"어머, 할아버지 안녕히 주무셨어요?"

　여자들이 먼저 상냥하게 인사를 건넸다.

　"음, 아가들도 잘 잤느냐? 어제는 혼났지?"

　산장 노인은 인자한 모습으로 일행 모두를 둘러보았다.

　"지금은 괜찮아요. 할아버지 때문에 저희가 살았어요."

　여자들은 산장 노인 곁으로 다가서면서 천진하게 말했다.

　"허허, 착한 아이들이구나, 조심해야지."

　"네, 죄송합니다. 저희 때문에 할아버지께서도……."

　"허허, 나는 괜찮아…… 그건 그렇고 이젠 내려가 봐야지?"

　산장 노인은 젊은 애들을 빨리 쫓아내려는지 하산을 독려했다.

　"네? 네, 내려가 봐야지요."

　진명이는 몹시 아쉬운 듯 대답했는데, 이는 아침 짧은 시간에 벌써 산의 아름다움에 정이 들었기 때문이었다.

　"갈 길이 멀어! 지금부터 내려가야 해 지기 전에 산 아래까지 갈 수 있을 거야!"

　산장 노인은 산길을 걱정하는 듯하면서도 다시 한 번 떠날 것을 재촉했다.

　"네, 그럼 저희는 이만 내려가겠습니다."

　모두들 허전한 마음에서 말없이 있었으므로, 진명이가 할 수 없이 작별 인사를 꺼냈다.

"음, 그런데 배가 고프겠구나. 어떡하지? 여긴 먹을 것이 없는데……그렇지, 고구마라도 삶아서 가져가면 되겠구나!"

이곳에는 아마 고구마 외에는 먹을 것이 마땅치 않은가 보다.

"네? 괜찮아요."

진명이는 미안한 마음에 사양했다.

"허허, 녀석들 산길에서 또 혼나려고! 광에 가면 솥이 있을 테니 찾아봐! 나는 외출을 해야 되니……."

산장 노인은 외출을 하겠다며 급히 산장 쪽으로 걸어갔다. 일행은 산장 노인이 걸어가는 모습을 끝까지 바라보며 경건한 마음을 가졌다.

"……."

"고마운 분이야, 도인道人인가 봐!"

"그래, 그런가 봐. 우린 하늘이 도왔어!"

이들은 모두 지난 밤 일을 회상하며 잠시 묘한 기분에 휩싸였다.

'우리에게 이런 운명이 있다니, 세상은 참으로 신비하구나.'

이들은 지금 기적 같은 운명을 체험하고는 인생의 끝없는 신비를 느낀 것이다.

산은 이러한 인간의 마음을 아는지 모르는지…….

시원한 바람이 불어와서 나뭇가지를 흔들고 지나갔다. 산은 더욱 밝아지고 하늘도 더 넓어졌다.

"자, 준비해야지!"

모두들 저마다의 생각에 잠겨 있는 것을 진명이가 환기시켜 주었다. 잠시 후 이들은 고구마를 삶아 챙기고 아쉬운 발길을 돌렸다.

이들 일행이 떠나자 소란했던 산장은 원래의 한적함을 되찾았고, 지리산의 낮은 더욱 깊어만 갔다. 산의 모든 것이 제 모습을 드러냈고, 시간이 흐르면서 속세를 비켜선 그 아름다움은 더욱 신비로워 보였다.

산장의 마루에는 조금 전부터 한 노인이 태평히 앉아 있었다. 잠시 후 또 한 노인이 나타났다.

"사형, 이제야 겨우 조용해졌군요!"

"음, 그래."

뒤에 나타난 노인은 일찌감치 피해 있다가 지금 나타났는데, 그로 보아 번거로운 것을 아주 싫어하는 듯했다.

"하지만 사제, 이 또한 고요함일세……."

산장 노인은 사제의 성격을 잘 알고 있는지 뜻있는 한 마디를 던졌다.

"네? 무슨 말씀인지요?"

"자넨 여전하군, 내가 《옥허서玉虛書》의 한 구句를 들려줄까? 현진대도 독거이불고 군거이불번玄眞大道 獨居而不孤 群居而不繁: 玄眞의 큰 道는 홀로 있어도 외롭지 않으며, 함께 있어도 번거롭지 않다이라! 허허."

"네, 사형! 알겠습니다. 우리 다른 얘기하지요."

사제 노인은 심각해하면서도 멋쩍은 듯 급히 말머리를 돌렸다.

"사제, 나는 내 집에 손님이 많이 찾아오니 좋구먼. 우리도 하찮은 인간 아닌가?"

"네, 그야 그렇지만……."

"허허, 미안하네. 하필 자네가 오는 날 이토록 번거롭다니…… 우리도 참 오랜만이지?"

"사형, 여전하시군요. 하지만 저는 아직 공부가 부족해서 사람을 피합니다. 이 점을 헤아려 주시겠지요?"

"음? 그럼, 그럼. 역시 자네구먼. 우리 곡차라도 한잔 어떤가?"

"하하, 좋지요. 남은 술이 있습니까?"

산장 노인은 언제나 술이 부족했다. 어쩌다 술을 구해 놓아도 오래 가질 못했다. 사제 노인도 이를 잘 알기 때문에 아예 기대를 안 하고 있었던 것인데, 뜻밖의 말이 나온 것이다.

"사제, 염려 말게. 내가 어제 비를 맞으며 산 아래 갔다 온 것도 다 술 때문이야. 허허! 잠시 기다리게."

산장 노인은 천진한 표정으로 사제를 흘끗 쳐다보고는 즉시 일어났다. 한참 만에 다시 나타난 산장 노인은 양손에 무엇을 잔뜩 들고 있었다.

"자, 여기 술이 있네. 이것은 술잔, 마음껏 들게."

산장 노인이 내려놓은 것은 술항아리, 큰 주발, 표주박 등이었고, 안주로는 예의 고구마를 그냥 물에 씻은 것이었다.

"으흠……."

산장 노인은 먼저 사제 노인의 주발에 퍼주고 자기 주발에도 가득 채웠다.

"들까?"

"……."

사제 노인은 말없이 술 주발을 들어 단숨에 들이켰다.

"흠, 술맛이 괜찮군요!"

"허허, 그래! 자, 또 한 잔!"

두 노인네는 얼마 안 가서 술항아리를 다 비워 냈다. 산장 노인은 다시 한 항아리를 내왔다.

"자, 아예 반 항아리씩 나누지!"

"그럽시다!"

산장 노인은 이미 빈 항아리에 새로 가지고 온 술을 적당히 부어 놓고는 산의 아래쪽을 향해 걸터앉았다. 이제 두 노인들 옆에는 술 항아리가 하나씩 놓여져 있었다. 마루의 앞쪽에는 낮은 나무숲이 넓게 깔려 있고, 하늘은 구름 한 점 없이 훤히 트여 있었다.

산장의 옆 절벽 아래쪽은 이미 구름이 걷혀 가까이 계곡이 보였고 멀리 천왕봉으로 통하는 능선도 보였다. 두 노인은 잠시 앞에 전개된 산세를 바라보고 있었다. 숲에서는 자주 새소리가 들려 왔다.

'참으로 한가하구나!'

두 노인은 이런 생각을 하며 서로 쳐다보았는데, 사제 노인이 먼저 말을 꺼냈다.

"사형!"

"……."

"요즘 어떠세요?"

"음?"

"공부 말이에요?"

"공부? 나 말이야? 난 이제 틀렸어."

"네? 공연한 소리 마세요!"

"아니야, 전혀 발전이 없어. 스승께서도 이젠 아무런 가르침도 없고……."

"그거야 오히려 사형이 크게 발전했다는 뜻이 아니겠어요?"

사제 노인은 위로를 하는 건지, 자신이 말한 대로 믿는지, 산장 노인을 빤히 보면서 얘기했다.

"글쎄, 그렇다면 얼마나 좋겠나! 그런데 그게 아니야, 스승께서는 전에 나보고 큰 산은 못 넘을 거라고 했어."

산장 노인은 이렇게 말하면서 다소 어두운 표정이 되었다.

"큰 산요, 큰 산이 뭐지요?"

"허허, 낸들 아나! 그저, 내가 꽉 막힌 사람이란 뜻이겠지."

"허, 사형! 그건 올 때까지 다 왔다는 뜻일 거예요. 자, 술이나 드시지요."

두 노인은 서로 자기 항아리를 들고 한참 마셨다.

"음, 술맛이 좋구나!"

"네, 좋은데요…… 그런데 사형!"

사제 노인은 술 항아리를 반 정도 비워 내고는 갑자기 의미 심장하게 불렀다.

"음?"

"저 말이에요, 스승님을 만나고 오는 중이에요."

"뭐?"

산장 노인은 스승이란 말이 나오자 깜짝 놀라 목소리를 높였다.

"아니, 어떻게 만났지? 아직 기일이 멀었는데……."

산장 노인이 이런 말을 하는 데는 그만한 사정이 있었다. 이들 노인의 스승은 제자들을 1년에 한 번씩만 보는데, 정해진 날은 매년 입춘立春일부터 3일간으로 그 외에는 절대 만나 볼 수가 없다. 이런 규칙은 8년 전부터 갑자기 정해졌는데, 도저히 어길 수가 없는 것이다.

언젠가 한 번 두 제자가 합의하여 느닷없이 찾아간 적이 있었지만, 손해만 보고 되돌아왔다. 스승은 6개월 만에 찾아온 제자를 얼굴 한 번 안 쳐다보고 내쫓았다. 그리고 다음해에는 그 벌로 만나주질 않았다. 스승은 그때 벽을 보고 앉아서 이렇게 말했었다.

"내년에들 오게, 또다시 규칙을 어기면 영원히 못 만날 줄 알아!"

이런 일이 있은 후부터는 입춘일 외에는 스승이 사는 집 근처도 얼씬 안 했던 것이다. 사제 노인은 잔뜩 뜸을 들이다가 말했다.

"내 마음대로 해 버렸어요!"

"뭐라고? 무슨 말이야? 자세히 좀 얘기해 봐!"

산장 노인은 궁금한 표정을 지으며 사제 노인을 재촉했다.

"뭐, 그냥 달려들어 봤지요. 단단히 각오를 하고."

"어허, 대단하군! 그래서 어떻게 됐어?"

"네, 처음부터 얘기하지요!"

사제 노인은 웃고 있는지 심각한지 알 수 없는 표정을 짓고는 천천히 말을 이었다.

"그러니까, 그저께 저는 갑자기 스승님이 보고 싶어 견딜 수가 없었어요. 그래서 찾아뵐 결심을 했지요."

사제 노인이 말한 내용은 이렇다. 스승인 일운 도사를 찾아 조성리 마을에 당도한 것은 정오가 막 지나서였다.

"여, 안녕들 하신가?"

사제 노인은 마당에 들어서면서 나무꾼에게 인사를 건넸다.

"아니, 좌청坐淸 선생! 웬일이십니까?"

나무꾼은 일운 선생을 모신 지가 오래 되어 좌청 노인과 친분도 있었는데다 입춘 규칙도 잘 알고 있었다.

"음, 지나는 길에 들렀네. 스승님은 잘 계신가?"

"네? 네, 잘 계시지요. 그런데 지금은 바쁘신데요……."

나무꾼은 의아스러운 표정을 짓고는 망설이듯 말했다. 나무꾼의 태도는 '이렇게 갑자기 찾아와도 되느냐?' 하는 것이었다.

"알고 있네. 자네 저 사람들을 쫓아내게……."

"네?"

"어서!"

"무슨 말씀이신지요?"

"점치러 온 사람들 말이야!"

"……."

"허허, 무얼 하고 있나? 가만 있어, 내가 쫓아내지!"

좌청은 손님들이 기다리고 있는 마루로 대뜸 다가갔다. 그러고는 마침 일하는 아이가 순번을 호명呼名하려는 것을 막아 섰다.

"아가야, 그걸 이리 줘."

"네?"

일하는 아이는 놀라서 쳐다봤지만, 나무꾼이 뒤에 서서 가만히 있는 것을 보고는 순번표를 노인에게 넘겨주었다.

"여러분!"

좌청 노인은 아이로부터 순번표를 빼앗아 쥐고는 손님들을 향해 말했다.

"사정이 생겼습니다, 오늘은 보지 못합니다. 돌아들 가세요!"

"네? 아니, 이렇게 기다리게 해놓고……."

손님들은 불평을 하면서 노인을 쳐다봤지만 별수 없었다.

"그럼 언제 오면 되나요?"

손님들은 아쉬운 듯이 도사의 방 쪽을 흘끗 쳐다보며 물었다.

"몰라요, 다음 주에나 가능할지……."

좌청은 자기 마음대로 손님들을 강제로 몰아냈다. 나무꾼과 아이는 당황해하면서도 어쩌지 못하고 바라만 보고 있었는데, 좌청은 선뜻 도사의 방으로 들어갔다.

"스승님, 평안하시온지요?"

좌청은 방에 들어서자마자 큰절부터 올렸다.

"음, 좌청인가? 웬일로 이렇게 왔나?"

일운 도사는 뜻밖에도 선선히 맞이해 주었다.

"네, 근처에 온 김에 안부를 여쭈러 왔습니다."

좌청은 이미 야단맞을 각오가 단단히 되어 있었기 때문에 아무 말이나 거리낌없이 둘러댔다.

"그래? 그럼 왜 영업을 방해하나?"

"스승님, 이젠 일 그만 하세요!"

"음? 왜?"

"이게 뭐예요! 속인들 틈에서……."
"허어, 자넨 속인이 아닌가?"
"네? 물론 저는 속인입니다만……."
스승의 완곡한 말에 좌청은 민망한 듯 잠시 할 말을 잊었다.
"……"
"좌청, 이제 그만 돌아가게!"
"가라고요? 좋습니다. 입춘일에 다시 오겠습니다!"
"……"
스승은 말이 없었다.
"그럼 다시 뵈올 때까지 보중하십시오."
좌청은 다시 큰절을 올리고는 일어섰다.
"음…… 입춘일에 다시 오겠다고? 소용 없네, 이제 다시 못 볼 것이야."
"네? 스승님, 무슨 말씀이신지요?"
좌청은 선 채로 물었다. 물론 스승이 이렇게 나올 줄은 알았지만 시치미를 떼고 놀란 척했다.
"내가 전에 말하지 않았더냐? 입춘 전에 찾아오면 다음엔 영원히 못 본다고……."
"물론 전에 그렇게 말씀하셨지요. 그런데 그 이유가 뭐지요? 입춘일이 그리 중요합니까? 저는 매일 스승님을 뵈시고 싶습니다. 그래야 빨리 속인을 면할 수 있을 테니까요……."
좌청은 아주 단호했다.
"허허, 대단한 놈이구나. 그러니까 속인을 못 면하지! 좋아, 다시 앉게! 내가 마지막으로 한 번만 더 가르치지!"
스승은 미소를 지으며 자리를 권했다. 이렇게 친절을 베푼 적은 평생 없었던 일이다. 좌청은 다시 앉았다. 그러고는 저도 모르게 눈물을 흘렸다.

"좌청, 너는 참 총명하구나! 내가 죽을 것을 벌써 알다니!"

스승은 평온한 음성으로 말했다.

"네?"

좌청은 깜짝 놀라 눈물이 절로 그쳐졌다.

"스승님! 무슨 말씀을 하시었습니까?"

"음, 죽는다고 했네!"

"무슨 말씀이시온지요?"

"좌청, 열흘 후에 다시 오게! 작별 인사를 나누겠네."

좌청은 말문이 막혔다. 스승의 평온함, 태산보다 더 무거운 안정! 좌청은 자기도 모르게 정신이 맑아지면서 한없는 평정을 느꼈다.

'아, 이것이 스승의 힘인가! 주변의 모든 것을 감싸고 있구나!'

좌청은 다시 일어났다. 느낌으로 스승의 마음을 안 것이다.

'이제 그만 가보게……'

좌청은 밖으로 나왔고, 스승은 벽으로 돌아앉았다. 좌청이 나오니 나무꾼이 걱정스레 서 있었다.

"정군, 내 말을 듣게! 스승님의 지시야……"

"……"

"앞으로 일체 사람을 받지 말게, 알겠나?"

"네."

"그럼, 나는 가겠네. 열흘 후에 다시 오지, 스승님을 잘 모시게!"

이것이 좌청이 스승을 만난 얘기의 전부였다. 좌청은 일운 스승의 집을 나와 그 길로 지리산을 향했고, 지리산에서는 천왕봉에서 잠시 쉬고 다시 산장을 찾아온 것이었다.

"음, 그런 일이 있었구나!"

산장 노인은 무거운 표정을 지으며 고개를 끄덕였다.

"사형, 아무래도 스승님이 돌아가실 것 같지요?"

"그런 것 같군!"

산장 노인은 먼산을 잠시 바라보더니 술항아리를 들어 남은 술을 단숨에 비웠다.

"사제, 태양이 지려 하느군. 우린 앞으로 어떻게 되는 것일까?"

"……."

좌청은 말이 없었다. 주변의 산천 초목도 침묵을 지켰고, 새 울음소리도 슬픈 여운이 깃들여 있었다.

도사의 출행出行

 이로부터 이틀 후 다시 조성리 마을.
 도사의 집마루에는 이제 기다리는 손님이 없었다. 간혹 가다 찾아오는 손님만 있을 뿐. 나무꾼은 실로 오랜만에 한가한 시간을 보내고 있었다. 저쪽 방의 선생님은 지난 사흘 동안 일체 사람을 근접시키지 않고 외부 출입도 안 하고 있었다.
 일하는 아이가 살짝 들여다본 바에 의하면, 나흘 전 좌청 노인이 다녀간 이래로 줄곧 면벽面壁을 하고 있다고 한다. 집 밖의 넓은 논들은 여전히 평화로웠고, 드넓은 하늘엔 구름 한 점 보이지 않았다.
 '앞으로 무슨 일이 있는 걸까?'
 나무꾼은 지난 며칠간 계속해서 이런 생각을 하고 지냈지만, 뭐가 뭔지 통 알 수가 없었다. 단지 좌청 노인이 열흘 후 다시 온다고 했으니 그 날만 기다리고 있을 뿐이었다.
 '도대체 좌청 노인은 무슨 일을 하고 간 거야?'
 나무꾼은 좌청 노인 때문에 무슨 일이 생기지 않았나 생각하며, 공연히 초조해하고 있었다. 순간, 선생님의 방 쪽에서 기척이 났다. 나무꾼은 재빨리 방문 쪽으로 가보았다.

"들어오게!"

"어?"

나무꾼은 반갑기도 하고 놀랍기도 해서 가슴이 두근거렸다. 나무꾼이 조심스럽게 방 안에 들어가 보니, 일운 선생은 평소에 입지 않던 옷으로 갈아입고 인자한 모습으로 앉아 있었다.

"정군, 나는 며칠 여행을 다녀와야겠네!"

"네? 여행요?"

나무꾼은 상당히 신기하게 생각했다. 그가 일운 선생을 모신 지 십년 가까이 되었지만, 이런 말은 처음 들어 보았기 때문이었다.

"어디를 다녀오시게요?"

"음, 가까운 곳이야!"

"가까운 곳요? 거기가 어딘데요?"

나무꾼은 선생님이 아주 떠나기라도 할까 봐 매우 근심스러운 표정으로 자세히 물었다.

"허허, 궁금해하긴…… 아주 높은 곳이야, 이 땅에서 가장 높은 곳이지."

"네?"

나무꾼은 무슨 뜻인지 잘 몰랐다.

'이 땅에서 가장 높은 산이라면 어딘가? 지리산, 태백산? 어, 백두산인데! 설마, 거길 가실 수는 없겠지! 그렇다면 어딜까?'

일운 선생은 나무꾼이 속으로 하는 생각을 방해하지 않고 잠시 기다렸다가 말을 이었다.

"닷새 정도 걸릴 거야, 그리고 이것은……."

일운 선생은 조그마한 상자 하나를 내주었다.

"이것이 무엇이지요?"

"열어 보게, 그 동안 나를 지켜 준 상賞일세!"

"상?"

나무꾼은 조심스레 상자를 열어 보았다.

"음?"

상자 속에서 나온 것은 놀랍게도 여러 개의 순금 장식품이었다.

"아니, 선생님! 이걸 제게 주신다고요?"

나무꾼은 어쩔 줄 몰라 했다. 선생님으로부터는 언제나 충분한 돈을 받고 있어서 항상 죄송스럽게 생각하며 지내는 터인데, 이런 금까지 주시다니! 나무꾼은 놀라움과 기쁨 때문에 크게 당황하고 있었는데, 다시 선생님의 목소리가 들려 왔다.

"자, 나는 이만 떠나겠네!"

"아…… 네……."

나무꾼은 급히 일어나서 옆으로 비켜섰다.

일운 선생도 일어났다. 그런데 일운 선생은 일어나면서 약장藥欌 옆에 세워 둔 큼직한 자루를 짊어지는 것이 아닌가? 그리고 다시 보니 약장이 앞으로 크게 당겨져서 그 뒤로 넓은 공간이 만들어져 있었다.

'어, 약장이 왜 저렇게 되어 있지?'

나무꾼이 속으로 이런 생각을 하는데, 일운 선생이 밖으로 나섰다. 나무꾼도 생각을 멈추고 뒤따라 나왔다. 마당에는 일하는 아이와 나무꾼 부인이 공손히 서 있었다.

일운 선생은 인자한 표정으로 이들을 돌아보고는 선뜻 집을 나섰다. 나무꾼은 배웅이라도 할까 하고 함께 나서려는데 일운 선생이 말렸다.

"그냥 있게, 방을 제대로 고쳐 놓고!"

"네, 그럼 조심해서 다녀오십시오."

일운 선생은 논길을 향했다. 일하는 아이는 슬쩍 밖으로 나와 일운 선생이 떠나가는 모습을 보이지 않을 때까지 지켜 보고 있었다. 나무꾼은 잠시 마당에 서 있다가 다시 도사의 방으로 들어갔다. 방에는 묘한 적막감이 감돌고 있었다.

'저쪽은 왜 저렇게 되었지?'

나무꾼은 약장 뒤쪽을 살펴보았다.

"어? 벽이 허물어졌잖아?"

자세히 보면 벽은 허물어진 것이 아니라, 속으로 만들어진 자그마한 공간이 있었던 것이다. 당초 이 공간은 집이 만들어질 때부터 있었고, 벽지가 도배되고 그 위에 약장이 가려져 있었던 것이다.

'이상한데…… 이곳은 무엇일까? 그런데 이 무거운 약장은 어떻게 당겨졌지?'

나무꾼은 잠시 생각한 끝에 벽 속 공간에는 금이 숨겨져 있었다는 결론을 내렸다. 일운 선생은 그 금의 일부는 장롱 속에 놔두고 대부분은 이 속에 감추었던 것이다. 나무꾼은 고개를 끄덕였다.

'음, 그건 그렇고, 이 무거운 약장은?'

문제는 무거운 약장이 당겨져 있다는 것인데, 나무꾼은 그것에 대해 잠시 생각하다가 그만두었다. 자기 부인에게 빨리 금 자랑을 하고 싶었기 때문이다.

나무꾼은 방 안을 얼핏 둘러보고는 금이 든 상자를 들고 밖으로 나왔다.

전설

이 시간 서울의 민여사 집.

따르릉—.

가정부가 전화기를 들었다.

"여보세요!"

"네? 누구신데요? 김선생님요? 잠깐 기다려 보세요. 사모님, 전화받으세요! 김선생이라는데요!"

"네?"

민여사는 가정부로부터 전화기를 건네 받았다.

"여보세요…… 아, 네 안녕하세요?"

"네? 지금요? 그러지요!"

찰칵—.

걸려 온 전화는 서적 전무가인 김선생이었다.

책을 구한 것일까?

민여사는 급히 준비하고 집을 나섰다. 만나기로 한 다방은 신촌 로터리에 있는 곳에서 불과 5분 거리였다. 민여사가 다방에 도착해 보니 김선생은 미리 와서 기다리고 있었다.

"안녕하세요?"

민여사가 먼저 인사를 건넸다.

"아, 네……."

김선생은 앉은 채로 머리와 허리를 동시에 굽히며 인사를 했다. 옷은 역시 지난번 입었던 그 옷, 얼굴색은 여전히 검고 텁수룩한 수염에 더욱 기가 죽어 있는 모습이었다.

김선생은 민여사의 바로 맞은편에 앉아 옆으로 비스듬히 아래쪽을 바라보면서 좀처럼 말을 꺼내지 않았다. 담배는 쉬지 않고 피워댔다. 이것이 김선생의 원래 스타일. 민여사는 커피를 시키고 잠시 시간을 두었다.

"김선생님, 좋은 소식이 있나요?"

커피를 한 모금 마신 민여사는 기대를 가지고 물었다. 김선생이 이렇게 보자고 한 것을 보면 필경 책을 구했으리라! 김선생은 필요 없는 걸음은 하지 않는다. 책을 구하지 못했으면 연락을 하지 않았을 것이다.

"저, 책을 못 구했는데요……."

김선생의 대답은 뜻밖이었다.

'음? 책을 못 구했다고? 그럼 왜 보자고 했을까? 돈이 더 필요한 것일까?'

민여사는 속으로 잠시 더 생각해 보고는 넌지시 말했다.

"김선생님, 뭐 필요한 것 없으세요?"

"저…… 그보다는 책의 소식을 알아 왔어요!"

"네? 책이 있던가요?"

"네, 대단한 책이더군요!"

과연 김선생이었다. 민여사는 빤히 쳐다보며 미소를 지었다. 책이 어딘가에 있다는 것이 밝혀졌다면 구하는 것은 쉬울 수도 있다.

"대단한 책이라고요? 어떤 책인데요?"

민여사는 책이 대단한 것은 이미 알고 있었지만 김선생이 알아 온 내용이 더욱 궁금했다.

"그 책은 말이에요……."

김선생은 담뱃불을 끄면서 말하기 시작했다.

"제가 예상했던 대로 두 권으로 되어 있는데, 상당히 오래 된 것이더군요."

"두 권요?"

민여사는 책이 두 권으로 되어 있다는 것이 신기했다. 그렇다면 최여사가 가진 것은 절반뿐이다. 따라서 자신이 책을 구하게 된다 하더라도 절반을 구하는 셈인데, 이것은 대단히 재미있는 일이 될 수 있다. 최여사와 자기가 각각 절반을 갖게 되다니!

민여사는 기분이 진한 목소리로 물었다.

"얼마나 된 것인데요?"

"글쎄요, 정확한 것은 모르지만 500년 이상은 되나 봐요."

"네? 500년씩이나요! 굉장히 오래 된 책이군요."

민여사는 적이 놀랐다. 그러나 김선생의 다음 말은 더욱 놀라운 것이었다.

"그런데 그 책 저자著者는 수천 년 전 사람이라고 하더군요."

"네? 그게 무슨 뜻이지요?"

책이 500년밖에 안 된 것인데 저자가 수천 년 전 사람이라는 것은 도저히 말이 안 된다. 민여사는 납득할 수 없어 김선생을 가만히 바라봤는데, 김선생도 민여사를 잠시 동안 쳐다봤다. 이는 아주 드문 일로써 김선생 자신도 이상하게 느낀 것을 얘기한다는 뜻일 것이다.

"네, 저도 잘 믿을 수 없는 책에 대한 전설이 있어요. 아마 누가 지어

낸 얘기겠지만……."
"전설요? 하하, 재미있는데요!"
민여사는 책에 얽힌 전설이 있다고 하니 더욱 재미있어졌다. 그만큼 책이 대단하다는 뜻이 되기 때문이다.
"전설을 얘기해 드릴까요?"
김선생은 전설을 대수롭지 않게 여기는 모양이었다. 하기야 김선생은 책만 구해 주면 되니까, 다른 일이야 신경 쓸 일이 아닌지도 모른다. 그러나 민여사로서는 책의 내용과 더불어 책의 내력을 자세히 알고 싶었다.
"그럼요, 얘기해 주세요."
"그러지요, 저도 들은 얘긴데……."
김선생은 망설이듯 천천히 말하기 시작했다.
"민여사님은 풍백風伯과 우사雨師란 사람에 대해 들어 봤나요?"
"풍백 우사요? 모르겠는데요……."
"그 사람들은 아주 오래 전 사람이에요. 단군檀君 이전 사람이지요!"
"어머, 단군 이전 사람요? 하하."
민여사는 너무 놀라서 그만 웃고 말았다. 단군이라면 우리 민족의 시조始祖가 아닌가? 단군은 전설적 인물인데 그보다 더 오래 전 사람이라면 얼마나 신비한 사람이냐!
민여사는 미소를 지으며 김선생의 얼굴을 바라봤는데, 김선생은 심각한 표정을 하고 딴 곳을 보고 있었다.
"미안해요, 나도 모르게 그만……."
민여사는 자신이 너무 가볍게 굴었던 것을 사과했다.
"아니, 괜찮아요."
김선생은 아무렇지도 않은 듯 말했지만 민여사는 사과하기를 잘 했다고 생각했다. 김선생의 말이 다시 이어졌다.

"고조선 역사를 먼저 얘기하지요. 단군왕검檀君王儉 수천 년 전에 환인桓因이 있었어요. 환인은 우리 민족의 조상이신데 하늘에서 내려오신 분이지요. 장백산長白山, 즉 백두산으로 내려오셨는데, 이분이 처음 우리나라를 다스리다가 광성자廣成子 선인仙人에게 물려주었고, 광성자 선인은 다시 명유明由 선인에게 물려주었고, 명유 선인은 경강敬康 선인에게 물려주었습니다……. 이 모든 것이 9천 년 전 일입니다."

"네? 9천 년 전요?"

민여사는 깜짝 놀랐지만 이번엔 웃지 않았다.

9천 년 전이라!

단군왕검 이전 4천 년의 역사였다. 혹은 전설이라도 상관 없다. 우리 조상의 얘기가 이토록 깊고 신비하다니!

민여사의 마음 속에선 숙연한 기분이 아지랑이처럼 피어 올랐다. 김선생도 더욱 근엄한 자세로 변해 있었다.

"경강 선인이 세상을 다스릴 때 신인神人인 두 신하가 있었는데, 바로 풍백과 우사였지요. 경강 선인은 풍백 석제라釋提羅와 우사 왕금영王錦營을 시켜 새와 짐승, 벌레와 물고기를 다스리게 했고, 이 두 신인은 바람과 비를 다스리는 신神이라고도 하는데, 경강 선인의 명을 받아 치우제蚩尤帝를 도와 탁록琢鹿 벌판에서 황제黃帝 헌원軒轅을 물리쳤지요. 풍백과 우사는 대충 이런 인물입니다……. 아시겠지요?"

김선생은 민여사를 바라보며 풍백과 우사에 대해 확인을 시켰다.

"네…… 그런 분이시군요!"

민여사는 조심스레 대답하고 다음 말을 기다렸다. 이제부터가 책에 대한 전설이 나올 차례인 것이다. 김선생은 편안한 음성으로 바꾸면서 다시 얘기를 시작했다.

"책에 대한 전설은 이제부터인데…… 저는 이 이야기를 대전에 계시는 이정규李正圭 옹翁으로부터 들었지요. 전설이 너무 괴이하여 믿기지 않았습니다만, 책의 내용으로 보면 신빙성이 전혀 없는 것은 아닙니다."

"책의 내용이 알려져 있나요?"

"물론입니다. 단지 한 권이 없어졌어요. 현재 대전에 있는 것은 지편地篇인데, 천편天篇이 있어야만 완전한 책이 된다고 합니다."

"네? 천편은 바로……."

민여사는 그 천편을 바로 최여사가 가지고 있다고 말하려다 그만두었다. 일단은 김선생 얘기를 좀더 들어 보는 것이 좋을 것 같아서였다.

"아무튼 책의 전설은……."

김선생은 민여사가 하려던 말에는 유의하지 않고 말을 계속했다.

"단군왕검 수천 년 전의 이 두 신인神人으로부터 시작되어 있습니다. 이들 신에게는 소곡천인疏谷天人이라는 제자가 있었는데, 책은 이 천인의 제자들이 저작著作한 것입니다……."

드디어 책의 저자著者가 등장했다.

"제자들이라고 했나요? 책의 저자가 한 분이 아닌 모양이지요?"

민여사는 김선생의 다음 말을 기다리지 않고 질문했다.

"그렇습니다. 소곡천인의 제자는 모두 세 분으로 각각 운선雲仙, 우선雨仙, 천선川仙이라고 합니다. 이분들은 통칭 장백삼호長白三皓로 불려지기도 하는데, 세상에는 7천 년 전부터 출현했다고 합니다……."

민여사는 꿈을 꾸는 기분이었다. 세상에 이런 일이 있을 수가 있을까? 7천 년 전이라니!

"네? 7천 년 전에요? 그럼, 그분들의 책이 어떻게 500년 전에 있지요?"

민여사는 도무지 이해할 수가 없었다. 물론 이 이야기 자체가 전설이라지만 그래도 현실적으로 책이 있는 이상, 어느 정도 이치에 닿아야 할 것 아닌가?

그렇다! 7천 년 전에 출현했던 신선들이 쓴 책이라면, 500년 전에는 있을 수 없는 것이다. 이런 일이 어떻게 가능한 것일까?

"민여사님, 더 들어 보세요······."

김선생은 아주 근엄하고 자신에 찬 목소리로 말했다.

"······."

민여사는 침묵했고 김선생은 다시 이야기를 시작했다.

"장백삼호는 그후에도 여러 번 출현했지요. 가까이만 해도 4천년 전 요순堯舜 시대에 출현한 적이 있고, 근고近古에는 주周나라 문왕文王 시대에도 출현했다고 합니다. 그리고 최근에는 삼국 시대나 고려 때에도 출현했고, 마지막으로는 이조 초기에 출현했습니다. 장백삼호는 그후에 자취를 감췄지만, 책은 이조 초기에 씌어진 것입니다."

김선생의 얘기는 이제 막바지에 이르렀다.

"그후, 책은 장백삼호의 제자인 나응那應이란 사람이 세상에 가지고 나왔다는데, 실은 책을 훔쳐내 왔다고 합니다."

"어머, 훔쳐내 와요?"

민여사는 책이 훔쳐진 것이라는 게 놀랍기도 하고 우습기도 했다. 도인의 세계에도 이 세상처럼 도둑질이 있다니! 그러나 웃지는 않았다. 도인의 세계에서 그런 일이 있다면 필경 그럴 만한 사연이 있을 것이기 때문이다. 김선생의 말이 다시 이어졌다.

"장백삼호 이야기는 참 많아요. 이야기는 모두 이조 때 유학자인 고암古巖 선생이 쓴 《삼금신기三金神記》에 나오는 것인데, 나도 열흘 전에 읽었습니다."

"네? 《삼금신기》라는 책이 있나요?"

민여사는 또 하나의 신기한 책 얘기에 귀가 번쩍했다.

"네,《삼금신기》라는 책은 장백삼호에 대한 기록입니다. 삼금신三金神은 장백삼호의 또 다른 호칭이지요!"

"삼금신이오, 그건 무슨 뜻인가요?"

"삼금신은 문자 그대로 세 분 금신金神이란 뜻입니다. 기록에 의하면 장백삼호는 금金을 좋아해서 출현할 때마다 수많은 금을 구해 가지고 어디론가 사라진다고 합니다. 그 금이 어디로 갔느냐는 여러 가지 설說이 있지요. 그 중 대표적인 설은 장백삼호가 어딘가 비밀 장소에 그 금을 모아 둔다고 합니다. 말하자면 7천 년 동안이나 금을 모아 둔 셈이지요. 그래서 장백삼호는 삼금신이라고도 불린답니다."

김선생의 얘기는 실로 엄청났다. 장백삼호가 7천 년 동안이나 금을 모아 왔다니! 도대체 금은 무엇 때문에 모으며, 어디에 놔두었을까? 과연 그런 일이 있을 수 있을까?

민여사는 너무 기이한 얘기에 도통 실감이 나지 않았다. 그러나 민여사는 이러한 얘기를 듣고 있는 것이 너무나 행복했다. 민여사는 원래 현실적인 사람이지만, 아주 천진한 면도 있어 신비한 얘기를 좋아했다. 민여사는 그만큼 꿈과 상상력이 있는 생기 넘치는 사람이라 할 수 있을 것이다.

그런 면에서는 김선생이야말로 대단하다. 지칠 줄 모르는 폭넓은 탐색력으로 인해 세상에 안 다녀 본 곳이 없다. 게다가 운運까지 겸비하고 있어 수많은 비서祕書에 손이 닿고 있었다. 김선생은 한 마디로 기인奇人이라 할 수 있을 것이다.

민여사는 이런 김선생을 알고 있다는 것을 큰 행운으로 여기고 있었다. 이번 책도 어느 새 탐색되어 있지 않은가!

"김선생님, 책은 현재 어디 있나요?"

민여사는 현실로 돌아와서 책의 행방을 물었다.

"네, 그 책은 대전에 있는 이정규 옹이 가지고 있는데, 그분이 내놓지 않을 겁니다."

"네?"

민여사는 적이 실망했다.

"그럼 어떡하면 좋지요?"

"글쎄요, 방법을 생각해 봐야겠지요……."

김선생은 기죽은 표정으로 나지막이 말했다.

"어떻게요?"

"네, 방법은 한 가지밖에 없어요. 그분이 가지고 있는 것은 지편인데, 우리는 천편을 찾아야 해요. 그리고 서로 복사본을 만들어 바꾸면 되는 거지요. 그분도 오래 전부터 천편을 찾고 있다는데…… 다행히 제가 먼저 찾으면 일이 수월한데, 그분이 먼저 찾으면 끝장이지요!"

"그래요? 하하, 김선생님, 그 점은 걱정 마세요!"

"네? 무슨 말씀이신지요?"

김선생은 놀라서 민여사를 빤히 쳐다봤다. 민여사는 애교 있게 미소를 짓고는 엄숙하게 말했다.

"저…… 김선생님, 제가 천편을 복사해 오면 틀림없이 지편을 복사할 수 있지요?"

"네? 그럼요! 천편이 있나요?"

김선생은 이렇게 말해 놓고 속으로 짚이는 것이 있었다. 얼마 전 민여사가 자기에게 책을 부탁할 때, 《단군도역정수태극진경 천편》이라고 하지 않았나! 그것은 민여사가 천편을 어디서 봤거나 있다는 소식을 들은 것이다.

'그렇지, 천편은 민여사에게 있구나. 대단하군!'

"하하, 좋아요. 내일 천편을 제가 꼭 복사해 가지고 오지요. 지편은 자신 있으시지요?"

"네, 틀림없이 구해 오지요!"

김선생은 자신 있게 대답했다. 그렇다면 일은 다 된 것이나 다름없다. 김선생은 상황 판단이 예리하여, 벌써 대전의 이정규 옹의 마음을 읽고 있는 것이다. 민여사는 마음이 바빠졌다. 이제 최여사에게 달려가서 장백삼호에 대한 얘기를 장광설로 늘어놓고는, 천편을 복사해 오면 된다.

최여사에게도 지편을 복사해 주고, 자신도 천편·지편 모두를 갖게 된다. 진본眞本이 아니면 어떠랴. 내용이 중요한 것이다. 민여사가 이런 생각을 하고 있는 동안, 김선생은 또 다른 생각을 하고 있었다.

'내게도 천편·지편이 모두 들어오는구나! 그런데 대전의 이정규 옹한테는 천편을 가져가서, 그냥 지편하고 바꿀 것이 아니라 웃돈을 얹어 달래야지…….'

김선생은 일이 뜻밖에 잘 풀리는 것을 보고, 역시 자기는 책에 관한 한 아주 운이 좋은 사람이라고 생각했다.

"김선생님……."

민여사가 불러서 김선생은 생각을 중단했다.

"대전에는 언제 가시겠어요?"

"네, 뭐 천편만 복사해 주면 바로 가지요. 그런데 저, 그분을 설득하려면 아무래도……."

김선생은 말을 더듬었는데, 민여사는 즉각 알아차렸다.

"네, 알겠습니다. 이거 얼마 안 되지만 그분을 설득하는 데 써주세요."

민여사가 봉투를 꺼내 김선생에게 건네주자 얼른 받아 호주머니에 넣는다.

"아, 네, 경비가 많이 들어서 미안하군요."

"아니에요. 내일 이 시간에 다시 만나요."

"네…… 네, 그럼 저는 먼저……."

김선생은 자리에서 일어나 허리를 굽히고 엉거주춤한 걸음걸이로 다방을 나섰다. 민여사는 이 모습을 보고 저도 모르게 웃음을 터트렸다.

'하하, 참 대단한 사람이야. 도대체가 종잡을 수가 없어! 천재인지, 바보인지?'

민여사는 잠시 그대로 앉아서 휴식을 취했다. 너무 엄청난 얘기를 들어서 안정이 필요했던 것이다.

민여사는 한참 만에야 꿈 같은 마음에서 벗어났고, 곧이어 공중 전화를 들었다.

따르릉―.

최여사 집의 전화벨 소리가 울렸다.

"여보세요……."

최여사가 전화기를 급히 들었다. 최여사는 원래 전화기를 빨리 드는 습성이 있었다. 이는 걸려 온 전화가 끊어지기라도 할까 봐서이기도 했지만, 그보다는 상대방을 기다리게 하고 싶지 않았기 때문이다. 참으로 좋은 성격이다. 전화기 속에서 들려 온 목소리는 언제나 반가운 민여사였다.

"응? 그래, 나야…… 뭐, 근처에 있다고? 내가 나갈까? 오겠다고…… 그래, 빨리 와!"

찰칵―.

민여사는 전화를 끊고는 다시 또 다이얼을 돌렸다. 이번에는 영민에게 거는 것이었다.

따르릉―.

"여보세요, 영민이 학생요? 기다리세요……."

"영민 학생…… 영민 학생, 전화받아요? 어딜 나갔나?"

하숙집 아줌마는 영민의 방을 두드려 보고는 문을 열어 보았다. 영민이는 방에 없었다. 어딜 슬그머니 나간 모양이다.

"여보세요, 지금 없는데요…… 네……."

찰칵—.

'영민이가 어딜 나갔나 보군! 내일 아침에 걸면 되겠지!'

민여사는 이렇게 생각하며 다방 문을 나섰다.

결혼과 수명

이때 영민이는 동숭동에 있는 어느 결혼식장에 하객으로 참석해 있었다. 친구 집안의 결혼식이었다. 식장에는 수많은 사람이 와 있었는데, 영민이는 신랑의 부모가 바로 보이는 맨 앞줄에 앉아 식의 진행을 기다리고 있었다. 신랑의 부모는 화려한 옷에 꽃을 달고 밝은 표정을 짓고 있었다.

4년 전 모습 그대로였다. 오늘 결혼식을 거행하는 신랑은 영민이가 제법 친하게 지내는 친구의 형으로서, 이번이 두 번째 결혼이다. 첫번째 결혼은 4년 전에 했는데, 1년도 채 못 되어서 이혼을 하고, 최근에 만나 사귀던 여자와 전격적으로 다시 결혼을 하게 된 것이다.

신랑 집안, 그러니까 영민이 친구의 집안은 상당한 부자로서, 신랑은 마음씨는 그리 나쁘지 않은데, 사람이 어딘지 모르게 멍청하고 아둔한 편이었다. 그래도 부모 하나 잘 만나서(?) 평생 고생을 모르고 자란 귀한 도련님이다. '

신랑 입장!

예식이 시작됐다. 4년 전보다는 살이 좀더 찐 것 같고, 얼굴도 나이가 더 들어 보였다. 기분은 좋은 듯 밝은 표정에 씩씩하게 걸어서 주례主禮 앞에 단정히 섰다.
　신부 입장!
　드디어 오늘 예식의 하이라이트가 등장하고, 웨딩마치가 은은하게 울려 퍼졌다. 신부는 진하게 화장을 하고, 흰 드레스를 길게 늘어뜨리고는 조심스럽게 걸어 들어오고 있었다. 신부의 얼굴이 자세히 보이지는 않았으나, 체격은 지난 4년 전에 봤던 신부보다 작았고, 얼핏 보아 예쁜 편이었다.
　신부의 아버지는 웬지 좀 근엄해 보였는데, 하객들은 신부의 얼굴만 살펴볼 뿐 그 아버지의 얼굴에는 유의하지 않았다. 하객들은 웅성거리며 웃고 있었다.
　잠시 후 주례사가 시작됐다. 신랑 신부가 지루한 시간이다. 영민이도 주례사는 신경 쓰지 않고, 어서 끝나기만을 기다렸다.
　"이제 두 사람은 부부가 되었음을……."
　이윽고 성혼 선언문이 낭독되고 이어 행진이 시작됐다. 신랑은 싱글벙글, 신부도 간간이 미소…….
　영민이가 보기에는 4년 전과 다른 점이 전혀 없어 보였다. 신랑 신부의 친구들이 주위에 모여서 웃으며 부산스러운 가운데, 연신 사진도 찍어댄다. 가족 사진, 친구들과의 사진, 특별 사진 등…….
　신랑은 행복해 보였다. 4년 전, 행복해했던 그 모습 그대로였다. 지금 마음 속으로는 무슨 생각을 하고 있을까? 신혼 여행을 생각할까, 행복한 인생을 생각할까, 아니면 이혼을 생각할까?
　그럴 리는 없을 것이다. 누가 결혼식장에서 이혼을 생각하겠는가? 그렇다면 애당초 결혼을 하지도 않을 것이다. 그러나 그것을 누가 알 것인가? 결혼을 할 때는 누구나 다 당연히 행복할 것으로 믿는다.

식장 안은 어느덧 사람들이 하나둘씩 빠져 나가기 시작했다. 연회장은 길 건너편에 마련되어 있었다.

"형님, 축하합니다······."

영민이는 신랑에게 인사를 하고는 친구와 함께 연회장으로 자리를 옮겼다. 이 역시 4년 전과 비슷한 상황. 영민이의 마음 속에 4년 전의 결혼식장 모습이 어렴풋이 되살아났다.

행복해 보이던 신랑 신부의 모습, 신랑이 신부의 모습을 빤히 쳐다보고 좋아해서 하객들이 웃었던 광경······.

연회장에는 손님들로 가득 차 있었다. 영민이는 한쪽에 자리를 잡고, 차려 놓은 음식을 들었다. 한참 만에 신랑 신부도 나타났다.

"자, 신랑 신부를 위해 건배합시다."

누군가 큰 소리로 이렇게 말하자 모두들 건배를 했다. 영민이도 술잔을 높이 들었다가 술을 마셨다. 모두들 잘 마시고, 잘 먹고, 왁자지껄하면서 웃는 모습들이다. 이러한 모습을 보자 영민이도 저절로 웃음이 나왔다. 그런데 영민이의 웃음은 즐거운 결혼식이라는 것 외에도 웬지 인생을 못 미더워하는 웃음이었다.

'과연 이들이 행복할까, 혹시 이혼을 하지는 않을까?'

영민이는 지난 4년 전의 결혼식 때와 지금을 연이어 생각해 본 것이다.

'행복하면 좋으련만······ 그런데 그것을 알 수가 없지! 만약 그런 것을 알 수만 있다면 얼마나 좋을까! 불행을 막을 수만 있다면······.'

영민이는 지금 친구 형의 앞날을 생각하는 것이 아니라 그냥 한 인간의 미래를 생각해 본 것이다. 사람이 모든 미래를 알 수는 없다. 그러나 결혼같이 중요한 일은 그 미래를 꼭 알아야 하지 않을까?

영민이의 생각은 계속됐다. 이혼 없는 결혼! 이는 당연해야 할 텐데, 인간은 그것을 모르고 있다. 행복한 결혼 생활도 보장되어야 한다. 영민이는 살아오면서 부부 싸움을 하는 장면을 많이 봐왔다. 그리고 마음이 안 맞아 괴로움 속에 사는 수많은 부부들도 보았다.

물론 인생에서 실패해서는 안 되는 것은 결혼뿐만이 아닐 것이다. 단지 지금 영민이가 결혼식을 보고 있기 때문에, 그런 생각이 더 절실해진 것뿐이다.

미래를 미리 안다는 것은 실로 중요하다. 점쟁이들은 결혼의 실패 여부를 궁합宮合이라는 것으로 판단한다. 궁합이 뭘까? 과연 신빙성이 있는 것일까?

만일 궁합이라는 것이 신빙성이 없다면 무엇으로 부부의 운명을 알수 있을까? 영민이는 생각이 여기에 이르자 더 이상 진행할 수가 없었다.

'운명은 무엇이고, 점占은 무엇일까? 사주四柱? 역술易術은 또 무얼까?'

영민이가 이런 생각을 하면서 정신 없이 시간을 보내고 있는 동안 어느덧 연회는 끝이 났다. 이제 사람들은 저마다 생존을 영위하기 위해 사라져 갔다. 영민이도 천천히 연회장을 나왔다.

귀신의 공부

어느덧 가을도 끝나 가고 있었다. 멀리 하늘은 끝을 알 수 없이 열려 있고, 날씨는 아침저녁으로 찬 기운이 완연했다. 수진이는 오늘도 학교를 가기 위해 읍내로 나가는 버스에 올랐다. 주위의 논들은 이미 벼들이 잘려 나가고, 논흙이 드러나 있어 웬지 허전한 느낌을 주었다. 그러나 수진이는 마음을 차분하게 갖고, 가급적 밝은 기분을 유지하려고 애를 썼다.

오늘로써 오빠가 세상을 떠난 지 보름이 지났다. 오빠가 지내던 방은 지금 굳게 문이 잠겨 있었다. 수진이는 요즘 아침에 깨면 곧장 학교로 가는데, 전처럼 오빠 방을 둘러볼 필요가 없기 때문이었다. 학교를 다녀와서도 마찬가지였다. 수진이는 오빠가 살아 있을 때는 집에 들어오면 언제나 오빠 방부터 들러 안부를 살폈는데, 이제는 곧장 자기 방으로 들어갈 뿐이다.

나가든 들어오든 관심 써 줄 사람이 없는 것이다. 그러나 수진이 혼자만 그렇게 생각할 뿐, 실은 아직도 수진이가 나가고 들어오는 것에 신경을 써 주는 사람이 이었다. 오히려 전보다 더 신경을 써 주는 사람이 있는 것이다.

물론 신경을 써 주는 존재가 사람이라고 하면 표현이 좀 이상할 수도 있지만, 근본을 따지고 보면 별 차이가 없다. 아무튼 수진이 오빠는 지금도 여전히 자기 방에 살면서(?) 수진이의 일거 일동을 일일이 신경 써 주고 있었다.

새로운 반려자가 생긴 것이다. 수진이 오빠가 살아 있을 때의 이름은 종수였다. 지금은 무엇이라고 불러야 좋을까?

수진이 오빠는 자신의 장례식이 끝난 지 열흘이나 지났는데도 집 근처만 맴돌 뿐 먼 곳으로는 일체 나다니지 않았다. 실은 여기에는 중대한 이유가 있다. 그것은 다름아닌 길을 잊어먹을까 봐서인데, 며칠 전에는 크게 위험했던 적이 있었다.

장례식이 끝나고 이틀이 지나서였는데, 아침에 수진이를 따라 나서다가 수진이도 놓치고 게다가 집으로 돌아오는 길도 잊어버린 것이었다. 다행히 나중에는 겨우 길을 찾을 수 있었지만, 하마터면 영영 집으로 돌아오지 못할 뻔했다.

이 사건으로 인해 수진이 오빠는 세상이 어떻게 생겨 있다는 것을 크게 깨닫게 되었고, 지금은 아주 신중히 공부를 하고 있는 중이었다. 수진이 오빠가 가장 애를 먹고 있는 것은 물체의 원근 감각과 입체 감각이었다.

특히 평면상의 굴곡을 예민하게 판별할 수가 없어서, 사람을 구별할 수가 없었다. 말하자면 동생인지 옆집 아줌마인지 구분이 안 되는 것이다. 그 사람이 누군지 알기 위해서는 근접해서 마음과 감응感應해야 하는데, 이것으로는 익히 아는 사람만 구분할 수 있을 뿐이다.

조금만 떨어져서 사람이 움직이지 않고 있으면, 물체와 사람의 구별도 잘 안 된다. 정지되어 있는 것이 사람인지 아닌지를 판별하기 위해서는,

아주 가까이 접근해서 생명체라는 것 속에 있는 마음을 느껴야 하는데, 이는 마치 물체를 보지 못하고 손으로 만져 봐야만 아는 장님과 비슷한 경우라고 할 수 있다.

물론 누가 누군지 알 필요가 없을 때는 서서 움직이는 것은 사람, 엎드려 움직이는 것은 개, 크게 엎드려 움직이는 것은 자동차이거나 소 등으로 판단하면 된다. 그러나 길을 판별하기는 대단히 어렵다. 굴곡이나 입체 감각이 서투르기 때문에 논과 논길을 구분 못 하는 것이다.

게다가 어두움과 밝음의 구분이 없어 세상은 온통 흐려 있고, 물체는 그냥 검은 그림자 같은 존재일 뿐이다. 물론 색깔도 전혀 느끼지 못한다. 사람의 경우 옷을 입었는지 벗었는지 감지感知가 안 된다.

먼 곳을 보면 모든 산이 비슷하고, 모든 논이나 들판이 같은 것이다. 따라서 이 동네와 저 동네를 구분 못 한다. 게다가 수진이 오빠가 지금 처한 세계에는 방위가 아주 복잡하여, 조금만 빗나가도 어디가 어딘지 알 수가 없다. 우리가 사는 세상처럼 평면 위에 물체가 있고, 밝음이 있고, 색깔이 있고, 입체가 있는 그런 세계가 아니기 때문이다.

마치 아주 어두운 물 속에 검은 물체들이 있는 그런 세계이다. 죽음 속에서 산다는 것이 그리 쉬운 일은 아니다. 이 세계에는 휴식도 없다. 항상 정신을 차리고 있지 않으면 자기가 어디로 끌려 가는지 모른다.

제일 어려운 것은 자신의 무게 조정인데, 이것으로 인해 물체의 선명도가 바뀌고, 자신의 정신 상태가 바뀐다. 가벼우면 가라앉고 졸리며, 무거우면 마음이 들뜨고 몸의 움직임도 너무 빨라서 주체하기가 어렵다.

그러나 수진이 오빠는 참으로 질긴 존재라고 할 수 있다. 살아서는 종수로 불리었고, 지금 죽어서는 어떻게 불러야 할지 모르지만, 그는 이 모든 환경 속에서 좌절하지 않고 사는 방법을 습득해 나가고 있었던 것이다. 지금 수진이 오빠가 가장 힘쓰고 있는 것은 물체의 구분력인데, 처음에 비해서 상당히 발전하고 있었다.

현재는 사람의 키나 체격 등을 판별하고, 여자와 남자를 거의 판별할 수 있다. 이는 여자와 남자의 체격이 다르고 걸어가는 데 리듬이 다르기 때문이다. 그리고 사람의 얼굴에서는 코 부분을 어느 정도 감지한다. 이외의 물체의 밀도密度, 즉 명암明暗, 가까운 거리에 있는 건물의 높낮이 등 주변의 세계를 익혀 나가야 할 것이다.

수진이 오빠는 모든 시간, 즉 하루 24시간을 집 근처에서 물체 판단 훈련을 계속하지만, 수진이가 집에 들어오면 수진이 방에 따라 들어가서 수진이의 모든 것을 살피며 함께 지내고 있었다.

그런데 수진이 오빠가 그간 발견한 바에 의하면, 사람이 무엇인가를 열중하고 있을 때는 그 사람의 마음의 파장이 잘 느껴지지 않고, 아무 것도 하지 않을 때, 특히 잠을 잘 때는 강하게 느껴진다는 것이다.

물론 이 경우는 상당한 거리에서도 그 사람의 존재가 느껴지는 것이다. 만일 어떤 사람이 완전히 몰두하고 있다면, 그 사람과 아주 밀착되어 있어도 마음을 느끼지 못한다. 이는 그 사람의 마음이 한곳에 단단히 집중되어, 외부로 파장이 흐르지 않기 때문이다.

그렇기 때문에 수진이 오빠가 가장 좋아하는 시간은 수진이가 자고 있을 때였다. 이때에는 방 밖에서도 수진이의 존재가 느껴지고 조금만 가까이 가도 수진이의 마음이란 것을 흠뻑 느낄 수 있었다. 물론 수진이가 잠을 자지 않고 있어도, 지쳐 있거나 방심하고 있을 때에는 주변으로 방출되는 마음의 파장이 증가한다.

수진이 오빠가 가장 싫어할 때는 수진이가 책을 읽고 있을 때인데, 이때는 수진이의 마음이 어디로 갔는지 찾을 길이 없다. 죽음 속에서 사는 일이 이토록 어려운 일임에도 불구하고, 수진이 오빠는 시간이 갈수록 적응의 폭을 넓히며 자신의 능력을 꾸준히 키우고 있었다.

수진이 오빠의 일차 목표는 주변을 감지하는 감각 능력의 극대화極大化였다. 그 다음으로는 물체를 움직일 수 있는 힘이고, 더 나아가서는 사람의 마음 속에도 침투하는 등 각종 능력을 습득하는 일이다.

길은 멀다. 그러나 반드시 도달할 것이다. 아니, 도달해야만 한다. 수진이 오빠는 이런 생각을 하면서 하루 종일 학습(?)에 매달렸다. 수진이 오빠는 지치는 법이 없다. 그래서 아직 시간이 얼마나 흘렀는지를 느끼지 못한다.

그러나 시간을 아는 방법이 없는 것은 아니다. 수진이가 나타나면 거의 저녁때가 되기 때문이다. 수진이가 길게 누워서 마음을 방임放任하고 있으면, 즉 자고 있으면 밤인 것이다. 어느덧 시간이 흘러 수진이가 밖에서 돌아왔다. 수진이는 집 안으로 들어서자 주위를 살피지 않고 곧장 자기 방으로 들어갔다. 수진이 오빠는 마루에 앉아(?) 있다가 슬그머니 따라 들어갔다. 아직은 도둑인지 누군지 모른다. 좀더 가까이 가봐야 한다.

'음…… 수진이구나!'

수진이가 틀림없다. 수진이는 옷을 챙기는 등 무엇인가 열심히 하고 있었다. 언제 잠이 들 것인가? 제발 책을 읽거나 골똘한 생각을 하지 말아야 할 텐데…….

나무꾼의 인격

　오늘은 일운 도사가 여행을 떠난 지 닷새째가 되는 날이다. 나무꾼은 일찍부터 일어나 마당을 쓸고 집 안을 청소하는 등 귀인貴人을 맞이할 준비를 하였다.
　지금 나무꾼의 마음은 상당히 흐려져 있었다. 선생님의 죽음이 임박한 것을 느낀 것이다. 그 증거로, 첫째 방 안의 금이 모두 어디론가 치워졌다는 것이고, 둘째 손님을 받지 않는 것이고, 셋째 자기에게 그 동안의 상賞이라며 금을 준 일이고, 넷째로는 좌청坐淸 노인이 열흘 후 다시 온다고 한 점이었다.
　나무꾼의 마음 속에는 일운 도사와 살았던 지난 세월이 아련히 떠올랐다. 그러고는 갑자기 그 속에서 한 가지 묘한 사실을 깨닫게 되었다. 나무꾼은 일운 도사를 모신 지 10년 가까이 되는데, 그 동안 아무런 사고도 없이 번민도 없이 아주 평화롭게 잘 살아 왔던 것이다.
　이는 단순한 우연인가, 아니면 일운 도사의 힘이 자신의 운명도 보호한 것인가?
　이런 생각은 비범한 사람일지라도 흔히 하기 어려운 것인데, 나무꾼의 마음 속에는 불현듯 이런 생각이 떠오른 것이었다. 그러고 보면 나무꾼은 결코 범상한 사람이 아니다. 사실은 누구나 어떤 사고가 났을 때 수습해 주면 고마워하지만, 처음부터 아예 사고가 나지 않게 해 주는 것은 고마워하지 않는다.

애초 사고가 나지 않게 해 준 그 사실을 모르는 것이다. 그래서 옛말에 '크게 신통神通한 것은 소문이 나지 않는다'라고 하지 않았는가!

나무꾼은 일운 도사와 사는 긴 세월 동안 수많은 이적異蹟을 봐왔지만, 그보다는 보이지 않는 힘에 대해 더욱 감명을 받았었다.

사실 나무꾼은 일운 도사의 보이지 않는 그런 힘을 언제나 느끼고 있었다. 나무꾼이 비록 무식하여 일운 도사의 어려운 가르침, 예컨대 난해한 문장 같은 것을 이해할 수는 없었다 하더라도, 나무꾼이 지난 긴긴 세월 동안 일운 도사로부터 배운 것이 있다면 평화스러운 마음이었다.

나무꾼이 느끼기에 일운 도사의 마음은 일체 긴장이 없는 자연自然 그대로였다. 마치 흐르는 물처럼 바람처럼 맺히는 바가 전혀 없었다. 공연히 마음에 힘 줄 일도 없이 모든 것이 잘돼 나갔던 것이다.

일운 도사에게는 진정 운명이 아무 탈없이 잘 흐르게 하는 신묘한 힘이 있었던 것이다. 나무꾼은 그런 힘을 흉내 낼 수는 없었지만 느낄 수는 있었다. 어느 때는 일운 도사의 마음과 완전히 조화를 이루어서, 자신이 일운 도사인 것처럼 느껴질 때도 있었다.

그뿐이 아니다. 일운 도사는 마치 온 천지 만물과 더불어 하나인 것 같은 느낌이 자주 들었다. 어느 때는 일운 도사가 사람이 아니라 바람이나 물·산천초목·돌·흙 등처럼 자연 그 자체로 생각되는 것이다. 나무꾼은 그런 것을 배우며 지냈던 것이다. 아니, 이것을 배움이라고 하면 안 될 것이다. 차라리 합일合一이라고 해야 할 것이다.

일운 도사의 행동은 언제나 지극히 평범하고 평화로웠다. 그런데 그

힘은 주위 사람에게는 물론 멀리 산천 초목에게도 영향이 미치는 것 같았다.

　나무꾼은 언젠가의 일이 생각났다. 그날은 마침 손님이 적어서 짬이 좀 났던 것인데, 무료한 김에 일운 도사에게 가르침을 청請한 것이다.

　"선생님, 저에게도 뭘 좀 가르쳐 주시지요."

　나무꾼은 이렇게 말하면서 몹시 멋쩍었다. 자신의 말투가 너무 무식한 것 같아서였다. 그런데 일운 도사는 별일 아닌 것처럼 말을 받아 주었다.

　"자넨, 그릇 속의 것만 원하나?"

　"네? 무슨 말씀이신지요?"

　"허허, 이제 그만 됐네. 그간 모든 것을 배우지 않았나!"

　"아니? 선생님, 저……."

　나무꾼은 당시 일운 도사의 말을 이해할 수 없었지만 왠지 마음이 툭 터지는 것을 느낄 수 있었다.

　'그릇 속? 그렇지, 그릇 밖의 것을 배워야 한다는 뜻이구나. 그런데 어떤 것이 그릇 밖에 있지?…… 모든 것!'

　나무꾼은 그 이후부터는 일부러 가르침을 청하지 않았고, 그냥 느끼도록 애쓰며 지냈다. 나중에는 애쓰는 것조차 없이 하나로 화합和合되어 나갔던 것이다.

　그런데 조만간 일운 도사는 세상을 떠날 것이다. 이제 나무꾼의 운명은 어찌 되는 것일까?

　나무꾼은 그 동안 배운 대로, 아니 느낀 대로 마음을 편안히 가지려고 애썼다. 그러나 시간이 지날수록 마음이 혼란스러워지고 가슴에는 슬픔이 서서히 자리잡고 있었다.

　나무꾼은 막힌 가슴을 달래려고 집 밖으로 나왔다. 논은 흙바닥을 드러내었고, 저쪽 그리 멀지 않은 산언덕에는 앙상한 가지가 보였다. 논길을 다니는 사람은 보이지 않았고, 하늘은 넓게 트여 고요하기만 했다.

'선생님은 어느 길로 오실까……?'

나무꾼은 멀리 소나무가 있는 산 쪽을 보면서 일운 도사의 모습을 그려 보았다.

'선생님은 어떤 모습으로 오실까? 근엄하게, 혹은 인자한 모습으로, 아니면 자연스런 모습일까?'

나무꾼이 이런 생각을 하고 있는데, 저 멀리에서 버스가 지나가고 있었다. 그는 뜻모를 미소를 지으며 고개를 가로 저었다.

'세상은 저마다 바쁘구나. 그렇지, 술이라도 준비할까?'

나무꾼은 무슨 생각을 했는지 큰 통을 하나 들고 나와 급히 논길을 향했다.

시간은 조용히 흘러 어느덧 오후가 되었다. 나무꾼 부인은 부엌에서 열심히 음식을 만들고 있었다. 나무꾼은 마루에 걸터앉아 있기도 하고 마당을 서성이기도 했다. 때로는 집 밖으로 나와 사방을 훑어보기도 했다.

'오늘 날짜가 맞나?'

나무꾼은 다시 날짜를 꼽아 봤다. 틀림없다! 오늘은 선생님이 떠난 지 꼭 닷새째 되는 날이다. 그런데…… 오늘 틀림없이 오시는 걸까?

나무꾼은 다시 집 밖으로 나와 멀리 산 쪽을 둘러봤다. 그 순간 집의 옆쪽에서 인기척이 나는 것 같았다. 나무꾼은 급히 옆으로 돌아가 봤다. 그러자 바로 앞에 두 사람의 모습이 보였다.

"어?"

나타난 사람은 뜻밖에도 좌명坐冥과 좌청이 아닌가!

"……"

"어흠, 잘 있었나?"

좌명 노인은 미소를 지으며 먼저 인사를 건넸다.

"아, 네 안녕하세요, 두 분이 함께 오시다니……."

나무꾼은 당황해하면서도 반가워했다.

"들어가시지요."

도사의 집은 갑자기 활기를 띠었다. 나무꾼은 답답하던 차에 두 노인이 나타나자 살 것만 같았다.

"이쪽으로 앉으세요, 스승님께서는 출타 중이십니다."

"음, 출타라니?"

"네. 닷새 전에 어딜 다녀오신다고 했어요."

"허……!"

좌명과 좌청은 서로 쳐다보며 놀랐다.

"언제 오신다고 했나?"

"오늘 오신다고 했습니다."

"그래? 그것 참……."

좌명과 좌청은 하는 수 없이 마루에 올라앉았다.

"내일 오실 줄 알았는데요……."

나무꾼은 좌청 노인에게 말을 걸었다.

"음, 그렇게 됐네. 그건 그렇고…… 스승님은 어떻게 나가셨나?"

좌청은 자못 궁금한 듯 스승의 출타 상황을 물었다.

"네…… 저, 집 안에 있는 금을 몽땅 가지고 나가시던데요."

"음, 금을? 그것 참, 금을 어디로 가지고 가셨을까?"

두 제자는 스승이 오래 전부터 금을 모아 온 것을 알고 있었다. 스승은 도대체 금을 어디에 쓰려고 모으는 것일까? 그리고 이제 머지 않아 세상을 떠나신다고 하면서 금은 어디로 가져간 것일까? 좌명과 좌청은 저마다 생각하며 서로를 쳐다봤지만, 답이 나오지는 않았다.

두 제자가 스승을 모신 지는 30여 년이나 되고 스승은 몇 차례 거처를 옮겼는데, 그때마다 금은 꼭 가지고 다녔던 것이다. 예전에는 어떻게 금을 구했는지 모르겠지만, 10여 년 전에 조성리 마을로 돌연 찾아들었을 때도 금만 한 자루 들고 나타난 것이었다.

스승에 대해 모르는 것은 금뿐만이 아니다. 두 제자는 아직 스승의 나이라든가 이름도 모른다. 단지 도명道名을 일운이라고 하니까 그렇게 알고 있을 뿐이다. 그 외에는 스승에 대해 아는 것이 전혀 없었다.

스승의 고향이 어딘지, 가족은 있는지, 어디서 공부를 했는지 등이 일체 알려져 있지 않았다. 두 제자는 여러 차례 스승에 대해 물어 보았지만, 대답은 언제나 한가지였다.

"나 여기 있네, 이 사람이 너희들 스승이야! 이름은 일운이지. 세상은 무상해, 그러니 공부나 잘하거라······."

스승은 참으로 신비한 사람이었다. 평생 잠을 안 자고 지내며, 음식도 거의 먹지 않는다. 일 년에 한두 번 명절에 일부러 먹는 것 외에는 굶고 사는 것이다.

나이도 먹지 않는 것 같았다. 두 제자가 젊어서부터 스승을 모셔 왔지만, 스승은 30년 전이나 지금이나 똑같은 모습이다. 두 제자는 30년이라는 세월에 의해, 젊은 몸이 어느덧 늙은이로 변했지만, 스승은 여전했다. 스승은 아마 어느 정도까지 나이를 먹고는 더 이상 늙지 않고 사는 것일 것이다. 도대체 스승의 나이는 어느 정도나 되었을까? 30년 전에도 지금과 같은 모습이었으니까, 100살은 넘었을 것이다.

두 제자와 나무꾼은 한참 동안 스승에 대한 얘기로만 시간을 보냈는데, 주로 나무꾼이 얘기하고 두 제자는 듣고 있는 편이었다. 이는 지난 10년 가까이 나무꾼이 스승을 모시고 있었으니, 무엇인가 새로운 사실을 알 수 있을까 하여 일부러 나무꾼에게 말을 시킨 것이지만, 이렇다 할 만한 것은 나타난 것이 없었다.

 단지 스승이 이 동네에 찾아든 것은 우연이 아니라 의도적이라는 것이 밝혀졌다. 이것도 그렇다는 것뿐이지 상세히 알 수 있는 것은 아니었다. 스승은 이 동네에서 누가 찾아오기를 기다린 것 같았다. 그러나 아직 그 사람은 찾아오지 않은 것이다.

 도대체 스승이 기다리는 사람은 누구일까? 왜 기다리는 것일까?

 시간이 흘러 어느덧 저녁때가 되었다.

 '오늘 오시기는 하는 것인가, 혹시 아주 떠나신 것은 아니겠지…….'

 두 제자는 스승이 영영 오지 않을지도 모른다는 불길한 생각도 해 보았지만, 그렇지는 않을 것이다. 스승께서는 분명 작별 인사를 나누겠다고 열흘 후에 오라고 했고, 여행을 떠나면서도 5일 정도 걸린다고 했다지 않은가?

 나무꾼이 답답해서 문 밖을 살피러 나가려는데 인기척이 났다.

 '스승님인가……?'

 모두들 이런 생각을 했는데, 들어선 사람은 실망스럽게도 웬 할머니였다. 이 할머니는 점을 보러 온 것 같았는데, 도사가 이미 영업을 그만두었다는 것을 모르는 모양이었다.

 "저, 여기가 도사 선생님 계신 곳인가요?"

 "네, 그렇습니다만……."

 나무꾼은 혹시 다른 일로 찾아온 사람일지도 모른다고 생각하여 물어 봤지만, 역시 점을 보러 온 할머니였다.

 "점을 보러 왔는데요……."

 "아, 그러시군요. 그런데 안됐군요, 이젠 점을 안 봅니다."

 "네? 아, 네. 알겠습니다. 공연한 걸음을 했군요."

 할머니는 적이 실망한 표정으로 다시 돌아가려고 했다.

"잠깐만—."

좌명이 갑자기 불렀다.

"점을 보러 오셨다고요? 이리 들어오세요!"

"음?"

나무꾼과 좌청이 놀라서 좌명을 돌아봤는데, 좌명은 심각한 얼굴이었다.

"내가 점을 봐 드리지요!"

좌명은 할머니를 마루 위로 불러들였다. 참으로 뜻밖이었다. 좌청은 처음엔 말리려고 하다가 그만두고, 어떻게 하나 두고 보기로 했다.

좌청은 사형이 이 계통系統의 학문이 깊다는 것을 알고 있었지만, 점을 치는 것을 본 일이 없기 때문에 흥밋거리로 생각한 것이었다. 나무꾼도 재미있어 하면서 재빨리 연필과 종이를 내왔다.

할머니는 누가 누군지도 모르고 점을 봐 주겠다고 하니까 반가워하면서 생년월일시를 불렀다.

"저, 그러니까 나이는 61세 경술년庚戌年이고, 10월 27일 해시亥時입니다. 그리고 자식은……."

할머니는 자신의 사주四柱를 불러 주고 이어 자식의 사주까지 불러 주려고 했다. 그런데 이 순간 마당으로 누가 선뜻 들어서는 것이었다.

"어, 스승님이!"

드디어 기다리던 스승이 나타난 것이다. 두 제자와 나무꾼은 급히 마루에서 내려와 예의를 갖추었다.

"스승님, 평안하시온지요?"

"음, 좌명도 왔군. 허허."

일운 도사는 두 제자와 나무꾼을 둘러보고 인자한 표정을 지었다.

"음? 이 사람은……."

일운 도사는 제자와 인사를 나누고 얼핏 마루에 앉아 있는 할머니를 보았다.

"네…… 이 할머니는 점을 보러 왔는데, 제가 공부삼아 한번 보려고 했습니다."

좌명은 스승에게 급히 사정을 얘기했다.

"음, 그런가? 그런데 자네가 볼 수 없는 사람 같군!"

"네? 무슨 말씀이신지요?"

"내가 봐 주겠네."

일운 도사는 뜻모를 말을 하면서 직접 점을 봐주겠다고 했다. 할머니는 일운 도사의 얼굴을 유심히 바라보며 생각했다.

'이분이 바로 그 용한 도사구나…….'

좌명은 적어 놓은 사주를 스승에게 건네 주었다.

"네, 이 사람의 사주가 이것입니다."

"음……."

일운 도사는 제자가 주는 사주를 받으면서 할머니의 얼굴을 날카롭게 쏘아봤다.

"할머니, 아들 사주를 불러 보세요."

아들? 일운 도사는 이미 이 할머니에게 아들이 있다는 것을 간파했는가 보다.

"네…… 제 아들은 25세 병술생丙戌生, 9월 28일 술시戌時입니다."

할머니는 속으로 도사를 신통하게 느끼면서 아들의 사주를 불러 주었다. 일운 도사는 할머니가 불러 주는 사주를 들으면서 속으로 깊은 생각에 빠져 있었다.

'음, 그럴 테지. 그러나 혹시…….'

도사의 얼굴은 잠시 근엄해지더니 다시 한없이 평화로운 모습으로 변해 갔다.

"자, 그리고…… 죽은 남편의 사주는?"

'음? 죽은 남편?'

옆에 있는 좌청은 속으로 놀라면서 신기해했다. 그런데 할머니는 전혀 놀란 기색이 없이 태연히 남편의 사주를 불러 주었다. 할머니는 도사가 신통하니까 당연히 자기 남편이 죽었다는 것을 알 것이라고 생각했는가 보다.

"네, 저의 죽은 남편은 살아 있다면 60세 정해생丁亥生에, 9월 26일 술시戌時입니다."

"음……."

일운 도사는 잠시 눈을 감고 고개를 끄덕였다.

'틀림없구나! 그런데 이제야 찾아오다니…… 하늘의 운행運行이 조금 빗나갔군! 늦었어, 하지만…….'

일운 도사는 속으로 한참 동안 생각을 진행시키고는 할머니를 향해 다정스럽게 말했다.

"할머니, 오래 사셨군요! 그런데 아들은 지금 어디 있습니까?"

"네? 아들요? 서울에 있는데요…… 학교를 다니고 있어요!"

할머니는 도사의 기색을 살피면서 아들의 소재를 얘기했다. 그런데 할머니는 아들 얘기에 정신이 쏠려 자신에게 말해 준 중대한 내용을 간과看過해 버린 것이다.

'오래 사셨군요'— 이것은 무슨 뜻일까?

일운 도사는 할머니가 아들의 소재를 밝히자 적이 실망하는 표정이었다.

"서울에 가 있다고요, 그럼 볼 수 없겠군……."

"네? 아들에게 무슨 일이 있나요?"

"허허, 아닙니다. 일은 내게 있어요, 아들은 훌륭합니다. 그런데 할머니, 오늘은 점을 못 보겠군요. 며칠 있다가 다시 한 번 오시겠소?"

"네? 무슨 일인데요?"

할머니는 아들이 훌륭하다고 해서 기분은 좋았지만, 갑자기 점을 중단하니까 약간 불안한 생각이 들었다.

"별일 아닙니다. 며칠 있다 오면 아들의 사주를 봐주지요, 지금은 바빠서……."

일운 도사는 할머니를 위로하는 표정을 지으며, 편안하게 얘기했다. 그러나 옆에서 스승의 말을 듣고 있던 두 제자에게는 몹시 이상하게 들렸다.

며칠 있다 다시 오라니?

스승은 곧 세상을 떠난다고 하지 않았나! 며칠 있다가 오라는 것은 무슨 뜻인가? 그냥 할머니를 보내기 위한 말인가?

"네, 그러지요. 저의 집은 멀지 않아요."

할머니는 실망하지 않고 밝은 표정을 지으며 물러갔다.

이제 일운 도사의 집안(?) 식구만 남았다. 두 제자와 나무꾼은 잠시 할 말을 잊고 있었는데, 스승의 한가한 음성이 들렸다.

"자, 이러고 앉아만 있을 게 아니라 술이나 들까? 마지막 밤인데…… 술은 준비해 두었겠지?"

"네? 술요?"

나무꾼은 깜짝 놀랐다. 그 이유는 자신이 술을 준비한 것은 스승이 알고 있기 때문이 아니었다. 그것은 자기가 어떻게 해서 술을 준비했는 가를 알게 된 것이기 때문이다. 나무꾼은 자연스럽게, 아니면 운좋게 술을 미리 준비해 두었던 것이다. 이는 자신이 스승의 마음과 시공時空을 초월해서 교감하고 있다는 증거였다.

"네, 술은 준비해 두었습니다…… 벌써 음식도 마련하고 있는 중입니다."
　나무꾼은 웃으며 부엌으로 들어갔다.

도사의 죽음

잠시 후 술상이 차려지고 애처로운 송별연이 시작되었다.
"스승님, 제가 한 잔 올리겠습니다."
좌명이 먼저 스승의 잔에 술을 따르고 자기들도 한 잔씩 따랐다. 모두들 함께 마시기 위해 잔을 올렸다. 그러나 무슨 말을 해야 좋을지 몰랐다. 지금 이 자리는 분명 즐거운 잔치가 아니라 스승을 떠나 보내야만 하는 마지막 자리가 아니던가?
모두들 엄숙한 분위기였다.
"허허, 너희들은 불만이 많은가 보구나!"
스승은 마음이 편안한지 미소를 띠고 좌중을 둘러봤다.
"네, 저희는 어떻게 해야 좋을지 모르겠습니다. 스승님께서는 정녕 떠나야 하시는 것입니까?"
"음? 그럼! 하지만 생사生死가 일여一如인데, 무엇이 달라지나? 자, 술이나 한 잔 들게."
스승은 대수롭지 않게 말하고 술잔을 기울여 단숨에 다 마셨다. 제자들도 따라 마시고는 다시 잔들이 채워졌다.

"스승님, 정 가신다면 어디로 가시는 것입니까?"

좌명이 정색을 하며 물었다.

"하늘 아래야. 내가 도복道服을 좀 갈아입으려는데, 너희들은 너무 심각하구나……."

스승은 이렇게 말하면서 자신의 얼굴을 한 번 만졌다. 도복이란 바로 자기 몸을 말하는 것이다. 어쩔 수 없었다. 스승이 이렇게까지 말하는데, 끝까지 죽음 이야기만 한다는 것은 따지는 것밖에 되지 않는다.

"좋습니다, 스승님. 그럼 술이나 드시면서 저희들 공부나 좀 시켜 주시지요!"

좌명은 체념을 하고 화제를 돌렸다.

"그래, 그래…… 자 한 잔 더 들지!"

스승은 술을 들면서 여전히 즐거운 모습이었다.

다른 사람들도 조금씩 얼굴색을 펴면서 잔치(?)는 어우러져 갔다.

"스승님, 아까 말이에요, 할머니 점을 제가 볼 수 없다고 하셨는데 무슨 뜻인지요?"

"음, 그 사람…… 자네가 어떻게 볼 수 있겠나? 그 집안 사주를 모두 합치면 36천天이나 돼, 순양純陽이지. 그 할머니가 지금까지 살아온 것은 기적이야, 하늘이 운을 빌려 준 거지. 그런데 이제 때가 다 되었어. 할머니는 곧 죽겠지만 그 아들도 사는 게 쉽지 않아."

지금 스승의 말을 대충이나마 알아듣는 사람은 좌명뿐이었다. 사주를 합친다든지, 36천이니 하는 것은 사람의 운명을 감정하는 데 있어서 지극히 난해한 부분이다. 그러니 하늘이 운을 빌려 준다는 말은 좌명도 그 뜻을 알 수가 없었다.

"그렇군요, 그런데 스승님은 이 마을에서 누군가를 기다리셨는데 그게 누군가요?"

좌명이 다시 물었다.

"음, 바로 그 할머니의 아들이지. 이젠 늦었어, 진작에 찾아왔었다면 대책을 세울 수도 있었는데…… 음…….."

스승은 이렇게 말하면서 한숨 비슷한 소리를 냈다. 이상한 일이었다. 스승이 이토록 신경을 썼던 일은 일찍이 없었다. 도대체 흔히 점보러 온 할머니의 아들이 무엇이기에…….

"그 아들이 그렇게 중요한 사람인가요?"

"……."

스승은 말없는 고개를 끄덕였다. 그러고는 다시 밝아진 모습으로 또 한 잔의 술을 마셨다.

"술맛이 좋구나, 이럴 줄 알았으면 종종 마실걸. 아마 너희들이 있어서 그런가 보다…… 허허."

이 무슨 말인가? 좌청이 듣기에는 스승의 말은 가당치 않았다. 그토록 근접을 못 하게 해놓고서는 마지막날 이런 소리를 하다니!

"스승님, 그토록 저희를 생각해 주서서 감사합니다. 그런데 앞으로 저희는 어떻게 되지요?"

좌청은 다소 비아냥거리는 투로 물었다. 좌청은 스승이 평소 자주 볼 수 없게 한 것을 못내 한스럽게 생각하는 것이었다.

"허, 녀석…… 너희들은 이미 틀렸다고 내가 진작 말하지 않았나! 그래도 어쩌다 잘되는 수가 있으니까 열심히들 해 봐! 자 한잔 들지."

스승은 좌청에게 인자한 표정으로 술을 권했다.

"저흰 어떤 사람들입니까?"

좌청은 권하는 술은 마시지 않고 재차 물었다.

"음? 너희 둘은 이미 내로內爐에 불을 붙여 놓았으니, 잘 지키면 신선 神仙이 될 수 있어. 마음은 좀더 맑아져야겠지만…… 그리고—."

스승은 두 제자를 평가하고 이어 나무꾼에게도 평을 해 주었다.
"이 아이는 마음의 길을 발견했지, 그대로 걸어가면 더 넓은 곳으로 갈 수 있을 거야."
"스승님, 저희가 불민하여 송구스럽습니다만, 이제 누구에게 배워야 하겠습니까?"
좌명은 앞날에 공부하는 방법을 물었다.
"천지와 하나가 되게, 자기의 그릇을 가지고 있으면 안 되지. 아무리 큰 그릇이라도 깨어 버려야 하는 것이야……."
"네, 스승님의 가르침 명심하겠습니다."
좌명은 무릎을 꿇고 예를 올렸다. 시간은 자꾸만 흘러갔다. 주변은 이미 캄캄한 밤이 되었고 하늘에는 수많은 별이 반짝였다. 스승은 술을 많이 마셨고 음식도 골고루 맛보며 제자들에게 여러 번이나 술을 따라 주었다.
"스승님, 가족은 없습니까?"
좌청이 물었다.
"허허, 방금 내가 가르쳐 주었거늘! 온 천하 사람이 다 내 가족이야, 미물微物이나 산천 초목도……."
"네? 네, 그 점은 알겠습니다. 그러나 스승님이 떠나가시면 누가 그런 것을 가르쳐 주나요? 산천 초목은 말이 없고, 설사 산천 초목이 말한다 해도 저는 못 듣습니다. 글이든 뭐든 우리가 알 수 있는 것으로 남겨 주셔야지요."
좌청은 원래 성격이 직선적이고 거리낌이 없다. 스승은 졌다는 듯이 웃으며 고개를 끄덕였다.
"알겠네. 그러나 염려 말게, 내가 가도 너희를 가르칠 스승이 없는 것은 아니야."

"네? 산천 초목 말고 사람인가요?"

"허허……."

"하하……."

좌청의 말에 스승도 웃었고 다른 사람들도 웃어 버렸다. 스승의 말이 다시 들려 왔다.

"내가 가면 일우一雨라는 사람이 너희들 스승이 될 것이야. 그분을 나의 분신分身이라고 생각하게!"

"네? 일우 스승님이라고 하셨나요?"

"음……."

스승은 고개를 끄덕였다.

"스승님, 감사합니다. 그런데 그분은 어디 계시지요?"

"그것은 천기天機라서 누설할 수 없네. 운이 좋으면 자네들이 만날 수 있겠지만……."

스승은 이렇게 말하고 밤하늘을 잠시 살피는 듯했다. 그러고는 다시 말을 이었다.

"오늘 얘기는 잊어버리게. 그리고 당부할 일이 있네. 지금 하늘의 운행運行은 극도로 혼란하여, 나도 앞날을 다 예측할 수 없네. 앞으로 자네들이 도울 사람이 있어. 그 사람의 도명道名은 좌도坐島라네."

"좌도! 네, 알겠습니다. 어떻게 도우면 되겠습니까?"

"음…… 그 사람은 현재 쫓기고 있네. 하늘과 땅에 온통 적이 있어. 자네들은 좌도라는 사람을 찾아서, 일우 선생에게 데려가면 되네. 알겠나?"

"네, 명심하겠습니다. 하지만 일우 스승님이 어디 계신지 모르는데 어떻게……."

"허, 이젠 더 말할 수 없네. 다른 얘기나 하세."

스승의 얼굴은 잠시 어두어졌다. 좌명은 스승의 말을 마음 속에 깊이 새겨 두었다.

"스승님, 지금 저희는 어떤 기분을 가져야겠습니까?"

좌청이 물었다.

"뭐? 어떤 기분? 허허, 좌청 자네는 나를 자주 당황하게 만드는군. 기분이라…… 글쎄, 되어가는 대로 생각하게. 그리고 잊은 게 있구먼…… 좌명!"

스승은 좌청과 얘기하다 말고 돌연 좌명을 돌아봤다.

"좌명, 자네는 입춘일에 다시 여기로 오게."

"무슨 분부가 계신지요?"

"음, 제자를 하나 기르게!"

"네? 제가요? 아니, 저 같은 사람이 무슨 제자를 기릅니까?"

"할 수 없네, 그래도 자네밖에 없으니…… 하여튼 입춘일에 한 청년이 이곳에 올 것이야. 무술武術을 가르치게, 크게 도움이 될 걸세."

"도움이라니오? 어디에 도움이 됩니까?"

"그만! 자네들하고는 한이 없어……."

스승은 좌명의 말을 막고는 술을 몇 잔 더 들면서 시간을 보냈다. 밤은 점점 깊어 축시丑時가 되었다.

"자, 이제 그만 쉬어야겠네……."

스승은 자리를 파하겠다고 한다. 드디어 때가 가까워진 것일까? 제자들은 말없이 스승의 거동을 살폈다.

"인생은 길구나! 그리고 자네들……."

스승은 좌명과 좌청을 돌아보며 말했다.

"그만 돌아가게!"

"네? 스승님께서는 어떡하시게요?"

"음, 나는 내일 떠나겠네. 자네들하고는 여기서 이별하세."

"아니? 스승님…… 저, 저희가……."

"아닐세, 나의 헌옷은 이 사람이 수습할 걸세. 자네들은 지금 당장 떠나야 하네."

"스승님…… 그래도……."

두 제자는 몹시 망설였다. 만일 스승이 세상을 떠난다면 그 시신屍身을 모셔야 하지 않겠는가? 그런데 스승은 한사코 제자를 떠나 보내려 한다.

"얘들아, 내 말대로 지금 떠나야 해. 그럴 만한 일이 있단다. 내년 입춘일까지 근처에 얼씬도 해선 안 돼. 알겠나?"

"네."

"자, 어서 떠나게."

"저, 그럼……."

두 제자는 나란히 큰절을 올렸다. 그러고는 일어서지 못하고 그 자리에서 눈물을 흘리고 있었다. 스승은 일어났다.

"자넨, 좀 있다가 내 방으로 오게……."

스승은 나무꾼에게만 말을 건네고는 조용히 자기 방으로 들어갔다. 두 제자는 한참 만에야 일어나 마루를 내려섰다. 스승의 방에는 불이 켜져 있었다.

"음……."

두 제자는 방을 잠시 쳐다보고는 다시 방 쪽을 향해 고개를 숙여 인사를 한 뒤 캄캄한 논길로 사라졌다. 이렇게 해서 스승은 제자를 떠나 보내고 얼마 후 나무꾼을 불러 몇 가지 당부를 더 하고는 그 길로 집을 나섰다.

나무꾼은 다음날 새벽까지 마루에 앉아 밤을 세우고, 날이 밝자 논길을 따라 집에서 곧바로 보이는 가까운 산을 찾아갔다.
 거기에 스승이 있었다. 누운 채로…….
 스승은 지난 밤 집을 나와 논이 보이는 산자락에 누워 홀로 세상을 떠난 것이다.

영민이, 명리학命理學 공부하다

영민이는 지난 십여 일간 하숙 방에만 틀어박혀 공부에 몰두했다. 바깥 출입이라고는 민여사가 근처에 다녀갔을 때 잠깐뿐이었고, 그야말로 완전히 몰아지경에서 지냈다. 영민이가 한 공부는 가짜 시험 공부가 아니었다. 영민이는 이제 유난스레 학생 티를 내지 않았다. 일부러 누구에게 자기 자신이 가짜 대학생이라는 것을 밝히지는 않았지만, 남이 자기를 어떻게 보느냐에 대해서는 관심을 두지 않기로 했다.

영민이가 지난 십여 일간 진짜로 한 공부는 다름아닌 명리학命理學 부분인데, 실로 크나큰 성과가 있었다. 영민이는 사실 아주 총명한 사람으로, 이번 공부에서 그것이 확연히 드러났다. 영민이는 지난 십여 일간 아마 남들이 몇 년이나 걸릴 공부를 해치운 것이다.

영민이가 한 공부는 우선 사주四柱를 세워서 조견표를 가지고 길흉吉凶을 대충 파악하는 것으로부터 시작해서, 격국格局·용신用神 등을 하루만에 이해했고, 계속해서 명리학의 여러 부문을 차례차례 탐독해 나갔다. 영민이는 거의 하루에 한 권의 책을 독파한 것이다.

토정비결土亭秘訣·연해자평淵海子平·구성九星·육임六任·기문奇門·둔갑遁

甲·태을太乙·관상觀相·수상手相·파자破字·풍수風水·육효六爻·자미두수紫微斗數·복서정종卜筮正宗·매화역수梅花易數·방위方位·성명姓名·궁합宮合 등 손에 잡히는 대로 아무 책이나 순서도 없이 파헤쳐, 이 세계를 대충이나마 이해하게 되었다.

다행히 영민이는 어려서부터 한문을 공부한 바 있고, 논리력도 뛰어나서 남들이 그토록 어렵다고 하는 내용을 쉽사리 접근할 수 있었다. 그런데 이상하게도 영민에게는 이런 공부를 하는 데 따른 고통이나 지루함 등이 전혀 없었고, 오히려 그 세계에 빠져들면 들수록 신기하고 재미가 있었다.

물론 영민이가 모든 책의 내용을 이해하고 긍정한 것은 아니었다. 어떤 책들은 전혀 이해할 수가 없었고, 또 어떤 내용들은 수긍할 수도 없었다. 무엇보다도 이 세계에 대해 써놓은 많은 내용들에는 이유라는 것이 전혀 없고, 무조건적인 믿음이 요구되는 것이었다.

이러한 것은 논리를 좋아하는 영민에게는 몹시 괴로운 일이었다. 이유도 없이 그렇다는 것이니 어떻게 생각해야 좋을 것인지……

예를 들면 어디어디에 점이 있으면 천賤하고 혹은 귀貴하고, 손금이 장지로 뻗어 있으면 권세權勢가 있다든가, 일간日干이 다른 어떤 간지干支를 만나면 귀하다 혹은 단명短命하다 등 수많은 운명의 판단들이 있지만, 그 이유라는 것은 없고 막연히 선언적宣言的인 것들뿐이었다.

기껏해야 간지干支라는 것에 부여되어 있는 오행五行의 원리 등으로 종종 논리를 전개하기도 하는데, 그 논리가 턱없이 부족한 데다, 이러한 것들이 과연 합리적이냐 하는 회의를 지울 수 없었다.

이것은 영민이 아직 공부가 부족하거나 혹은 이해력이 부족한 데 기인할 수도 있지만, 어쩌면 그 수많은 명리학이라는 체계 자체가 크게 모순일 수도 있는 것이다. 그러나 영민이는 이러한 문제에 대한 자신의 결론을 유보한 채, 계속 공부해 보기로 작정했다.

특히 명리학의 모든 부분에 등장하는 오행五行이 도대체 무엇이며, 그 근원이 어디에 있는가를 알고 싶었던 것이다. 말하자면 영민이는 실용 명리實用命理·응용 역리應用易理로써 그 분야의 모든 책을 수용하기로 했지만, 그보다는 더욱 역점을 두어서 근본 원리根本原理·순수 원리純粹原理 등을 탐구하기로 마음먹었던 것이다.

우선 모든 명리학의 기초가 되는 오행과 그것 이전의 음양陰陽이라는 것을 이해해야 했다. 사실 오행의 논리라는 것은 별것이 없고, 겨우 상생相生이니 상극相剋이니 하는 것인데, 영민이는 이를 수분 만에 파악하고는 크게 실망했던 것이다.

음양이란 또 무엇인가? 이것과 오행이 만나서 천간天干·지지地支가 만들어지는데, 바로 이 천간지지天干地支로 인해 수많은 운명의 판단이 이루어지는 것이다. 영민이는 누가 무엇을 주장하든 간에 그것의 확실성, 즉 진리 여부를 판단하고 싶었다.

그리고 무엇보다도 자연의 원리를 이해하고 싶고, 현실적으로는 인간의 운명을 정확히 알고 싶었던 것이다. 따라서 확실한 공부가 필요했다. 어느 땐 진실이고 어느 땐 거짓인 논리는 사람을 어리석게 만들고, 때로는 사람을 미신의 구렁텅이로 몰아넣는다.

영민이는 이런한 점에 주의하면서 논리적인 것과 비논리적인 것, 그리고 확실한 것과 불확실한 것을 구분하며 공부해 나갔다. 특히 전설적인 내용이 있을 때는 그 신화神話의 사실 여부보다 거기에 담겨져 있는 상징이나 추상抽象 등에 유의했다.

영민이가 명리학을 공부하면서 처음으로 흥미를 가졌던 것은 천간지지인데, 이것은 그 근원을 논리적으로 파악해 놓은 것이 아니라, 전설적으로 설정해 놓은 것이었다.

전설에 의하면, 멀고 먼 옛날 중국의 황제黃帝가 있던 당시, 동이東夷의 치우蚩尤가 중국을 침범하매, 황제가 하늘에 기도하여 10간 12지를 얻고, 이것을 전쟁에 응용하여 치우를 물리쳤다고 한다. 후에 또 성인聖人이 나서 10간 12지를 합쳐 60갑자甲子로 확대하여 응용 범위를 훨씬 더 넓혔다.

이런 식으로 설명되어 있는 것이 천간지지에 관한 출발점이거니와, 이것은 영민이에게 때로 명리학 전반의 진실성을 의심하게 하기도 했다. 60갑자 혹은 간지干支 등은 명리학의 논리에 절대적인 것인데, 이 정도의 설명만으로는 무엇인가 결여되어 있다고 느낄 수밖에 없었던 것이다.

그러나 영민이는 이에 낙심하여 멈추는 것이 아니라, 근원을 찾는 일에 더욱더 매달린 결과 한 가닥 길을 발견했다. 그것은 바로 음양의 근원과 응용을 체계적으로 설명해 놓은 《주역周易》이란 책의 발견인데, 이것으로 인해 기왕 공부해 놓은 명리학에 크게 논리의 영양분을 제공할 수 있게 되었다.

《주역》이란 책은 《사서삼경四書三經》에 들어 있고, 공자가 평생 애독했던 것인데, 여기에도 전설의 부분이 없는 것은 아니다. 전설은 중국의 황제 이전에 복희씨伏羲氏라는 성인이 용마龍馬와 거북 등에 그려져 있는 그림에서 그 원리를 구성했다는 것이다. 그러나 시작이야 어떻게 되었든 간에, 《주역》의 체계는 완벽했다.

아직 영민이가 그 체계를 이해하지는 못했다 하더라도, 《주역》 책을 한번 살펴본 영민이는 그 속에 길이 있다는 것을 직감한 것이다. 이로 인해 영민이는 다소 마음의 여유를 갖게 되었다.

영민이는 《주역》을 필요에 의해 스스로 발견한 것이다. 그것이 없어서는 안 되기 때문에 괴로워하던 차에, 그것을 발견한 것이다. 더구나 민여사가 얘기한 신비한 책도 그 구성이 주역의 논리로 전개되어 있다고 하질 않는가!

모든 것에 앞서 주역의 이치를 터득해야 할 것이다. 영민이는 명리학을 공부한 지 반 달 만에 깊은 진리의 골짜기에 도달했다. 영민이가 이 책을 한번 훑어본 바에 의하면 다른 책들처럼 이해가 쉽지 않았다. 아니, 단 한 치의 전진도 할 수 없었다.

그러나 영민이는 낙심하지 않았다. 이럴 때는 우선 휴식을 하고 난 뒤 다시 도전을 해야 할 것이다. 그래도 되지 않으면, 다시 쉬고 또 도전하고…… 이 일을 영원히 계속할 것이다. 결코 좌절하지 않을 것이다.

영민이의 결심은 대단했다. 공자 같은 성인도 이 책을 어려워하고, 이 책을 깨닫기 위해 평생을 머리맡에 두고 공부했다. 그러고도 이 책을 다 깨닫지 못하고 자신의 수명이 짧음을 한탄했다고 한다. 그러므르 이렇게 어려운 책을 대하면서 영민이의 마음은 조급하지 않았다.

오히려 천천히 확실히 정복할 것을 다짐하고 천지 신명께 맹서를 했다. 기필코 주역의 모든 이치를 터득하겠다고…….

영민이는 휴식을 위해 며칠간은 책을 덮어 두고 밖으로 나돌 생각이었다. 영민이는 차려 놓은 아침을 먹고 천천히 하숙집을 나섰다. 거리는 색다른 느낌을 주었다. 모든 사람들이 부지런히 자기 생활에 임하고 있는 듯했고, 길가에 길게 늘어서 있는 여러 종류의 가겟집은 마치 산 속의 수풀처럼 경치를 이루고 있었다.

영민이의 발걸음은 어느 때보다 가벼웠고, 마음은 크게 여유가 있었다. 영민이는 길을 건너 버스를 탔다. 마침 빈 좌석이 있었다. 버스는 시원하게 달려 얼마 후 서울역에 도달했다.

영민이는 여기서 내려 걸어서 서대문으로 향했다. 서대문에는 영민이가 별로 갈 곳이 마땅치 않을 때 찾아가는 기원棋院이 있었다.

날씨는 화창했다. 그러나 영민이의 마음은 이보다 더 밝아서 만사가 형통할 것만 같은 느낌이었다. 영민이의 눈은 확실히 변해 있었다. 이전 같으면 눈에 웃음기가 들어 있거나 그 움직임이 빨랐다. 그러나 지금 그의 눈은 마치 큰 시련이라도 겪은 듯 움직임이 무거웠다.

그리고 공연히 반짝인다거나, 곁눈질을 한다거나, 웃음기를 담고 있다거나 하지 않았다. 그저 떠오르는 생각을 막지 않고, 잊혀져 가는 생각을 붙잡지 않을 뿐이다.

무심히 지내는 것이다. 이는 평소에 영민이와는 너무나 달랐다. 영민이는 원래 잡념이 많거나 억지로 생각을 지어낸다. 그런데 지금 그의 마음은 고요한 호수처럼 평화를 간직하고 있었다. 걸음걸이나 몸가짐도 아주 부드럽게 느껴졌다.

거리를 지나쳐 가는 사람들은 영민이를 의식하지 않았고, 이는 영민이도 마찬가지였다. 기원이 바로 앞에 보였다. 영민이가 별 생각 없이 층계를 오르려는데, 마침 누가 나오는 중이었다. 두 사람은 입구에서 맞닥뜨렸다.

"영민이! 오랜만이야!"

"어, 인수구나! 왜 내려와?"

영민이는 몹시 반가워하면서 다시 올라가자고 했다.

"음, 아직 아무도 안 나왔던데, 차나 마시러 가지."

"그럴까……."

두 사람은 가까운 다방을 찾았다. 인수라고 불리어진 사람은 영민이와 동년배로서 영민이가 좋아하는 사람이었다. 그는 영민이에게 처음 도박을 배워 준 사람으로 그 계통에서는 아주 유명한(?) 사람이었다. 또한 그는 화투나 카드·마작 같은 것으로 하는 도박은 물론, 바둑·당구·탁구·주사위·사격·구슬·경마 등 각종 도박에 통달한 사람이었다.

그에게는 모든 것이 도박이고, 또 그것만을 위해서 살고 있었다. 영민이는 그 계통에서 한참 올려다봐야 할 이 사람을 존경해 마지않았는데,

그것은 그가 도박이 능한 것 외에 훌륭한 성격을 소유하고 있기 때문이었다.

그러나 인수를 단순히 훌륭한 성격의 소유자라고만 볼 수 없었다. 어느 면에서는 깊은 철학이 내재된 인격을 소유하고 있었기 때문이다. 무엇보다도 영민이와 대조되는 성격은 선線이 굵다는 것인데, 즉 인수는 잔꾀가 없고 화통하고 망설임이 없는 성격이었다.

생각을 하는 방법 면에서는 처음부터 정밀하고 폭넓게 전개하여 되돌아오는 법이 없다. 말하자면 무엇이든 미련 없이 해치우는 성격이었다. 이에 비해 영민이는 한 번 한 생각을 또다시 하며, 일이 많고 넓게 보지 못해 실수가 많으며, 후회도 많고 화도 잘 내는 편이었다.

게다가 영민이가 매사에 충동적이고 돌발적인 데 비해 인수는 모든 면을 침착하게 미리 생각하는 것이다. 그는 감정 처리도 잘해 스스로를 자제하고 쉽게 잊으며 거리낌이 없지만, 영민이는 잘 잊질 못하고 망설이며 통이 작았다.

물론 영민이에게는 요즘 반성이라는 절대 인격絕對人格이 형성되고 있어 앞날이 꼭 지금과 같으리라는 법은 없다. 아무튼 영민이는 오랜만에 이 대단한(?) 사람을 만나서 매우 기뻤다.

"그 동안 어떻게 지냈어?"

커피를 시키고 나서 영민이가 먼저 그간의 안부를 물었다.

"뭐, 나야 하는 일이 뻔하지!"

인수가 말하는 일은, 도박이다.

"그래, 재미 좀 봤나?"

"재미 없어, 큰 판이 없어!"

큰 판!

이것이 인수의 취향이었다. 영민이가 작은 판을 여러 번 하는 타입이라면 그는 크게 한 판을 하는 성격이었다. 대개 도박하는 사람은 영민이 같은 타입이지만, 세월이 지나면 점점 인수 같은 타입으로 변한다.

"요즘 기원은 어때?"

인수가 영민에게 물었다.

"응, 나도 오랜만에 나왔어. 기원에 별게 있겠어? 요즘은 게임을 안 하나 본데……."

게임이라면 도박을 말한다. 인수는 관심 없다는 표정을 지으며 혼자 중얼거렸다.

"그렇 테지…… 이태원이나 가볼까?"

"음, 이태원? 거긴 뭐가 있는데?"

영민이는 인수가 저 혼자 하는 말에 귀가 번쩍해서 물었다. 사실 영민이도 게임을 해 본 지 참으로 오래 됐다. 영민이가 세상에서 제일 좋아하는 것이 있다면 도박인데, 그간은 이상한 운명(?)에 휘말려 그 좋아하는 도박을 잊고 지냈던 것이다.

"응, 이태원시장 쪽인데 가끔 큰 판이 어우러질 때가 있어. 너도 가볼래?"

"그래, 같이 가보자!"

영민이는 반색을 하며 대답했다. 이렇게 해서 두 도박꾼(?)은 이태원으로 동행하기로 했다. 두 사람은 길을 건너 택시를 잡아탔다.

이태원시장 앞에 도착한 것은 이로부터 30여 분 후.

두 사람은 차에서 내려 시장 안으로 들어갔다. 거리에는 미국 군인, 흑인 등의 외국인이 보였고, 화장을 짙게 한 젊은 여인들이 자주 지나다녔다. 인수가 가기로 한 곳은 시장 안에 있는 좁은 골목 쪽으로 조금 들어가서 자리잡고 있었는데, 이 집은 미국 사람이 임대한 것으로 되어 있었다.

건물은 낮은 이층집으로, 층계를 올라 벨을 누르니 누군가 나와서 문 틈으로 살펴보고, 누구냐고 묻고 나서 세심히 주의해서 문을 열어 주었다. 영민이는 인수와 함께 왔기 때문에 쉽게 통과할 수 있었다. 방에 들어서니 하나로 통해 있는 넓은 거실에 많은 사람들이 여기저기 무리를 지어 있었다.

이들은 모두 도박에는 이골이 난 사람들로서, 저마다 팀을 구성해서 게임에 열중하고 있었다. 이들이 하는 게임은 주로 카드였는데, 현재 두 팀이 카드를 하고 있었고, 한쪽에서는 마작을 하고 있었다. 영민이가 좋아하는 것은 카드였다.

인수의 소개로 영민이는 작은 판 쪽으로 끼어들었다. 인수는 나중에 하겠다며 구경만 하고 있었다. 이것은 인수의 성격 중의 하나로 도박판이 시작되어도 한 박자 늦추어서 나중에 끼어든다. 이렇게 함으로써 자기 마음을 가라앉히고 승부의 호흡을 가다듬는 것이다.

그러나 영민이는 그렇게 하지 못한다. 영민이는 도박판을 보면 잠시도 기다리지 못하고 곧장 달려든다. 그러고는 몰아지경으로 승부에 빠져들어 만사를 잊는다. 이것만 보아도 영민이는 승부사의 자질이 부족한 것이다. 마치 개가 뼈다귀를 보고 달려들 듯, 도박판에 달려들어 가지고는 될 일이 뭐가 있겠는가?

승부의 호흡을 가다듬어야 하는 것이다. 영민이는 도박을 열심히 하기만 하면 이기는 게임 정도로 생각했다. 이것은 도박의 뜻을 깨닫지 못했기 때문인데, 영민이는 도박을 오직 머리만을 써서 아주 약게 한다는 생각이지만 이래 가지고는 도박이 되지 않는다.

도박은 대체로 운이 따라 주어야 하는 것이기 때문에 운을 잡는 힘(?)이 필요한 것이다. 운을 잡는다는 말은 운에 맡길 줄 알아야 한다는 것이다. 영민이는 이것을 모른다. 영민이는 자기의 힘만으로 이기려 들었다.

그러나 도박이 어찌 실력으로만 되는 것인가.

축구나 야구 등 운동 경기는 대개 실력으로 판가름 나지만, 도박은 그게 아니다. 자신의 실력과 운을 조화시킬 줄 알아야 한다. 그리고 용기와 체념 등이 적절히 배합되어야 하는 것이다.

영민이는 도박에서 이기는 법이 거의 없었다. 그리고 지고 나서는 후끈 달아오르는 성격이었다. 도대체 도박에 지고 왜 화를 내는 것일까? 도박에 진다는 것은 말하자면 그날 운이 좋지 않다는 것인데, 운이 안 좋다고 화를 낸다면 그것은 무엇이라 해야 되는가?

운이란 원래 좋기도 하고 나쁘기도 한 것이다. 물론 운을 기대하는 것은 인지상정이지만, 실은 운을 기대하는 것보다는 운을 궁금해하고, 운이 정해지면 순응順應하는 것이 더욱 훌륭한 덕인 것이다.

인수에게는 이것이 있었다. 인수는 도박에 졌을 때 웃으며 체념할 줄 안다. 이겼을 때도 오만하지 않는다. 인수는 애당초 도박을 시작할 때 자신을 운에 맡기고 최선을 다 한다.

영민이는 지금 게임에 열중하느라 정신이 없었다. 인수가 슬쩍 살펴보니 아직은 크게 잃지 않고 있는 것 같았다. 그러나 게임은 끝날 때까지 가봐야 한다. 그리고 도박을 하는 사람은 끝낼 때를 알아야 하는데, 이것은 쉽지가 않다. 도박을 하는 사람은 누구나 지고 있을 때는 본전을 찾으려고 결사적으로 매달리고, 이기고 있을 때는 더 따려고 하기 때문에 판이 끝날 때까지는 일어설 줄을 모른다.

인수는 영민이의 카드를 뒤에서 보면서 여전히 구경만 하고 있었다. 그런데 갑자기 게임이 중단되었다. 게임을 하던 한 사람이 돈을 다 잃어버리고 물러나자, 인원의 부족으로 더 이상 게임을 할 수 없게 된 것이다.

판이 깨지자 모두들 자기 돈을 헤아리며 편안히 물러났는데, 영민이만은 조급한 태도였다. 한참 하던 일을, 더구나 가장 좋아하는 도박을 하다가 갑자기 못하게 되니 얼마나 조급하겠는가.

영민이는 얼굴색을 붉히며 좌우를 돌아보고는 다른 쪽에서 게임을 하고 있는 곳에 끼어들려고 했다. 그러나 그쪽은 인원이 꽉 차서 자리가 나지 않았다.

"아니, 뭐가 이래!"

영민이는 투덜댔다. 다른 사람들은 영민이를 한번 힐끗 쳐다보고는 신경도 쓰지 않았다. 별수 없이 영민이도 다른 판을 구경하면서 한 사람이 물러나오기를 기다릴 수밖에 없었다. 얼마나 시간이 흘렀을까? 또 한 사람의 선수가 찾아왔다.

만일 새로 나타난 사람이 카드를 하기로 한다면 판은 다시 어우러질 것이다. 영민이는 잔뜩 기대를 가지고 들어오는 사람을 쳐다봤는데, 뜻밖에도 여자였다. 그것도 아주 젊은 여자였는데, 이곳 주인과도 익히 아는 사이인지 가볍게 인사를 보내고는, 저쪽 편에 가서 조용히 앉았다.

게임에는 전혀 관심이 없는 것 같았다. 주인은 이 여자를 특별히 대하는 듯 차를 급히 끓여 내 오고, 바로 옆에 마주앉아 말상대를 해 주고 있었다. 영민이는 원래 여자를 기피하는 성격이기 때문에, 그쪽을 애써 외면해 버렸지만, 그 여자와 주인이 하는 말소리는 간간이 들려 왔다.

"미스 리, 오랜만이야! 그간 어딜 갔었어?"

"네, 뭐 그냥 바빴어요. 지방 여행도 좀 하고……."

미스 리라고 불려진 이 여자는 이제 20세가 갓 넘어 보였는데, 옷차림이 수수하고 화장도 거의 하지 않은 상태였다. 얼굴색이나 말하는 태도 등으로 보면 특별한 직업(?)을 가진 여성으로 보였다.

"식사는 어떻게 했어?"

친절한 주인의 목소리가 들려 왔다.

"오기 전에 먹고 왔어요."

여자는 담배를 피우면서 천천히 대답했다.
"그랬어? 그럼 게임이나 할래?"
"네, 좋아요, 단판 승부로 하지요."
"단판 승부? 글쎄, 사람이 있을래나? 그냥 좀 놀지, 카드를 하던 중이었는데……."
"아니에요, 시간이 없어요."
"그래? 어디 한번 만들어 보지."
주인은 이렇게 말해 놓고 카드를 하고 있는 쪽으로 와서 말했다.
"누구 주사위놀이 할 사람 없나?"
주인은 몇 사람을 쳐다보며 말했는데 아무도 대답하는 사람이 없었다. 주인은 웃으며 고개를 저었는데, 이때 인수가 나섰다.
"어떻게 하는 건데요?"
"음? 뭐, 그냥 주사위로 홀수 짝수 맞추기야."
"그래요? 제가 할까요?"
인수는 주인에게 말하면서 여자 있는 쪽을 슬쩍 돌아봤는데, 여자는 무심히 커피만 마시고 있었다.
"인수가 하겠다고? 좋지, 그런데 단판 승부야!"
"아무튼 한번 해 보지요."
인수는 겉으로 이렇게 태평히 말했지만 속으로는 묘한 긴장감을 느끼고 있었다. 인수는 오늘 처음 보는 저 여자가 나이는 어리지만 대단한 승부사라는 것을 직감했기 때문이었다.
더구나 단판 승부라니! 이는 인수가 마다할 일이 아니었다.
단판 승부란 돈을 한 번에 많이 걸고 단번에 결판을 내는 것을 뜻한다.
"좋아! 돈은 얼마나 있어?"
주인은 묘한 웃음을 지으며 물었다.

"글쎄요, 얼마나 있어야 되는데요?"

인수는 이렇게 되물으면서 지갑을 꺼냈다. 그러고는 지갑을 털 듯이 수표 몇 장과 지폐 한 움큼을 꺼내 보였다.

"이리 줘봐!"

주인은 인수의 돈을 받아 쥐곤 순식간에 세어 보고는 여자 쪽으로 왔다.

"미스 리, 저 사람하고 한번 해 볼래? 돈이 조금 모자라기는 하는데……."

주인은 이 여자가 정한 돈을 이미 알고 있는 듯 인수의 돈만을 얘기했다.

"채워 주세요"

여자의 말은 간단했다. 자기와 승부를 하려면 자기가 정한 액수를 채워 오란 뜻이었다.

주인은 고개를 가로 젓고는 다시 인수에게로 왔다.

"조금 더 없어?"

인수는 웃었다. 자존심이 좀 상했으나 여자의 자세가 썩 마음에 들었다. 여자는 승부의 멋을 아는 사람으로 자기가 정한 액수가 아니면 게임을 안 하겠다는 것이다. 굳이 게임을 하기 위해 돈을 낮추는 것은 억지 게임이어서, 김이 셀 뿐만 아니라 깨끗하지가 못하다. 인수는 묘한 스릴을 느끼면서 기분이 좋아졌다. 단지 가진 돈이 적어 문제일 뿐이었다.

"아저씨, 이거라도 좀 맡아 주세요."

인수는 고급 로렉스 시계를 풀었다. 주인은 시계를 받아 놓고는 두말 없이 돈을 꺼내 세었다.

"자, 여기다 합친다……. 이쪽으로 와."

주인은 미리 받아 놓은 인수의 돈에다 꾸어 주는 돈을 합치고는 여자 쪽으로 갔다. 여자도 즉시 수표 한 장을 주인에게 맡겼다. 이렇게 해서 두 사람이 모두 돈을 걸었는데, 액수는 영민이의 일 년치 하숙비가 넘는 것이었다. 방 안의 한쪽편에 긴장감이 감돌았다.

게임을 하고 있지 않은 사람들은 모두 흥미를 가지고 이를 지켜보고 있었고, 영민이도 속으로 몹시 흥분하면서 주시하고 있었다. 주인은 신속하게 게임할 준비를 마쳤다. 우선 평평한 상 위에 얇은 천을 깔고, 주사위 세 개와 작은 사발 하나를 내왔다.

"이쪽으로 오게!"

주인은 미스 리와 인수를 펼쳐 놓은 상 앞으로 불렀다. 곧 두 사람이 상 앞으로 다가와 앉았고, 드디어 한판 승부는 시작되었다.

"누가 먼저 부르려나?"

주인은 인수와 미스 리를 번갈아 쳐다보았는데, 미스 리가 말을 꺼냈다.

"저쪽이 먼저 부르세요!"

"그래? 아무렴 어때! 인수, 네가 먼저 부를래?"

주인은 여자의 생각을 듣고 이어 인수의 생각을 묻자, 인수도 고개를 끄덕이며 찬성을 표시했다.

"자! 그럼, 내가 섞을까?"

"마음대로 하세요."

인수는 여자 쪽을 흘끗 보면서 웃었다.

"좋아, 시작하지."

주인은 주사위 세 개를 상 위에 놓고, 그 위에 작은 사발을 뒤집어씌운 다음 한참 흔들기 시작했다. 주사위를 흔드는 소리는 낭랑했고, 모든 사람들은 숨을 죽이고 상 위를 바라봤다. 이윽고 주인의 손이 멈추어졌고, 세 개의 주사위는 사발 속에서 흔들리면서, 숫자가 무엇인지 알 수 없게 뒤섞여 자리를 잡았다.

이제 사람이 숫자를 부르면 되는 것이다. 주사위가 세 개이니 그것은 숫자를 합쳐 홀수와 짝수를 정해진다. 어떤 숫자이든 확률은 반반이고,

먼저 부르든 나중에 부르든 귀신이 아니고서는 유리有利, 불리不利가 없다. 한 사람이 홀수든 짝수든 부르면 나머지 사람의 숫자는 자동으로 정해지는 것이다.

모두들 인수를 쳐다봤다. 여자도 인수를 잠깐 쳐다보았는데, 인수는 덮어 놓은 사발을 노려보면서 담배를 한 가치 뽑아 물었다. 그러고는 약간 웃는 듯한 표정을 짓고 불을 붙였다. 속으로 일어나는 긴장을 죽이고 있는 것이리라. 영민이는 주위의 모든 것을 한 순간도 놓치지 않으려고 가슴을 졸이며 살펴보고 있었다.

저 사발 속의 주사위는 과연 어떤 숫자일까? 지금 이 순간 그것보다 궁금한 것은 세상에 없을 것이다. 영민이도 여자와 인수의 표정을 살피면서 사발 속의 주사위 숫자를 생각해 봤다.

홀수일까, 아니면 짝수일까? 이것을 알 수 있는 방법은 없는 것인가?

물론 이는 생각해서 알아지는 게 아니다. 그렇다면 누가 이것을 맞추게 되는 것인가? 오늘 재수가 좋은 사람? 운명이 좋은 사람? 아니면 재수도 운명도 상관 없이 단순한 우연인가?

그렇다면 우연이란 도대체 무엇인가?

영민이는 순간순간 마음 졸이면서 나름대로 느낌을 정리해서 마음 속으로 하나의 숫자를 정해 놓았다. 맞아도 그만, 안 맞아도 그만이었다. 이왕이면 인수가 숫자를 맞춰 돈을 가질 수 있으면 좋겠지만, 인수가 어떤 숫자를 부를지는 알 수 없다. 더구나 그가 부른 숫자가 맞을지 안 맞을지도 모른다.

영민이는 평소의 습관대로 눈을 가늘게 뜨고, 정신의 어딘가에 있을 듯한 신호를 최대한 감지하려고 애쓰다가 어떤 느낌의 순간 숫자를 잡았다. 그 숫자는 짝수였다. 영민이의 지금 기분에서는 틀림없이 사발 속의 주사위가 짝수를 이루고 있을 테니, 인수가 짝수를 불러 주기를 기대하고 있었다.

"짝수!"

순간, 인수는 짝수를 불렀다. 영민이가 속으로 생각한 것과 같은 숫자인 짝수를 부른 것이다. 주인은 인수의 얼굴을 보면서 숫자를 다시 한 번 확인했다.

"짝수라고 했지? 그럼 미스 리는 홀수야! 그렇지?"

"네, 저는 짝수입니다."

인수는 웃으며 다시 한 번 숫자를 불러 주었는데, 여자는 무심히 사발만 쳐다보고 있었다. 이윽고 주인은 조심스레 사발을 들었다. 이때 주사위가 사발에 부딪치는 소리가 들리면 안 되는 것이다. 사발은 곧장 위로 들려져야만 한다. 모두들 숨을 죽이고 주사위를 바라봤다.

주사위는 3과 2, 그리고 6이었다. 합치면 11, 즉 홀수였다. 인수가 진 것이다.

"야—아—."

순간, 여자는 환희의 함성을 질렀다. 인수는 허탈하게 웃었지만 이마에는 땀방울이 맺혀 있었다.

"졌구먼!"

주인은 인수의 어깨를 두드려 동정을 표시했다. 주인은 인수의 얼굴을 안됐다는 표정으로 슬쩍 쳐다보고는 돈다발을 여자에게 건네 주었다.

"자, 이거…… 미스 리, 운이 좋군!"

그렇다! 운이 좋은 것이다.

그러나 영민이의 마음은 쓰려 왔다. 자기의 생각은 틀렸고, 인수는 질 운명이었던 것이다.

"……."

영민이는 속으로 웬지 미안한 감을 느꼈다. 자신이 속으로 짝수를 정했기 때문이다. 물론 영민이의 생각이 인수에게 영향을 미쳤을 리는 없다. 그러나 영민이는 웬지 인수의 얼굴을 바로 볼 수가 없었다.

"아저씨, 저는 이만 갈래요…… 자, 이거요."

여자는 주인에게 세금(?)을 얼마 떼어 주고는 조용히 사라졌다. 남아 있는 사람은 고개를 갸우뚱할 뿐 누가 먼저 말을 꺼내지는 않았다. 이는 진 인수의 심정을 건드릴까 봐 조심하는 것이었다.

"아저씨, 저 아가씨는 누구예요?"

한동안 침묵하던 인수가 물었다.

"누구긴? 여기 가끔 놀러 오는 손님이지! 전에는 누구와 같이 왔었는데 요즈음엔 혼자 다니는구먼. 그 여자 친구는 이민을 갔다든가……."

"그래요? 언제 또 오나요?"

"글쎄…… 보통 열흘에 한 번 꼴로 오는데 상대가 없으니 별 재미 없는가 봐!"

"뭐하는 여잔데요?"

"그건 알아 뭐해!"

주인은 그 여자의 직업에 대해서는 애써 답변을 피했다. 인수도 그것에 관심이 있는 것은 물론 아니었다.

"그 여자 돈 많이 있나요?"

인수가 묻고자 하는 것은 결국 이것이었다. 저 정도의 배짱을 가지고 도박을 하려면 돈이 좀 있어야 가능할 것이 아닌가? 영민이도 옆에서 인수가 묻는 것을 들으며 필경 돈이 많은 부잣집 철부지 딸일 것이라 생각했다. 그러나 주인의 말은 아주 뜻밖이었다.

"글쎄…… 돈 있는 여자는 아닌가 봐. 가끔 돈이 생길 때가 있는데, 그때마다 이곳에서 한판 승부를 하고 가지. 근래 두 번이나 지더니, 오늘은 다행히 이겼구먼…… 아니, 미안…… 오늘은 운이 좋았구먼."

주인은 다행히 여자가 이겼다고 말하고는 인수에게 미안한지 급히 말을 바꾸었다. 인수도 괜찮다는 뜻으로 슬쩍 흘겨보고는 웃으며 재차 물었다.

"그 여자는 더 크게도 하나요?"

"물론! 지난 연말에는 지금의 3배를 걸고 했었어."

"그래요? 대단하군요, 그땐 어떻게 됐나요?"

인수는 몹시 궁금한 듯 물었다.

"그때? 그 여자가 이겼어, 하하. 아무튼 대단한 여자야……."

인수도 고개를 끄덕이며 동감을 표시했다.

"아저씨, 여자가 다시 오면 제게 연락을 좀 해 주세요."

"응? 한 번 더 해 보려고? 혹시 다른 마음 있는 것은 아니지? 하하."

"아이, 아저씨도…… 다음번엔 더 크게 한판 하자고 해 보세요. 전 이만 갈래요."

"가겠다고? 그래, 연락을 해 주지!"

인수는 자리에서 일어났고, 영민이도 뒤따라 일어났다. 두 사람은 비밀 도박장을 나와 큰길로 나오자 즉시 헤어졌다. 영민이는 웬지 아쉬운 감이 들어 술이나 한잔 하자고 했지만, 인수는 부득불 다음에 만나자고 하면서 먼저 택시를 탔다. 인수는 싱글벙글 웃으면서 떠나간 것이다.

웃을 일이 무엇일까? 큰돈을 잃어 멋쩍어서인가, 아니면 오랜만에 후련하게 도박을 해서 즐겁다는 것인가? 아무튼 인수의 시원한 성격을 보여 주는 웃음이었다. 영민이는 이태원시장 앞에서 인수를 떠나 보내고는 갑자기 허전한 생각이 들었다.

인생이란 어떤 것일까?

오늘 영민이는 서대문 기원을 목표로 해서 집을 나섰다. 그런데 기원 안으로는 들어가 보지도 못하고 뜻밖에 인수를 만난 것이다. 이로 인해 방향이 느닷없이 이태원 비밀 도박장으로 바뀌었고, 지금 어느덧 인수는 떠나가고 자기 혼자 남은 것이다.

이제 나는 어디로 가게 될 것인가? 하숙집으로? 아니면 또 어떤 계기가 생겨 엉뚱한 쪽으로 가게 될 것인가?

오늘 이태원 도박장으로 온 것은 아주 자연스럽고 어떻게 보면 운명 같은 것일지도 모른다.

인수도 오늘 서대문에서 나를 만난 것이 계기가 되어 이태원으로 오게 된 것일까? 그리고 이것은 운명적으로 정해져 있던 것일까? 아무튼 인수는 본의 아니게 도박장으로 향하게 된 것이었다. 그리고 도박장에 도달해서는 인수에게 하나의 사건이 마치 숙명처럼 도사리고 있었다.

만약 인수가 이태원 도박장에 안 갔거나, 그 여자가 안 왔으면 두 사람의 대결(?)은 일어나지 않았을 것이고, 인수는 큰돈을 잃지 않았을 것이다. 돈은 자그마치 영민이의 일년 분 하숙비에 해당된다. 그러한 돈을 잠깐 사이에 날려 버린 것이다.

이것은 분명 대단한 손해이다. 영민이가 그런 경우를 당했다면 너무나 속상해서 병이라도 났을지 모른다. 그리고 그 여자는 또 어떠한가? 갑자기 뜻하지 않은 돈이 굴러 들어왔다. 지금쯤 그 돈으로 실컷 무엇을 사면서 돌아다닐지도 모른다.

사람의 행운·손해 등은 이미 정해져 있는 것일까?

영민이는 이러한 운명에 대한 생각 외에 인수와 여자의 화통한 성격에도 크게 감명을 받았다. 모든 것을 체념하고 결과, 즉 운명에 맡기는 그 태도!

어떻게 보면 무모하기도 했지만, 일체의 거림낌이 없는 무심한 도인과도 같이 모든 것을 내맡긴 자세는, 영민이로서는 크게 배울 만한 점이었다. 원래 영민이는 망설이고, 초조해하고, 후회하는 성격이 아니더냐!

인수를 보자. 큰돈을 잃어버리고도 태평한 웃음을 잃지 않는 그 모습! 그것도 도박이어서 망정이지 인생의 다른 면에서도 그토록 대범할 수 있다면 그는 이미 인생에 달관한 도인의 경지에 온 것이라고 말할 수 있으리라.

그 여자는 또 어떤가? 큰돈을 서슴없이 걸어 놓고 운명을 기다린다! 이는 빈번히 승부를 탐닉하는 것이 아니라면, 분명 심경 일탈心境逸脫한 경지에 해당된다.

사람은 먼저 운명을 기다리며 최선을 다 해야 하는 것이다.

영민이는 언젠가 들어 본 '진인사 대천명盡人事待天命'이란 문구를 떠올렸다. 그러나 이것만 가지고는 문구가 완전하지 않았다. 오히려 사람은 처음부터 운명에 순응하는 자세로 노력을 해야 하지 않겠는가?

먼저 '노력하면 반드시 된다'라고 생각하는 것은, 자칫하면 오만할 수도 있고 무모할 수도 있을 뿐만 아니라, '세상은 뜻한 바대로 된다'는 착각에 빠질 수도 있다. 말하자면 무턱대고 노력을 먼저 하고, 하늘의 명命을 기다릴 것이 아니라, 처음부터 될 일에 노력을 기울여야 할 것이다.

그렇게 되면 굳이 노력을 먼저 하고 기다리다 실패할 경우가 적어진다. 그렇기 때문에 필히 될 것이냐 안 될 것이냐를 먼저 알고, 후에 노력을 경주해야 하는 것이다. 안 될 일은 노력해도 안 되는 것이지만, 될 일은 노력하면 반드시 이루어진다. 영민이는 글을 만들어 보았다.

'선지천명 후진인사先知天命後盡人事 : 먼저 천명을 알고, 후에 인간의 일을 다하라.'

만약 인간이 이렇게 할 수만 있다면, 노력해 놓고 또다시 애타게 천명을 기다릴 필요가 없다. 당초 운명이 나쁜 것을 알면, 노력의 방향을 바꾸면 될 것이다.

예를 들어 실패할 결혼은 할 필요가 없으며, 실패할 장사도 차려 놓을 필요가 없다. 그런데 누가 운명을 알 것인가? 인간은 결과를 알 수 없는 운명으로 인해 공연히 노력을 헛되이 버리는 수가 있는 것이다. 물론 사람이 아무 행동도 하지 않고 운명만 기다려서는 안 될 것이나, 무조건 된다! 하자! 이것은 더욱 무모한 일이 될 수도 있을 것이다.

길이 아닌데 길이라는 신념을 가지고 열심히 걷는다고 목적지에 도착하겠는가? 그렇지 않다. 반드시 먼저 그 운명을 생각하는 자세가 필요한 것이다.

영민이는 인수와 여자가 다투었던 운명의 승부에서 그 기다리는 마음을 배웠지만, 한 발 더 나아가서 운명을 알고자 하는 의지가 더욱더 강해진 것이다.

영민이는 일단 하숙집으로 향했다. 특별히 가고 싶은 곳이 없으니 집으로 가서 힘닿는 데까지 공부를 해야겠다고 생각하면서…….

선계仙界의 사자使者

 조성리 마을의 도사 일운 선생의 죽음은 관련된 주변 사람들에게 상당한 충격을 주었거니와, 이 일은 인간을 초월한 어떤 세계에 있어서도 하나의 중대한 뜻을 가지고 조용한 파문을 일으켰다.

 12월 4일, 낭림산맥의 맹부산에는 첫눈이 내렸다. 낭림산맥은 태백산맥과 더불어 동방 국토의 추량樞梁으로서, 동쪽으로는 멀리 백두산으로 연결되고, 북으로는 향래봉·사랑봉·백삼봉·사덕산·월기봉을 거쳐 압록강 상류를 건너 중원中原의 곤륜산崑崙山에 도달하며, 남으로는 동백산·마대산·사수산·두류산·추애산·웅산을 거쳐 금강산에 이르고, 금강산에서 다시 무산·대암산을 통하여 태백산맥에 이르게 된다.

 맹부산은 낭림산맥의 돌출突出로써 개마고원의 이마에 해당되는 높이 2,200m에 달하는 거산巨山이다. 이 산의 좌우 앞쪽으로 강남산맥과 적유령산맥이 뻗어 있으며, 동쪽으로 올라가면 연화산에 이르고, 이어 개마고원의 정상인 북수백산에 당도하게 된다.

 맹부산은 예부터 신비한 전설을 담고 있는 아주 험난한 산이다. 산 속의 나무들은 이미 그 풍족하고 색채 고운 나뭇잎들을 떨구어 버리고,

겨울을 날 준비를 마치고 있었다. 내리는 눈들은 많지 않았는데, 그나마 바람이 불어와서 나뭇가지에 쌓일 새가 없었다.

　육중한 바위들은 언제나 묵묵히 자신을 지키며, 산 속의 작은 변화에는 관여하지 않는다. 오늘은 유난히 춥고 바람도 거센데, 적막한 숲 속에 마치 하나의 바위처럼 움직이지 않는 존재가 보였다. 이 존재는 오랜 시간 전부터 눈과 바람에 노출되어 앉아 있었는데, 지나가는 산짐승을 놀라게 하기도 하였다.

　잠시 후 소리 없이 한 사람이 나타났다. 나타난 사람은 백발이 성성하고 긴 수염을 가진 노인으로, 결코 예사 사람으로 보이지 않았다. 이 노인은 오래 전부터 움직이지 않고 자리를 지키고 있는 바위 같은 존재 앞에 섰다.

　그러자 바위 같은 존재가 말을 하는 것이 아닌가!

　"고적古寂! 자넨가? 늦었군!"

　"음, 원측圓則! 자넨 이곳에만 있었나?"

　"그렇다네."

　바위처럼 굳어 있던 선인仙人 원측은 되돌아 앉으면서 그 모습을 드러냈다. 원측선 역시 온통 백발을 뒤집어쓰고 긴 수염을 늘어뜨리고 있었는데, 눈빛이 하도 그윽하여 깊이를 측량할 수 없을 정도였다.

　"일은 어떻게 되었나?"

　원측선은 무슨 일을 기다리고 있었던 듯 고적선을 바라보며 물었다.

　"잘 안 되었네!"

　"음, 어떻게 되었는가?"

　"죽었네!"

　"아니, 죽다니? 아직 때가 되질 않았잖나?"

　원측선은 적이 놀라며 목소리를 높였다.

"자살을 했다네…… 장소도 그곳이 아니고 거리로 나와서 객사客死를 했지!"

"허…… 하늘의 운행이 또 한 번 뒤바뀌겠군!"

"그럴 테지. 운선雲仙은 하늘의 운행을 뒤바꾸기 위해 일부러 시간과 장소를 바꾸어 죽었어!"

"대단하구먼! 장생長生의 길을 마다하고 죽음의 바다에 몸을 던지다니…… 만나 보긴 했나?"

"음, 만나서 간곡히 얘기했지. 그러나 뜻을 바꾸지 않겠다더군."

"그럴 테지, 누가 그 뜻을 바꾸겠나! 이미 기나긴 세월 동안 그 길을 걸어온 것을…… 그래, 만났던 얘기나 좀 해 보세!"

"음, 그러지. 내가 만났던 곳은 팔공산이었네, 운선이 정해 준 곳이야. 그러니까 지난 달 무오일戊午日 밤이었지……."

고적선은 그날 일을 회상하듯 잠시 눈을 지그시 감더니 말하기 시작했다.

이야기의 시작은 바로 조성리 마을에서 도사가 여행을 떠난 날 밤이었다. 장소는 팔공산의 정상 못 미처에 있는 숲 속.

밤은 이미 깊었고 캄캄한 숲 속에는 일체의 인적도 없었다. 그때 어둠 속에서 조용한 목소리가 들려 왔다.

"운선, 오랜만일세!"

고적선은 일부러 미소를 지어 보였다.

"음, 고적인가? 웬일로 나를 만나자고 했나?"

일운 선생은 무심한 표정으로 말했다.

"운선, 나는 하늘의 명을 받고 왔다네."

"알고 있네, 용건을 말하게!"

"음……."

고적석은 운선의 냉정한 태도에 조금은 놀랐지만 짐짓 태평하게 말했다.

"자네 속세가 좋은가 보군, 그야 자네 마음대로겠지! 그러나 왜 하늘의 일에 참견하나? 인간의 운명을 마음대로 바꾸면서……."

"고적, 그 일 때문에 자네가 왔나? 돌아가게, 나는 이미 먼 옛날에 그 문제에 대해 답변했네. 이제 와서 무엇을 더 듣겠나?"

"허허, 운선, 나는 못 들었네. 이유를 말하게……."

"이유? 나는 그저 사람을 구하려는 것이야!"

"그것은 알겠네. 그렇지만 그것은 자네가 할 일이 아니야. 사람은 불행할 땐 불행해야지, 일부러 구해 주면 안 되는 것이야. 하늘의 계획에 관여하지 말게!"

"고적, 자네가 일부러 왔으니 내가 간단히 말해 주겠네. 자넨 내 생각과 달라! 하늘이 인간의 일에 관여하는데, 인간은 어째서 하늘의 일에 관여 못 한다는 거야? 무슨 뜻인지 알겠나?"

일운 선생은 고적을 측은한 듯이 바라봤다. 고적선은 미소를 지었다.

"허허, 잘 알겠네. 그러나 하늘의 뜻은 항상 옳은 거야. 인간은 당연히 그 뜻에 따라야 하는 거지!"

"고적 그건 자네의 생각이겠지, 나의 생각은 그렇지 않아. 그러니 긴 말 말고 돌아가게."

"함께 가세!"

고적선은 일운 선생을 달래듯 부드럽게 말했다.

"나는 안 되네, 나는 할 일이 많아."

"허참, 자넨 고집이 세군! 도대체 무엇 때문에 인간의 편에 서려고 하는가?"

"나도 인간이기 때문일세!"

"운선, 어차피 안 될 일이야. 후천개벽後天開闢이 가까워지고 있네. 그렇게 되면……."

"고적!"

일운 선생이 고적선의 말을 막았다.

"이 자리에서 천기天機를 누설할 생각인가? 나는 하늘의 계획에 반대하네!"

고적선은 어이가 없었다. 운선은 지금 하늘의 계획에 반대를 한다고 했다. 운선이 인간 세상에 머물면서 수많은 하늘의 명을 어긴 것만으로도 감당할 수 없는 큰 벌을 받을 텐데, 이젠 하늘의 큰 계획을 반대하다니ㅡ.

'운선이 인간 세계에 남아 있는 것은 그 일 때문이란 말인가?'

고적석은 운선의 엄청난 생각을 깨닫고 전율을 느꼈다.

"운선, 자네가 이럴수록 일만 더 커지는 거야. 자네의 스승 소곡천인 疏谷天人도 걱정을 하더구먼……."

"음……."

일운 선생은 스승의 이름이 나오자 잠시 경건한 표정을 짓더니, 다시 냉정한 모습으로 돌아왔다.

"고적, 스승의 이름을 거론하지 말게. 스승께는 내가 알아서 할 것이야. 자, 이젠 돌아가게. 자네가 또다시 내 앞에 나타나면 그땐 자네의 목숨이 끊길 것이야! 나는 분명히 경고했네, 그럼 이만 가겠네."

"잠깐!"

고적선은 운선의 경고가 사실임을 잘 알고 있었다. 이제 돌아가는 수밖에 없었다. 그러나 떠나기 전에 한 마디라도 더 말해 보고 싶은 것이다.

"운선, 안타깝군! 자네 혼자 어떻게 후천개벽의 거대한 운명을 바꾸겠다는 것인가?"

일운 선생은 말없이 돌아섰다.

"음……."

일운 선생이 떠나자 고적은 캄캄한 숲을 바라보며 한동안 서 있었다.

"할 수 없군."

이윽고 고적선도 떠나갔다. 팔공산의 어두운 숲은 여전히 적막했고, 하늘의 별빛은 차갑게 반짝였다. 하늘의 역사歷史인 두 선인의 만남은 이렇게 운명 지어진 것일까?

천지 자연의 흐름은 이로부터 쉬지 않고 운행을 계속했고, 일운 선생은 주어진 운명의 흐름에 반발하여 또 하나의 역사를 지어 냈다. 일운 선생은 죽음의 바닷속으로 행방을 감춘 것이다.

고적선의 이야기는 여기서 끝났다. 원측선은 말없이 먼산을 망연히 바라보며 탄식했다.

"음, 세상이 어찌 되려나……."

"그럼, 앞으로 어떻게 할 생각인가?"

원측선은 안색을 바꾸며 물었다.

"아직 일이 끝난 것은 아니야, 운선은 이미 죽었으니 어찌할 수 없지. 그러나 우선雨仙과 천선川仙은 남아 있어. 나는 이들을 찾아볼 생각이야!"

"그들이 말을 들을까?"

"어렵겠지, 그러나 하는 데까지 해 볼 수밖에……."

"그들은 지금 어디 있을까?"

"글쎄, 이 국토 어디엔가 있을 거야. 아마 속세에 숨어 있겠지."

"그럴 거야, 그런데 시간이 얼마 남지 않았어. 서둘러야겠어!"

원측선은 근심스런 표정으로 말했는데, 고적선은 웃었다.

"허허, 서두르긴 어떻게 서두른단 말인가? 그 얼마나 치밀한 우선과 천선인가? 이 두 선인이 숨기로 마음먹으면 당금 하늘 아래 그 누구도 찾을 수 없을 것을……."

원측선은 입을 꼭 다문 채 고개를 가로저었다. 그러자 고적선이 단호한 음성으로 말했다.

"한 가지 대책은 있네!"

원측선은 말없이 고적선을 쳐다보았고, 고적선의 말이 이어졌다.

"나는 생각해 보았네. 필경, 운선은 죽으면서 교묘한 계획을 세워 두었을 거야."

"계획이라니? 죽은 사람이 무슨 계획을 세웠겠나?"

"필요하면 못 할 일도 없지. 운선에게는 제자가 있네?"

"그것은 이미 알고 있는 일 아닌가? 좌명과 좌청이라든가……."

"그렇지, 그러나 그들이 문제가 아니야. 운선은 또 한 명의 제자를 기를 생각이네."

"음? 아니, 죽은 사람이 무슨 제자를 길러?"

원측선은 가볍게 놀라면서 의아스런 표정으로 고적선을 바라보았다.

"운선이라면 할 수 있네. 그는 아주 기묘한 방법으로 제자를 기를 것이네. 죽기 전에 이미 방법을 세워 두었겠지."

"호! 그런 일이…… 글쎄, 운선이라면 가능할 수도 있겠군."

원측선은 천천히 고개를 끄덕였다.

"그런데 그 제자가 어떻다는 건가?"

원측선이 물었다.

"그 제자가 중요해! 운선은 자기가 하려던 일을 제자에게 맡길 생각이거든."

"허, 자네 어떻게 그리 잘 아나?"

"나는 지난 30년을 연구해 봤네. 당초 이곳에 올 때부터 나는 평범한 생각으로는 운선의 생각을 예측할 수 없다고 느껴 왔어. 지난 수천 년 동안도 그랬었지만······."

"그런가? 그래, 무슨 일을 할 생각인가?"

"그 제자를 찾아야겠지! 운선의 모든 계획은 그 제자에게 달려 있어. 그를 찾아 죽이면 운선의 계획도 끝이 나겠지······."

"무엇이라고? 그 제자를 찾아 죽이겠다는 건가?"

원측선은 깜짝 놀라고 말았다.

"음······."

고적선은 말없이 고개를 끄덕였다.

"아니, 자네 인간의 일에 관여하겠다는 건가?"

"그렇다네."

"허허, 아니 될 말이야. 공연히 더 큰일을 만들겠군, 인간을 죽이려 하다니!"

"원측, 내 말을 듣게! 나는 이번에 운선을 만나서 한 가지 배운 것이 있네. 운선은 내게 이렇게 말했어. 하늘이 인간 일에 관여하는데 인간이 하늘 일에 관여 못 할 일 없다고······ 그래서 나도 인간 일에 관여하려고 하네. 원래 인간 일에 관여하는 게 하늘의 직분 아닌가?"

"그게 아닐세. 어디 하늘이 일부러 지어대서 인간 일에 관여하겠나? 작위作爲하는 일은 가장 큰 천명天命을 어기는 거야."

"그 점은 나도 알고 있네. 그래서 나도 운선의 방법을 따르기로 했네."

"음, 무슨 말인가?"

원측선은 궁금한 표정을 지었다.

"원측, 생각해 보게. 운선은 우리를 피하기 위해서, 천명을 저버리면서

까지 죽을 날짜와 장소를 어겨 미리 죽었네. 그러면서도 기묘한 방법으로 제자를 거두어 자기 뜻을 계승시키려 하고 있네. 우리는 뭔가? 장백삼호長白三皓를 데리러 온 것이 아닌가! 그러니 우리도 제자를 길러 일을 시키면 되지 않나?"

원측선은 생각에 잠기며 대답을 하지 않았다. 고적선은 운선이 떠나면서 제자를 길러 그 제자에게 자신의 뜻을 계승시켰다면, 자기도 제자를 길러 그 뜻을 좌절시키겠다는 것이다. 이렇게 되면 서로 인간끼리의 일이니 천명에 어긋날 것도 없다.

"음, 그럴 듯한 생각이군. 그런데 이제 와선 이미 늦은 것이 아닌가? 시간이 없어."

"그 점은 염려 말게, 나는 이런 일이 있을 줄 알고 지난 30년간 제자를 여러 명 길러 두었네!"

"음? 허허, 자네 대단하군!"

원측선은 어처구니없다는 듯이 웃었지만 얼굴색이 밝아졌다.

"그럴 수밖에…… 대단한 운선을 상대하기 위해서는 나도 대단하지 않으면 안 돼!"

"그렇군. 제자를 길렀다는데, 어떤 사람들인가?"

"음, 모두들 선기仙器는 못 되네! 하지만 제법 총명하고 무술은 쓸 만하다네. 그들이 일을 잘해 준다면 하늘에도 공을 세우는 일이야."

"그럴 테지! 그럼, 그들에게 이미 지시를 내려 두었나?"

"물론이지, 그들은 이미 속세의 많은 사람과 연계해서 운선의 제자들을 찾아 나섰네. 다행히 내가 길러 놓은 제자들은 그런 일에는 유능한 것 같더구먼……."

"잘됐군! 그런데 운선의 은밀한 제자는 어떻게 찾을 건가?"

"이름을 알고 있네."

"음? 이름을?"

"그렇다네, 좌도坐島라고 하더군."

"아니, 그것을 어떻게 알았나?"

"운선이 죽기 전에 제자에게 말하더군."

"어허, 그럼 운선이 실수를 했단 말인가? 허허."

고적선은 대답하지 않고 침묵했다.

"묻고 있지 않나?"

원측선이 정색을 하며 재촉했다.

"운선은 실수 안 해. 좌도라는 이름을 얘기한 것은 내가 들으라고 한 소리지, 허허."

"무어라고…… 그게 무슨 소리야?"

"음, 그 뜻은 나도 모르겠어. 어쩌면 운선은 더 큰 위험을 피하기 위해 작은 위험을 감수하기로 한 것 같아. 아니면 그렇게 노출함으로써, 더 큰 비밀을 감추려 하는지도 모르지. 아무튼 그 문제는 좀더 연구를 해 봐야겠어."

"자넨 상당히 일을 많이 했군. 나는 안 와도 될 걸 그랬나?"

당초 원측선은 고적선을 돕기 위해 추가로 파견된 선인이었다. 그런데 와서 보니 최선의 일은 이미 실패했고, 차선책은 훌륭히 진행되고 있는 것이다. 그러니 원측선이 할 일은 없는 셈이었다.

"아닐세, 중요한 때 잘 와주었네. 자네가 할 일이 있어!"

"……?"

"기왕 이곳에 나를 도우러 온 것이니, 잠시 기다리면서 상황의 추이를 두고 보세. 나는 조금 불안한 일이 있다네……."

"불안? 무슨 일인데?"

"음, 운선이 내게 한 말이 마음에 걸리네. 운선은 내게 경고를 했어,

다시 나타나면 내 목숨을 끊어 놓겠다고. 그런데 나는 다시 운선을 찾아갔거든……."

"무슨 말이야?"

"물론 내가 운선을 직접 만난 것은 아니지만, 조성리 마을에 가서 그 집의 동정을 엿보다가 운선이 제자에게 하는 말을 들었다네."

"허허, 자네 무슨 걱정을 그리하나? 죽은 사람이 자네에게 무슨 일을 할 수 있다고 그러나? 자네가 운선의 경고에 대항하여 운선 앞에 나타난 것도 아니고, 게다가 자네가 운선에 비해 그리 공력이 적은 것도 아니잖는가?"

"내가 운선보다 약하다는 뜻은 아니야. 단지 세상일에 말려들고 싶지가 않아. 운선은 어쩌면 일부러 나를 끌어들이기 위해 나와 대결하려 할 거야."

"허허허, 자넨 참! 아니, 운선은 죽었어! 죽은 사람이 무슨 일을 할 수 있겠나?"

"글쎄? 죽었다고 끝난 것은 아니야, 운선이 하는 일에는 방심은 금물이야."

고적선은 원측선의 웃음에도 불구하고 아주 심각한 표정이었다.

"알겠네. 자네가 그리 걱정된다면 내가 지키고 있겠네. 나도 이 상서로운 동방 국토를 골고루 구경하고 싶다네. 그리고 어째서 이 땅에는 그처럼 수많은 선인들이 출현하고, 엄청난 역사가 있는지도 연구하고 싶고……."

"좋아, 잘됐네. 그리고 우선과 천선도 찾아 주게. 시간이 없으니 서로 최선을 다 해야겠어."

"음……."

원측선은 가볍게 고개를 끄덕였다.

"자, 그럼 내년에 다시 만날까?"

"그러지."

두 선인은 각자의 길로 사라졌다. 내리는 눈은 두 선인의 흔적을 지워버렸고, 맹부산의 밤은 적막하게 더욱 깊어만 갔다.

도시가 남겨 놓은 것

　오늘 서대문 주택가에서는 조그만 화재가 있었다. 불은 사람이 살고 있지 않은 비어 놓은 집에서 일어났는데, 뜻밖에도 인명 피해가 있었다. 죽은 사람은 지나가던 거지였는데, 빈집에 무단으로 들어가 그만 참변을 당한 것이다.
　거지가 도둑질을 하려고 남의 집에 침입했는지는 알 길이 없었으나, 화재의 원인은 그 거지에 의한 것임이 분명하다. 경찰 조사에 의하면 그 거지는 술을 마신 듯했고, 아마 빈집에서 불을 피웠던 것 같았다. 거지는 빈집을 여러 차례 드나들면서 아예 숙소로 삼은 듯 곳곳에 흔적이 남아 있었고, 인근 사람들에게도 몇 차례 목격된 바 있었다.
　불은 초저녁에 일어났는데, 마침 옆집 사람이 불이 나자 급히 소방서에 연락하여 크게 번지는 것을 막을 수 있었다. 그러나 화재가 난 빈집은 전소했고, 거지는 방 안에서 자다가 졸지에 숨을 거둔 것이다.
　죽은 거지의 신원이 밝혀진 것은 아니었다. 이름도 알 수 없는 한 불쌍한 인생이 자기 집도 아닌 곳에서 잠을 자다 비명에 간 것이다.
　어쩌면 이 거지는 행복한 죽음을 맞이한 것일까? 추위를 면하기 위해

자기 손으로 피워 놓은 불에 의해 영원히 추위도 없고 근심도 없는 세상으로 떠나간 것일까?

이 거지가 맞은 죽음이 원래의 자기 운명이었는지, 아니면 장소를 잘못 택한 돌발적인 비명 횡사였는지는 영원히 알 길이 없는 것이다.

거지가 화재로 죽었다는 사실과 화재는 동네 사람에게는 슬픈 동정거리 혹은 그저 지나가는 이야깃거리를 제공했지만, 그 사건의 뜻을 생각하는 사람은 아무도 없었다. 단지 그 집의 주인만은 마음의 큰 충격을 느꼈음은 물론, 그 사건의 뜻도 깨닫고 있었다.

그 집 주인은 거지의 시신을 거두어 장사를 지내 주고 경기도 어느 산에 무덤을 만들어 주었다. 그는 죽은 거지가 마치 자신을 대신해서 죽기라도 한 것처럼 슬프고 민망했던 것이다.

화재로 인한 재산 피해는 집주인으로서는 아무런 문제가 되지 않았다. 오로지 죽은 거지에 대한 미안함을 보상해 주지 못해 안타까울 뿐이었다.

집주인의 이름은 김윤철, 나이는 44세, 직업은 모 기업의 공학 부문 연구실장으로 학식과 인품이 훌륭한 사람이었다.

김실장은 조성리 마을의 도사 일운 선생을 만나고 온 이래, 서둘러 집을 비우고 임시로 마련한 집에서 가족과 함께 지내던 중이었다.

앞서 김실장은 부인과 함께 일운 선생을 찾은 적이 있었는데, 면담을 거절당했었다.

일운 선생이 김실장의 면담을 거부한 이유는 알 길이 없었으나, 부인을 통해 의미 심장한 지시를 내렸던 적이 있었는데, 김실장 부부는 지시를 충실히 이행하여 화난火難을 피할 수 있었던 것이다.

화난은 김실장의 집이 갖고 있던 운수였을까, 아니면 김실장 자신의 운명이었던 것일까?

김실장으로서는 이것이 못내 궁금했지만, 그 수수께끼를 풀 길은 없었다.

 만일 김실장이 이사를 가지 않고 그 집에 여전히 살고 있었다면, 거지가 죽지 않고 오히려 김실장이 죽게 되었을까?

 불은 거지가 피우다가 변을 당한 것이다. 거지는 빈집이 아니었으면 들어갈 리도 없었고, 더구나 불도 피울 리 없었을 것이다.

 그렇다면 김실장이 집을 비운 바람에 엉뚱하게 거지가 당한 것일까?

 김실장은 고개를 저었다. 그럴 리가 없다. 도사가 이사를 지시한 것은 필경 김실장 자신과 그 집과의 관계에서 주어진 운명일 것이다.

 운명은 그 집에서 누구 한 사람을 죽이도록 되어 있었는데, 마침 거지가 죽을 운명이어서 그 집에 들어갔다고 봐야 할 것이다. 거지도 실은 죽을 운명이었던 것이다. 이것은 참으로 기묘한 운명의 만남이었지만 김실장은 이렇게 생각하고 있었다.

 만일 김실장이 이사를 가지 않고 있었다면 죽음은 한 사람으로 끝나지 않았을 테지만, 누군가 그 집에서 화재로 죽게 되어 있던 것만은 틀림없는 사실일 것이리라.

 아무튼 김실장은 이로써 두 번이나 목숨을 건진 셈이다. 한 번은 수난水難을 면했고, 이번에는 화난火難을 면했다. 두 번 다 일운 선생이 구해 준 것인데, 금년에는 왜 이다지도 죽음의 그림자가 서성이는 것일까?

 김실장은 망연한 기분이었다. 이 세상에서 누가 자신을 죽음에서 구해 줄 수 있었을까? 이것은 누구도 불가능했다. 오직 일운 선생만이 운명의 비밀을 파헤치고 자신을 구해 준 것이다.

 '도사는 하늘 같으신 분이야. 나는 도대체 무슨 운명이기에 이런 행운을 만날 수 있었을까? 이것도 운명이란 말인가?'

 김실장은 속으로 이런 생각을 해 보았지만, 자신으로서는 신비한 운명의 세계에 대해 도무지 종잡을 수가 없었다.

김실장이 지금 생각할 수 있는 것은 자신의 생명을 구해 준 도사의 은혜를 평생 잊지 않겠다는 것과, 두 번이나 다시 태어난 자신의 인생을 보람되게 살겠다는 것이다.

과연 인생은 어떻게 살아야 하는 것일까?

김실장은 다시 한 번 도사를 찾아 가르침을 청하기로 마음먹었다. 지난번 면담을 거절당한 것은 그 당시 어떤 이유가 있었을 것이다. 어쩌면 화난을 면하게 해 주기 위해 일부러 자극을 주려 했는지도 모른다.

도사가 면담을 거부함으로써 김실장은 부인을 통해 내린 도사의 지시를 더욱 깊게 유의했던 것은 사실이다. 왜 이토록 도사는 세심하게 배려를 해서 김실장의 목숨을 구해 준 것일까?

김실장은 정말 모를 일이라고 생각했다. 이번엔 면담을 거절하지 않을 것이다. 만일 이번에도 면담을 거절한면 다음에 또 찾아가면 된다. 다음에도 안 된다면 그 다음이다. 만나 줄 때까지 백 번이고 천 번이고, 아니 평생을 두고 찾을 것이다.

김실장은 이렇게 결심하고 그 마음을 부인에게 말했다.

"여보, 나는 근간에 도사를 만나러 가봐야겠어!"

"네, 그렇게 하세요."

김실장 부인은 며칠 전 발생한 화재를 염두에 두면서 말했다. 이들 부부는 이제 조성리 도사에 대해서는 완전히 감복하고 있어서, 그곳에 가 보는 일을 무엇보다도 중요하게 여기고 있었다.

김실장 부인으로서는 자기의 남편이 도사로부터 두 번씩이나 구원을 받은 사실이 너무도 기이했고 다행스러웠다. 당초 김실장 부인이 친정집에 가게 된 것은 우연이었다. 그런데 그것으로 인해 남편이 물에 빠져 죽을 운명을 피할 수 있게 되었던 것이다. 더구나 자기가 남편에 대해 물었던 것도 아니었는데, 도사는 자발적으로 남편의 운명을 얘기했고,

그로 인해 첫번째 생명을 구할 수 있었다.

그리고 이번에는 남편 자신뿐만 아니라 부인과 가족들까지도 구하게 된 것이다. 김실장이 조성리 마을에 다녀온 후 서둘러 집을 옮긴 것은 물론 도사의 지시에 의한 것이었지만, 그토록 시기에 맞출 수 있었던 것은 바로 남편의 훌륭한 결단과 인격 때문이었다.

말하자면 김실장은 도사로부터 구원받을 만한 자격이 있는 사람이라는 것이다. 당연히 그런 운명인 것이겠지만, 하늘의 지시를 잘 수행하는 것은 인간의 덕德이다.

김실장 부인은 도사로부터 두 번이나 생명을 구원받은 은혜를 생각하며, 한편으로는 남편의 인격과 운명 그 자체에 크게 안도감을 느끼고 있었다. 남편이 조성리 마을로 도사를 찾아가겠다는 것은, 천지신명께 예배를 드리는 것과도 같아서 크게 복福된 일일 것이다.

김실장 부인은 경건한 마음을 가지고 도사의 은혜를 다시 한 번 생각해 봤다.

"여보, 도사의 은혜를 무엇으로 갚지요?"

"음? 글쎄, 너무 큰 공은 상 줄 수도 없다는데……."

"네, 그렇군요."

김실장 부인은 남편의 말에 수긍하며 고개를 끄덕였다. 김실장은 도사가 너무 큰일을 해 주어서 물질로는 그 은혜를 갚을 수 없다는 뜻으로 말한 것이었다. 부인도 김실장의 말뜻을 정확히 알 수 있었다.

"여보, 이번에도 백이사와 함께 갈 건가요?"

김실장 부인은 친구와 갈 것인지 자기와 갈 것인지를 물었다. 그러나 남편의 대답은 둘 다 아니었다.

"아니, 나 혼자만 가고 싶은데……."

"네? 그래요, 조용히 다녀오세요."

김실장 부인은 남편이 혼자 다녀오겠다는 것에 흔쾌히 찬성했다. 이제 남편이 도사를 찾는 것은 특별히 정해 놓은 일 때문이 아니라, 스승을 찾는 제자의 마음이란 것을 잘 알기 때문이었다.
　그러나 조성리 도사를 하늘처럼 생각하든 스승으로 생각하든, 그분은 이미 이 세상 사람이 아니었다. 김실장은 아직 이 사실을 모르는 채 도사 배견 여행 일정을 정해 두었던 것이다.
　출발은 주말 아침, 회사를 하루 쉬면서 1박 2일의 시간을 가지고 떠나기로 했다. 날짜는 아직 며칠 더 남아 있었다. 김실장은 그날을 기다리며 이른 밤에 편안히 잠이 들었다. 다음날 아침이 되자 김실장은 어느 때보다 가벼운 마음으로 회사에 출근했다.

　이제 계절은 겨울로 접어들어 쌀쌀했지만 하늘은 쾌청했다. 눈은 오늘 남쪽 지방에만 내린다고 했다. 조성리 마을 도사의 집 앞에도 눈이 계속 내리고 있었다. 나무꾼은 떠나간 스승을 생각하며 마루에 앉아 있었다.
　마루 앞 작은 마당에도 눈이 소리 없이 내렸다. 눈이란 것은 하늘에서 내려와 땅을 덮어 주고 모든 흔적을 없애 주지만, 사람의 마음은 내리는 눈을 보고 있을라치면 오히려 지난 일들이 더욱 생각나는 법이다.
　나무꾼은 무심히 마루를 내려와 집 밖으로 나왔다. 그러고는 하늘을 올려다보았다. 하늘은 어디를 보나 똑같았다. 그런데도 나무꾼은 한참 동안이나 하늘을 올려다보고 있었다. 눈은 저 높은 하늘 쪽에서는 보이지 않다가 가까운 높이에서 홀연 나타나는 듯 보였다.
　나무꾼은 내리는 눈을 올려다보면서 하늘로부터 어떤 소식이라도 기대하는 것일까?
　주변 논밭에도 눈은 소리 없이 내리며 사방을 더욱 고요하게 만들고 있었다. 나무꾼이 올려다보는 것을 그만두고 멀리 저쪽을 바라다보더니 누가 논길을 들어서고 있었다.
'이곳으로 오는 사람일까?'
나무꾼은 속으로 이렇게 생각하며 걸어오는 사람을 한참 동안 바라봤다. 도사가 죽은 요즘 찾아오는 사람은 거의 없었다. 그 동안은 밤낮으로 찾아드는 손님 때문에 나무꾼은 사람이 귀찮을 때조차 있었는데, 지금은 오히려 사람이 그리웠다.
나무꾼은 원래 이 마을 사람도 아니었고, 또 마을 사람들과 사귈 기회도 좀처럼 없었다. 이는 도사를 모시고 있는 동안 쉴 사이 없이 바쁜 탓도 있었겠지만, 나무꾼의 성격 자체가 잡다하게 사람들과 어울리는 것을 그리 좋아하지 않았기 때문이다.
나무꾼은 사람을 그리워하지만, 사람과 쉽게 어울리고 싶어하지는 않는다. 이는 스승과 긴 세월 동안 함께 지내면서 길들여진 것인지도 모르지만, 나무꾼이 보기에는 사람들이 왠지 자기 자신을 놓치고 사는 것처럼 느껴졌던 것이다.
이런 사람들이라면 남을 만나는 데 있어서도 건성으로 만날 뿐 별뜻이 없다. 대개 뜻없이 움직이는 것은 자연스러운 법인데, 사람만은 예외라서 뜻없이 다니는 사람일수록 가까이서 보면 심히 부자연스러운 법이다.
나무꾼은 부자연스럽고 인위적인 소란을 싫어했다. 그는 할 일을 못할망정 필요 없는 일을 하는 것을 싫어했던 것이다.
멀리서 걸어오는 사람은 상당히 걸음이 느렸다.
가까이 다가오자 자세히 보니 할머니였는데, 나무꾼은 누구인지 즉각 알아보았다. 이 할머니는 도사가 떠나던 마지막 날 저녁에 왔던 사람으로, 도사는 다음에 오면 아들의 사주를 봐준다고 약속했었다.
'저 할머니가 오는구나······.'

나무꾼은 할머니가 몹시 반가웠다. 도사는 할머니의 아들이 상당히 중요한 사람이라고 하지 않았던가? 그리고 도사는 이 할머니를 특별히 배려해서 다시 오라고까지 한 것이다. 나무꾼은 이런 사람이 찾아온다는 것이 도사의 섭리를 더욱 실감나게 해 주어서 좋았다.

"안녕하세요?"

나무꾼이 먼저 인사를 건넸다.

"오! 나와 계셨군요, 눈이 오는데."

"하하, 할머니는 이렇게 눈을 맞으며 웬일이신가요?"

"네, 나는 도사님을 만나러 왔다오."

"자, 일단 안으로 들어가시지요."

나무꾼은 미소를 지으며 할머니를 안내해 집 안으로 들어갔다. 할머니는 집 안으로 들어서면서 웬지 이상한 기색을 느꼈다. 집이 전처럼 기운 있어 보이지 않고 어딘지 모르게 쓸쓸한 느낌이 들었던 것이다.

그러나 이는 날씨가 추워서 그러려니 하고 나무꾼이 안내하는 대로 방으로 들어가 앉았다.

"할머니, 여기 잠깐 앉아 있으세요, 차를 끓여 올게요."

잠시 후 나무꾼은 친절하게도 손수 차를 날라 왔다. 나무꾼 부인은 어디를 가고 집에 없었던 것이다.

"할머니, 오늘 점 보러 오셨나요?"

"그러문요, 전에 도사님께서 다시 오라고 했지요!"

"그랬었지요. 그런데 할머니, 스승님께서는 지금 안 계십니다."

"출타 중이신가요?"

"아니오, 그분은 돌아가셨습니다."

"네? 아니, 타계하셨단 말입니까?"

"네……."

"저런! 그런 분이 돌아가시다니!"

할머니는 충격을 받은 듯 눈을 감고 두 손을 가슴에 모았다. 그러더니 마음 속으로 무엇인가 기원하듯 잠시 침묵을 지켰다.

"그분이 돌아가시다니……."

할머니는 눈을 뜨고는 몹시 송구스러워 했다.

"그날이 언제였지요? 장례식이라도 올 것을……."

"네, 벌써 여러 날 되었습니다."

"인명人命은 재천在天이라더니 돌아가실 것을 모르고 나와 약속을 했군요. 가엾어라……."

할머니는 슬픈 표정을 지으며 나무꾼을 돌아봤다. 나무꾼은 고개를 저었다.

"할머니, 그게 아니에요. 스승님은 할머니가 다녀가던 다음 날 죽기로 예정하고 계셨습니다."

"네? 예정요?"

"그렇습니다, 스승님은 그날 유언을 남기기 위해 제자들을 불러 모으셨습니다. 그때 마침 할머니가 점을 보러 오셨던 것이지요."

"저런, 그랬던 것이군요. 그런데도 나에게 친절하게 말해 주시고 다시 오라고 하시다니……."

할머니는 도사가 그토록 중요한 순간에도 자신과 아들의 사주를 일일이 물었던 것을 회상했다.

'고마우신 분이야, 그토록 자상하시다니. 그런데 이제는 떠나가셨으니 아들 사주는 볼 수 없겠구나…….'

할머니는 이렇게 생각하며 자리에서 일어나려고 했다.

"이만 가봐야겠군요, 도사님은 죽어서 좋은 곳에 가셨을 거예요."

"잠깐, 할머니! 아들 사주를 가져가세요."

"네? 무슨 말씀이신지?"

"네, 할머니. 스승님께서는 할머니 아들의 사주를 풀어 놨어요. 기다리세요."

나무꾼은 할머니를 잠시 기다리게 해놓고 도사의 방으로 가서 두툼한 봉투 하나를 내왔다.

"할머니, 이거 스승님이 써놓으신 건데 할머니는 읽지 말고 아들이 직접 봐야 한데요!"

"네? 나는 보면 안 되나요?"

"절대 보면 안 됩니다. 할머니가 먼저 보면 아들에게 큰 액운이 닥친다고 했어요. 아시겠지요?"

"네, 알겠어요. 그럼 아들에게 먼저 읽게 하고 내가 보면 괜찮은 가요?"

"그럼요, 그것은 할머니 마음대로지만 먼저 보면 안 되는 거예요. 스승님이 당부하셨어요."

나무꾼은 정색을 하며 할머니를 쳐다봤다.

"네, 도사님 분부에 따르지요. 아들에게 액운이 온다는데……."

할머니는 고개를 끄덕이며 심각하게 대답했다. 할머니가 도사를 만나 본 것은 그날 저녁이 처음이었는데도, 할머니는 그것만으로 도사를 굳게 믿고 있었던 것이다.

그날만 하더라도 도사는 할머니에게 아들이 있다는 것과, 죽은 남편이 있다는 것 등을 거리낌없이 선언했었다. 이는 운명에 통달한 사람만이 할 수 있는 자유 자재한 신통력이었다. 게다가 도사는 죽어 가면서도 일부러 아들의 사주를 풀어서 글로 남겨 준 것이다.

할머니는 마음 속에로 다시 한 번 도사의 명복을 빌고, 도사가 지시한 것을 반드시 지키리라 다짐했다.

"도사님께서 제게는 별말 없으셨나요?"

할머니는 아들의 사주는 받아 놓았으니 된 것이고, 혹시 자신에 대해서도 무슨 말을 남기지나 않았을까 하고 기대해 봤다.

"네, 별말 없으시고…… 단지 할머니는 전생前生에 귀인貴人이시어서 훌륭한 아들을 두었다고 하시더군요!"

"네? 훌륭한 아들? 전생에 귀인? 허허, 모든 것이 고맙군요, 그럼 이만……."

"가보실래요? 눈이 이렇게 오는데도 괜찮을래나?"

"괜찮아요, 이런 눈은 일부러 맞아야 기분이 좋지요. 나는 갈랍니다, 들어가세요."

할머니는 고개 숙여 인사를 하고 떠나가면서도 몇 번이고 뒤돌아보았다.

나무꾼은 할머니가 멀리 사라져 갈 때까지 지켜 보고 있었다. 그런데 할머니가 전생에 귀인이니, 훌륭한 아들을 두었다느니 하는 것은 나무꾼이 지어낸 말이었다.

도사는 할머니의 아들이 대단하다는 것을 얘기했지만, 할머니에 대해서는 명命이 다 했다고 말했을 뿐이다.

나무꾼은 할머니가 측은한 나머지 일부러 좋은 말을 덧붙여 주었던 것이다.

나무꾼은 눈이 오는 하늘을 흘끗 올려다보고는 집으로 들어왔다.

할머니를 보내고 자기 방으로 들어온 나무꾼은, 서랍 속에서 공책을 꺼내 몇 장을 넘기고는 무엇인가 표시를 했다. 이로써 도사가 남겨 놓은 지시 한 가지를 수행한 것이다.

그런데 나무꾼의 마음은 홀가분해지는 것이 아니라 허전한 느낌이 드는 것이었다.

나무꾼은 도사의 지시를 수행하는 것이 도사가 살아 있을 때의 생활을 연장하는 것이어서 즐겁기는 했지만, 한 가지 서운한 것은 임무를 수행할 때마다 점점 남아 있는 것이 줄어든다는 것이었다.

나무꾼은 도사의 지시를 적어 놓은 공책이 점점 지워져 가는 것을 막을 수 없다는 것이 너무도 괴로웠다. 만일 공책에 도사의 지시가 가득 차 있다면 나무꾼은 이것만을 수행하는 것으로써 인생을 행복하게 보낼 수 있을 것이다.

그러나 공책에는 도사의 지시가 그리 많지 않았다. 나무꾼은 일부러 공책의 낱장을 넘겨 가며 도사의 지시를 적어 놓았지만, 실은 한 장에 다 적을 수 있는 것이었다. 나무꾼은 공책을 몇 장 넘겨 보고는 고개를 가로저었다.

'떠나간 분은 어쩔 수 없구나!'

그는 속으로 가볍게 탄식하고는 벽을 바라보며 단정히 앉아 자신의 공부를 시작했다.

천서天書의 주인

도사의 집을 다녀간 할머니는 아들의 사주를 받아가지고 경건한 마음으로 떠나갔거니와, 이즈음 서울에 있는 할머니의 아들은 하숙집 근처에서 민여사를 기다리는 중이었다.

영민이가 민여사를 만나 본 지도 열흘이 지났으니 꽤 오래 된 셈이다. 그간 영민이는 밖으로 실컷 나돌아다녔고, 민여사도 자기 나름대로 바빴던 것이다.

지금 영민이가 앉아 있는 다방에는 손님이 거의 없었는데. 민여사도 상당히 늦고 있었다. 그러나 영민이는 초조하게 기다리는 기색 없이 편안히 앉아 눈을 가늘게 뜨고 있었다.

이런 자세라면 필경 무엇인가 깊게 생각하고 있다는 것인데, 그는 이렇게 앉아 시간 가는 줄 모르고 있었다. 근래에 와서 영민이는 때와 장소를 가리지 않고 자주 사색하는 습관이 생겼다. 이는 무엇인가 마음에 불이 붙은 것으로써 영민이는 하루가 다르게 변하고 있었다.

"영민아!"

어느 새 민여사가 다방에 들어와 가까이 왔는데도 영민이는 모르고 있었다.

"어! 누나 늦었군요!"

"많이 기다렸지? 갑자기 일이 있어서……."

"아니에요, 시간 가는 줄 몰랐어요."

영민이는 평소답지 않게 미소를 지어 보였다. 예전 같으면 화가 나 있거나 아예 다방을 나가 버렸을지도 모를 일이었다. 민여사도 요즘 영민이의 심성心性 변화에 대해 깊이 느끼고 있었다.

민여사로서는 친동생 같은 영민이가 날로 발전하고 있다는 것이 몹시 기뻤다. 지난 2년 동안 영민에게는 이렇다 할 변화가 없었던 것이다. 물론 조금씩이나마 진실된 면이 생겨 나갔던 것은 사실이지만 요즘처럼 극적인 변화는 없었다.

극적인 변화—.

그렇다, 민여사는 이렇게 생각하고 있었다. 영민이가 운명에 관계된 수많은 책을 공부하고 있다는 것은 민여사도 잘 알고 있었지만, 심성의 변화야말로 어떠한 공부보다 더 큰 공부인 것이다.

"그간 어떻게 지냈니?"

"그냥 막 돌아다녔어요, 하하. 누나는 어땠어요?"

"음, 나도 좋았어. 차를 마실까?"

"네, 커피를 들래요."

민여사는 시원시원한 영민의 태도를 보고 자기도 모르게 웃음 지었다. 민여사는 영민이가 마음 속에 거리낌이 없고 대범한 기운을 간직하고 있다는 것을 느낄 수 있었다.

잠시 후 차가 나오자 두 사람은 차를 마시면서 한동안 말없이 앉아 있었다. 다방 안은 한산했다. 민여사는 바로 옆에 있는 열대어 어항을 잠깐 바라보고 있다가, 커다란 서류 봉투 하나를 영민에게 건네 주었다.

"영민아, 이거……."

"음? 이게 뭐예요?"

"책이야, 아주 귀한 것이지."

민여사는 다정하게 바라보며 얘기했다.

"책?"

영민이는 즉시 책을 꺼내 보았다.

"어!"

영민이가 꺼낸 책은 두 권이었는데, 복사를 해서 제본한 두툼한 책으로 곁에는 긴 제목이 내리씌어져 있었다.

'단군도역정수태극진경檀君圖易井數太極眞經.'

그리고 각 권卷에는 천편天篇·지편地篇이란 편명篇名이 따로 적혀 있었다.

"아니! 이것은 전에 말하던 그 책 아니에요?"

"그래, 바로 그 책이야."

"허, 이 대단한 책이…… 지편까지 구했군요."

"운이 좋았어, 하늘의 뜻이겠지."

"네? 하늘의 뜻이라니오?"

"응…… 뭐, 읽을 사람에게 책이 간다는 것이겠지."

민여사는 미소를 지으며 말했다.

"누가 읽을 사람인데요?"

영민이는 민여사의 말뜻을 정확히 몰랐기 때문에 궁금해하며 물었는데, 민여사는 갑자기 심각한 표정으로 변하면서 선언하듯 말했다.

"바로 영민이 너야!"

"네? 내가요? 하하, 누나 내가 뭔데 이 책을 읽을 사람이에요? 아주 귀한 책이라는데……."

영민이는 멋쩍게 웃으며 민여사를 바라봤지만 속으로는 가볍게 충격을 받았다. 민여사는 고개를 끄덕이며 영민이를 빤히 쳐다보면서 말을 이었다. 목소리는 사뭇 엄숙했다.

"영민아! 너, 이 책 열심히 공부하겠니?"

"네? 네, 한번 해 보지요."

"해 보지요가 아니야, 기필코 이 책의 내용을 깨달아야 돼! 알겠니?"

민여사가 이토록 엄하게 영민이를 채근하기는 처음이었다. 영민이도 2년이 넘도록 누나와 가까이 지냈지만, 오늘처럼 심각하고 엄숙한 모습을 본 적이 없었다. 영민이는 짧은 순간이었지만 속으로 많은 생각을 했다.

'이것도 운명인가! 그렇지 않아도 내가 요즘 그런 공부를 하고 있는데 과연 하늘이 돕는 것일까? 이 책은 도대체 어떤 책일까? 조성리 도사의 말에 의하면 인간의 책이 아니라는데, 그렇다면 내가 읽어서 알 수 있을까?'

영민이는 여기까지 생각한 후 깊은 의지를 발동시켰다.

'아무리 어려운 책이라도 기필코 파헤칠 것이다, 이런 귀한 책이 내게 왔는데……'

영민이는 이 책이 자기에게 온 것은 운명이란 생각과 함께 반드시 책의 내용을 깨닫겠다고 다짐했다. 영민이의 자존심과 용기가 발동한 것이다. 영민에게는 원래 범인이 따를 수 없는 엄청난 용기가 있는데, 이는 묘한 자존심과 연결되어 있는 마음 속 깊은 곳의 신비한 작용이다.

"영민아, 내 말 듣고 있니?"

민여사는 영민이가 한동안 대답도 않고 생각에 잠겨 있자, 다시 한 번 엄숙하게 불렀다.

"네? 아, 네…… 누나 걱정 마세요, 기필코 이 책을 공부해 내겠어요!"

"그래, 그래 주겠니? 고맙다."

민여사의 눈에 갑자기 눈물이 고였다. 민여사로서는 영민이를 이미 친동생처럼 사랑하고 있었는데, 책에 대해서도 깊은 애착을 갖고 있었던 것이다. 민여사는 스스로에 대해 느낌이 아니라 깨달음이라고 말하지만, 아무튼 책에 대한 민여사의 느낌은 절대 확신, 바로 그것이었다.

'이 책은 하늘이 내린 책이다. 그리고 이 책을 읽을 사람은 자신의 훌륭한 동생인 영민이뿐인 것이다.'

민여사는 처음 이 책을 구하려고 했을 때부터 영민이를 염두에 두었었지만, 근래에 와서는 영민이의 변화를 보면서 이 책의 주인이 바로 영민이라고 확신하게 된 것이다.

영민이는 민여사의 이런 생각을 아는지 모르는지 책을 얼핏 살펴보고 있었다. 민여사도 눈물을 지우고 평상으로 돌아왔다.

"영민아, 이 책을 공부하는 데 필요한 책이 있으면 내게 말해. 뭐든 다 구해 줄 테니······."

"누나, 고마워요. 열심히 할게요. 이제 다른 얘기를 해요."

영민이는 마음 속에서 복받쳐 나오는 의지를 억제하며 일부러 태평한 표정을 지었다. 두 사람은 한동안 일상사를 얘기하며 시간을 보냈다.

이제 일어날 시간이 되었다. 민여사는 일어나기 전에 책 얘기를 다시 한 번 꺼냈다.

"영민아, 나 며칠 있다 도사를 다시 찾아가려고 해. 아무래도 책에 대해 설명을 좀 들을려고, 가급적이면 내용이라든가 공부하는 방법을 좀 알아 가지고 오려고."

"아, 네······ 그럼 참 좋겠네요!"

"그래, 그 도사는 얘기를 잘 안 해 줄 거야. 그렇지만 한번 부딪쳐 봐야지."

민여사는 웃으며 영민이를 쳐다봤다. 영민이는 그 모습을 보며 민여사에 대한 고마움을 가슴 속 깊이 새겨 두었다.

"자, 일어날까?"

두 사람은 다방 문을 나섰다. 민여사의 차는 가까운 거리에 세워져 있었다.

"그럼, 갔다와서 연락할게."

"네, 조심해서 다녀오세요."

민여사의 차가 떠나갔다. 영민이는 천천히 걸어서 하숙집으로 향했다. 거리는 깨끗했고, 따스한 햇빛이 조용히 쏟아지고 있었다. 하숙집으로 돌아온 영민이는 즉시 책을 읽어 보기로 작정하고, 두 권 중 천편天篇을 골라 첫장을 펼쳤다.

거기에는 오직 한 문장만 적혀 있었는데, 일부러 중요성을 강조하기 위해 따로 써놓은 글로 생각되었다. 문장은 이렇게 되어 있었다.

'부지팔괘 불가진입不知八卦 不可進入 : 팔괘를 모르면 들어갈 수 없다.'

"음?"

영민이는 문장의 뜻을 금방 이해하고 멈칫했다.

팔괘八卦를 모르면 읽을 수 없다?

영민이는 잠시 생각해 보고 고개를 끄덕였다. 다방에서 얼핏 살펴본 바에 의하면 책은 팔괘의 도표로 가득 채워져 있었고, 그 옆에 설명하는 문장이 쓰여져 있었는데, 핵심은 바로 팔괘의 논리인 것이 틀림없었다.

그런데 영민이는 그림들이 팔괘인 줄은 알고 있었으나, 그것들의 뜻을 거의 모르고 있기 때문에 책을 읽어 봐야 소용 없다는 것을 알았다. 영민이는 첫장을 펼쳐 놓은 채 한참 동안 생각에 잠겼다.

도중에 가끔 문장을 노려보는 듯했지만 자신의 무식에 대해서는 수긍할 수밖에 없었다. 책의 내용이 몹시도 궁금했지만 어차피 알 길이 없었다.

결국 문장이 지시하는 대로 팔괘를 먼저 터득했야 할 것이다. 영민이는 입을 굳게 다물고는 가만히 책을 덮었다. 부득이 팔괘를 먼저 공부하기로 마음먹은 것이다.

팔괘를 공부하기 위해서는 어떻게 해야 하는가?

영민이는 이 문제에 대해서만은 이미 알고 있었다. 팔괘는 바로 《주역周易》이라는 경전經典에 들어 있는 것으로, 팔괘의 전개가 바로 주역인 것이다. 영민이는 당초 주역 공부에 뜻을 두고 있었고, 주역은 팔괘의 논리라는 것을 어느 정도 알고 있던 터였다.

'팔괘에 모든 길이 있구나!'

영민이는 이런 생각을 하고는 잠시 눈을 감았다. 이젠 공부의 대간大幹을 잡은 것이다. 민여사가 갖다 준 '천서天書' 나 주역은 모두 팔괘로 통하는 것이었다. 영민이로서는 이것이 크게 다행스러웠.

주역이나 천서가 모두 하나의 계통이니 이 얼마나 간편하고 신비한 일이냐!

이젠 하나의 길로 돌파해 나가면 되는 것이다. 주역에 관해서는 영민이 스스로가 이미 필요성을 감지하고 있었는데, 오늘 천서를 접하고 나서 자신의 판단이 더욱 옳았다는 것이 입증된 셈이다.

영민이는 일단 책을 보관만 하기로 하고, 다시 봉투에 넣어 다락 깊숙한 곳에 감추어 두었다. 그러고는 즉시 하숙집을 나섰다. 공부는 나중에 하기로 한 것이다. 이미 방침이 섰으니 차분히 해나가도 될 것이었다.

영민이는 자신의 결심에 의해 들뜬 마음을 가라앉히기 위해, 모든 것을 잊어버리고 어디론가 실컷 돌아다니기로 작정했다. 이것이 바로 요즘 영민이의 성격으로, 아마 인수로부터 배운 것인지도 모른다.

인수는 자기가 싸워야 할 도박판일 경우 한 발 뒤로 물러나서 천천히 접근하여 호흡을 가다듬고 필승의 기운을 다지는 것이다. 영민이는 하숙집을 나서서 평소 다니던 길을 따라 내려왔다.

날씨는 제법 쌀쌀했지만 바로 영민이가 좋아하는 날씨였다. 추운 바람이라도 불면 영민이는 더욱 좋아할 것이다. 영민이는 원래 도전과 극복을 좋아했다.

바람이란 사람에게 휘몰아쳐서 고통을 주지만, 마음을 흔들어 주어서 힘을 일으키기도 하는 것이다. 오늘따라 화양리 언덕길에는 걷는 사람이 많아 보였다. 영민이는 길을 건너 무작정 차를 탔다. 하늘은 맑게 개여 있었다.

이 시간 민여사는 염리동에 있는 자기 집에 도착했다. 민여사는 밖에 나갔다 오면 으레 한 차례 낮잠을 자는데, 오늘은 그럴 필요가 없었다. 밖에 나갔다 온 시간이 짧아서이기도 했지만, 영민이를 만났던 일이 잘 되어서 피로가 쌓이지 않았던 것이다.

민여사는 영민이가 혹시 책에 대해 대수롭지 않게 생각하지나 않을까 걱정했었다. 민여사로는 어떻게 하든 영민이를 최고의 인물로 만들고 싶은 것이다.

민여사가 생각하는 최고의 인물이란 사회적으로 크게 성공한 사람이 아니라, 깊게 공부한 도인이나 학자였다. 말하자면 조성리 도사 같은 사람인데, 영민이는 이미 큰 공부를 하려고 결심하고 있는 듯하였다.

민여사는 영민이에 관한 지난 2년간의 근심을 오늘 모두 덜게 되었다. 영민이의 성품이 원래 착하다는 것을 알고 있었으나, 길을 잘못 든 탓인지 인생을 크게 낭비하고 있는 듯한 느낌을 지울 수가 없었던 것이다.

그런데 오늘 영민이는 기대 이상으로 훌륭한 모습을 보여 주었을 뿐만 아니라, 앞으로 무한히 발전할 것만 같은 느낌을 받았다. 민여사는 이제 자신이 열심히 뒷받침하는 것으로써 영민이가 더욱 향상될 것이라는 것을 믿어 의심치 않았다.

그 동안 민여사는 아무리 공을 들여도 영민이의 자질이 우려되었었는데, 지금 보니 그게 아니었다. 민여사는 자신의 동생인 영민이의 장래가 크게 빛날 것이고 운명도 하늘이 돌보아 줄 것으로 확신했다.

'역시 영민이는 훌륭해.'

민여사는 이렇게 생각하며 2년 전 마장동에서의 그 장렬한 영민의 행동을 그려 보았다. 영민이가 원래 훌륭한 사람이 아니라면 그토록 위대한 행동은 결코 나올 수 없었을 것이리라. 민여사는 혼자 고개를 끄덕이며 즐거운 기분이 되었다.

"아주머니, 커피 좀 끓여 줄래요?"

민여사는 가정부에게 차를 부탁하고는 수화기를 집어들었다.

따르릉―.

신촌에 있는 최여사 집 전화기의 벨이 울렸다.

"여보세요."

"언니예요? 나예요."

최여사는 마침 집에 있어서 반갑게 전화를 받았다.

"응, 웬일이야?"

"그냥 심심해서요. 그런데 언니, 여행 같이 안 갈래요?"

"응, 여행? 어디 좋은 데 있어?"

최여사는 지금 경치가 좋은 곳을 묻는 것이 아니다. 어디 신통한 점쟁이라도 있느냐는 뜻이었다. 이들 두 사람은 어딜 가자고 하면 대개 이런 뜻으로 통했다. 최여사는 조성리 도사를 만나고 온 이래 아직 다른 도사를 만나러 간 적이 없었다.

이는 민여사도 마찬가지인데, 민여사는 조성리 도사를 만나고 온 후부터는 이상하게도 다른 점쟁이나 도사들에 대해 관심이 전혀 생기지 않았다. 어쩌면 이 점은 최여사도 마찬가지 같았다. 최여사가 어디 좋은 데 있느냐고 물은 것은, 그래도 모를 일이니 더 신통한 도사가 있지 않을까 하고 기대해 본 것에 불과했다.

"좋은 데요? 언니, 더 신통한 도사를 찾는 거야? 나는 조성리에 가보려고 하는데……."

"조성리에 가겠다고?"

최여사가 관심을 나타냈다.

"무슨 일로 가려는데?"

"아니 뭐, 일이 있다기보다 그냥…… 그리고 그 책 말이에요……."

"응, 그 책? 천서天書 말이지?"

최여사는 책 얘기가 나오자 목소리를 높였다. 자신이 가지고 있는 보물(?)이 화제에 오르니 기분이 좋을 수밖에 없다. 최여사는 최근 자신이 가지고 있는《단군도역정수태극진경》을 천서라고 부르고 있었다.

이는 책 제목이 워낙 익숙해지지 않고 길어서 간편하게 부르려고 하는 것이기도 했지만, 천서라고 부르면 그만큼 귀한 책으로 보이고 권위도 있어 보였다. 최여사는 책의 세세한 내용에 애당초 관심이 없고 그 책이 얼마나 소중한 것이냐에만 관심이 있었다.

지금에 와서는 그 신통한 도사에 의해 천서로 판명이 됐지만, 그 책에 대해 또 다른 이야기가 나오면 그만큼 자랑거리가 늘어나게 된다.

최여사가 잔뜩 긴장하고 있는데 민여사의 말소리가 들려 왔다.

"도사를 만나서 그 책의 내용을 좀더 자세히 알아보려고요. 그리고 점도 볼 것이 있고……."

"점? 그래, 나도 가볼까……."

최여사는 민여사가 점을 보러 간다고 하니 마음이 금방 동했다. 원래 점이란 언제나 새로운 법이고 물어 볼 것도 한이 없다. 더구나 최여사는 지난번 갔을 때 운명에 관해서는 한 마디도 묻지 않았던 것이다!

물론 지난번에는 주어진 시간이 적어서 급한 것부터 물어 보았지만 당시 다시 오리라고 마음먹어 두었던 것이다. 민여사의 말이 이어졌다.

"언니도 가겠다고요? 잘됐군요, 나는 평일에 혼자 가려고 하는데요."

"응, 평일? 우리끼리 가자고?"

"그럼요. 바쁜 남자들에게 어떻게 번번이 함께 가자고 해요?"

"글쎄, 알았어! 오늘 저녁 애기 아빠에게 물어 보고…… 그런데 날짜는 언제가 좋니?"

최여사는 마음 속으로 가기로 작정하고 날짜를 물었다.

"내일 모레가 어때요? 주말에는 사람이 많아서 불편해요."

"그래, 알았어. 이따 저녁때 다시 연락하자!"

"네, 연락 주세요."

찰칵—.

민여사는 전화를 끊고 무엇인가 잠시 생각하더니, 어디론가 또다시 전화를 걸었다. 전화는 걸리지 않았다. 통화 중이었던 것이다. 민여사는 수화기를 내려놓으면서 잘됐다고 생각했다. 통화 중인 걸 보면 김선생은 지금 집에 있는 것이다.

잠시 후 민여사는 다시 다이얼을 돌렸다. 이번에도 역시 통화 중이었다. 전화가 조금 길어지는가 보았다. 민여사는 가정부가 갖다 놓은 차를 마시며 잠시 더 기다렸다.

따르릉—.

전화가 걸려 왔다. 민여사는 가볍게 놀라면서 수화기를 들었다.

"여보세요, 어머! 김선생님 아니세요!"

"네, 저예요. 안녕하세요?"

전화는 공교롭게도 김선생으로부터 온 것이었다.

"만날 일이 있다고요? 네, 시간은 있어요…… 지금이 좋은데요…… 그러지요…… 네."

찰카—.

민여사는 수화기를 내려놓고 미소를 지었다. 김선생도 이쪽이 통화 중이어서 세 번이나 걸어서 통화가 된 것이라고 했다. 서로가 걸고 있었던 것이다.

이런 일은 대단한 우연이긴 하지만 종종 있는 일이다. 하지만 민여사는 이런 일이 있으면 상당히 기분이 좋아진다.

이것은 서로가 통화할 운명일 뿐 아니라 일이 잘 풀려 나갈 징조라고 믿고 있기 때문이었다.

민여사가 김선생에게 전화를 걸려고 했던 이유는, 영민이의 공부를 위해 책을 부탁하기 위해서였다. 민여사는 영민이가 생소한 공부를 하려면 아무래도 사전 지식이 많아야 된다고 보고, 도움될 만한 책은 모조리 구하려는 것이었다.

이런 일이라면 당연히 김선생에게 부탁해야 좋다. 뿐만 아니라 김선생은 영민에게 갖다 준 그 책 자체를 해독하는 데도 크게 도움이 될 것이다.

김선생이 그 책을 가지고 있을 것은 뻔한 이치이다. 그 동안 김선생이 가지고 온 많은 책 중에는 복사된 것도 상당량이었다. 김선생은 원본을 구하지 못할 경우에는 이런 방법을 썼다.

어떤 때는 김선생이 원래부터 가지고 있던 복사본을 내놓기도 했다.

이번 경우도 복사본이 서로 오고 갔지만 책을 좋아하는 김선생이 중간에서 그냥 심부름만 할 리는 없었을 것이다. 민여사로서는 어찌 됐든 책만 구하면 되는 것이지, 남이 중간에서 부수적 이익을 보는 것에는 개의치 않았다. 그리고 책이 원본이건 복사본이건 상관 없었다.

민여사는 책의 내용이 보배이지, 서적의 골동품적 가치에 대해서는 크게 신경 쓰지 않았다.
　김선생은 무슨 책이든 깊게 연구하는 편이지만 이번 책에 대해서는 특히 연구가 깊을 것이다. 김선생이 가장 좋아하는 부분이 바로 음양이니 팔괘니 하는 것이 아닌가!
　김선생의 연구는 영민이가 공부하는 데 길잡이가 될 수도 있다.

제2의 천서天書

 민여사는 천천히 집을 나섰다. 김선생을 만나기로 한 장소는 언제나처럼 신촌 로터리의 한 다방이었다. 민여사가 차를 주차하고 다방에 올라가 보니 김선생은 이미 와 있었다. 언제나 앉았던 그 자리에 여전히 등을 돌리고 앉아 있는 것이다.
 "안녕하세요?"
 민여사가 뒤로 다가가 인사를 건네자 김선생은 무덤덤하게 반응했다.
 "아, 네……."
 이는 김선생의 원래 스타일. 민여사는 상관하지 않고 맞은편 의자에 앉았다.
 오늘의 만남은 김선생이 먼저 청한 것이므로 의당 김선생이 먼저 말을 꺼내야 옳다. 그런데도 머뭇거릴 뿐 쉽게 말을 꺼내지 않았다. 민여사는 차를 시키고 가만히 기다렸다.
 민여사도 용건이 있어서 김선생에게 전화를 걸려고 했지만, 미리 말하면 모처럼 김선생이 하려는 말을 못 들을 수가 있다. 더구나 김선생은 신중한 사람이기 때문에 여간한 일로는 보자고 하지 않는 편이다. 그는 지금 틀림없이 중요한 이야기를 꺼낼 것이다. 물론 책에 관한 이야기일 테지만…….

"저, 그 책에 관한 것인데요……."

드디어 김선생이 말문을 열기 시작했다.

"새로운 사실을 알아냈나요?"

민여사는 상냥하게 대꾸해 주었다.

"네, 그 책의 저자에 대해 또 다른 사실을 알아냈어요."

민여사는 말없이 다음 말을 기다렸다.

"그 저자는 아시다시피 장백삼호長白三皓인데, 그분들이 또 다른 책을 지었나 봐요."

"네? 다른 책요?"

민여사는 크게 흥미를 나타냈다. 또다시 장백삼호의 이름이 나오다니!

"네. 그 책의 제목은 〈소곡심서疎谷心書〉, 혹은 〈옥허서玉虛書〉라고 하는데, 그 책을 찾아보고 왔습니다."

김선생은 이렇게 말하고는 민여사의 기색을 살폈다. 민여사가 얼마나 관심을 갖는가를 알고 싶은 것이다. 그러나 김선생이 염려할 것도 없이 민여사는 이미 속으로 흥분하고 있었다.

"그런 책이 있다고요? 어디 있나요?"

민여사는 그 책의 내용부터 묻지 않았다. 장백삼호가 지은 책이라면 당연히 신비하고 귀중한 책일 것이라 생각한 것이다. 김선생은 민여사가 분명한 관심을 나타내자 힘을 얻어 목소리가 조금 높아졌다.

"그 책은 지금 산골에 있습니다, 멀지 않은 곳입니다만……."

"구할 수 있나요?"

"글쎄요, 굳이 구하려 한다면 구할 수 있겠지요. 그런데 경비가 많이 들 것 같습니다."

김선생은 여기서 머뭇거리면 더 이상 말하지 않았다. 민여사는 속으로 재빨리 생각해 봤다.

'경비가 많이 든다?'

이런 말은 김선생이 좀처럼 하지 않는 말이다. 언제나 민여사는 경비를 충분히 주었기 때문에 그런 말을 할 필요가 없었던 것이다. 그런데도 이렇게 말하는 것을 보면 분명 큰돈이 필요한가 보았다.

민여사는 이를 충분히 감안해 두고 잠시 방향을 돌렸다.

"그 책의 내용은 어떤 것인가요?"

"네, 마음 닦는 도리입니다. 아울러 신선이 되는 요결서要訣書라고 하더군요."

"그 책을 직접 살펴보셨나요?"

"물론입니다. 제가 보기에는 보통 책이 아니었습니다. 신선의 책이 틀림없습니다."

"네, 그런 책이군요! 그 책을 구하려면 경비가 많이 든다면서요?"

"네?…… 아, 네……."

김선생은 몹시 미안한 듯이 대답해 놓고는 고개를 약간 숙여 먼 쪽을 보고 있었다.

민여사는 미소를 지었다. 돈이 얼마가 들던 김선생은 거짓말할 사람이 아니다. 긴 세월 동안 민여사가 알고 지낸 바에 의하면, 김선생은 책과 결부시켜 큰돈을 탐내는 사람은 절대 아니었다.

김선생이 민여사를 위해 힘써 주는 것은, 자신에게 필요한 책을 거저 얻을 수 있고 돈도 좀 생기는 것이기 때문이지, 크게 민여사의 덕을 보겠다는 것은 아니었던 것이다.

"경비가 얼마나 드는데요?"

민여사는 편안한 말투로 물었다.

"네…… 그게…… 저…….."

"말씀해 보세요, 괜찮아요."

민여사가 다정한 음성으로 재촉했다.

"내용이 좀 복잡해요, 책값은 드는 게 아닌데……."

"네? 책값이 안 든다니오?"

민여사는 의아스러운 표정을 지었다. 김선생의 말은 확실히 이상했다. 책을 구하기 위해서는 경비가 많이 든다면서 책값은 안 든다니!

"네, 자세히 얘기하지요……. 책은 경기도 대금산大金山에 있어요! 그런데 그 책을 팔거나 복사를 해 주거나 하지 않겠다고 하더군요. 아무리 설득을 해 봐도 소용 없었어요. 조상의 유언이 책을 팔지 말라는 것이었다더군요."

김선생의 말은 종잡을 수 없었지만 민여사는 점점 더 흥미가 생겼다. 김선생의 말이 분명하게 이어졌다.

"그 사람은《소곡심서》말고도 책이 많더군요. 살펴본 바에 의하면 수십 권이나 되는데, 모두 귀중한 책들인 것 같았어요. 그 책들 중에서 '태극진경太極眞經'에 있는 그림과 똑같은 그림이 그려져 있는 것을 여러 권 봤어요."

'태극진경'이란 바로《단군도역정수태극진경檀君圖易井數太極眞經》을 말하는 것이다. 김선생은 천서天書라 말하지 않고 이렇게 불렀다.

민여사는 김선생의 얼굴을 바라보며 계속할 것을 무언으로 독려했다. 김선생은 민여사의 시선을 피하면서 말을 계속했다.

"아마 제 생각에는…… 그 책들은 '태극진경'을 해설한 책인 것 같더군요."

"어머, 그런 일이……."

민여사는 깜짝 놀라고 말았다. 자신은 지금 영민이를 위해 그런 책이 필요한 것이 아니냐?

이 무슨 운명이란 말인가? 천서가 등장한 것도 바로 얼마 전 일인데, 이번에는 그것의 해설서라니! 이 모든 것이 하늘이 자기에게 그 책을 보낸 것이 아니고 무엇이랴?

이런 책들은 나타날 때가 되어서 나타난 것이다. 아니, 이 책들은 원래부터 있을 곳에 있어 온 것이다. 그러던 것이 이제야 민여사 자신에게 보여지게 된 것일 뿐이다.

그렇다. 원래부터 있던 책들이 때가 되자 갈 곳으로 가고 있는 것이다. 그 갈 곳이 바로 민여사 자신이고 또한 영민이인 것이다. 민여사는 반드시 그 책을 구하기로 작정했다. 게다가 마음을 닦는 도리를 써놓은《소곡심서》라는 것도 영민이에게 절대 필요한 책이 아닌가.

사람이 수리數理나 논리論理만 연구하다 보면 크게 발전할 수도 없으려니와, 인간의 성품이 망가질 수도 있다. 영민이는 절대 그래서는 안 될 것이다. 더구나 그 책이 신선이 되는 요결서라면 몸과 성품을 닦는 도리가 씌어 있을 것이다.

사람이 완성되려면 수리, 논리와 성품, 그리고 몸의 수양이 필요하다. 바로 이런 책이야말로 영민이에게 꼭 필요한 것이다. 민여사는 여기까지 생각하고는 부드럽게 김선생을 바라봤다. 김선생이 또다시 머뭇거리며 민여사의 기색을 살폈다.

"김선생님, 그 책들을 구할 방법이 없나요?"

책은 한두 권이 아니다.《소곡심서》외에도 수많은 책들이 있는 것이다. 민여사는 속으로 흥분을 감출 수가 없었다. 김선생은 민여사의 태도를 보고 자신을 얻은 듯 거리낌없이 말하기 시작했다.

"그 책 주인은 유언에 의해 집을 팔려고 하는 겁니다. 책은 집을 사는 사람에게 그냥 주기로 하고요……."

"네? 아, 네…… 그렇군요……."

민여사는 잠깐 놀랐지만 그럴 듯한 내용이라고 생각했다. 집을 팔고 책을 거저 주거나, 책을 팔고 집을 거저 주거나, 결과는 마찬가지이다. 결국 가격이 얼마냐에 달려 있는 것이다.

단지 유언에 의해 집을 팔려고 한다니 매우 신기한 일이 아닐 수 없다. 민여사는 집의 가격보다는 유언 쪽에 더 흥미를 느꼈다.

"유언이라니오? 누구의 유언이지요?"

"네, 책 주인의 아버님 되시는 분이라고 하더군요. 그런데 유언이 심상치가 않아요."

"심상치가 않다니오?"

민여사는 신비한 육감을 느끼면서 조용히 물었다.

"유언 얘기는 사연이 좀 깁니다만……."

김선생은 민여사를 흘끗 쳐다봤다. 김선생은 상당히 자세히도 알아본 모양이었다. 책 하나 때문에 남의 집 유언에 얽힌 사연도 듣고 다니다니…….

민여사는 고개를 끄덕였다.

김선생은 원래 이런 사람이다. 유언 얘기가 길다 하더라도 김선생이 알아본 것은 가치가 있을 것이 분명했다.

"괜찮아요. 천천히 얘기해 주세요."

민여사는 다정스레 쳐다보며 말했다. 김선생은 워낙 과묵한데다 좀처럼 남에게 부담을 주려고 하지 않는다. 말하는 도중이라 해도 남에게 부담을 줄 내용이라든가, 얘기가 길어질 내용이 나오면 으레 중지해서 머뭇거린다.

민여사는 김선생의 이러한 성격을 잘 알기 때문에 부드럽게 말을 시킬 수 있는 것이다. 김선생의 얘기는 또다시 시작되었다.

"그 책의 주인은 금년 56세인데 선친先親으로부터 유언을 받았습니다. 유언은 지금으로부터 31년 전에 받았는데, 1939년 그러니까 책 주인이 25세 되었을 때이지요. 그 당시 선친은 67세로 세상을 떠났는데, 집과 책을 넘겨 주면서 유언을 남겼던 것입니다. 내용은 이런 겁니다.

'앞으로 6년 후면 해방이 될 것이다. 해방이 되고 나서 26년 후, 즉 1971년이 되면 이 집을 팔아라. 그리고 집을 사는 사람에게 이 모든 책들을 주어라!'

유언은 아주 단순하고 분명한 것이었지요. 그런데 이 유언의 배경에는 전설이 있다는 겁니다. 전설이래 봤자 지금으로부터 100년도 채 되지 않은 것이지만, 전설 내용은 아주 흥미롭습니다."

김선생의 목소리는 약간 긴장된 듯 보였다.

"이 전설은 책 주인의 선친에 관한 것입니다만, 이분은 1873년생으로 태어날 당시의 사회상은 몹시 혼란스러웠을 때입니다. 아무튼 이분은 20세가 될 무렵 한 스승을 모시고 공부를 했던 모양입니다. 스승을 모셨던 곳은 바로 대금산이었지요. 그 스승의 이름은 알려지지 않았으나 도호道號가 일천一川이었습니다. 전설에 의하면 일천 선생은 대단한 도인으로서 신비의 인물이었던 모양입니다. 신선이 하강下降해서 인간에 살았다는 설도 있다고 합니다. 얘기가 좀 복잡합니다만……."

김선생은 여기서 다시 머뭇거리며 민여사를 쳐다봤는데, 민여사가 웃으며 고개를 끄덕이자 말을 이어갔다.

"책 주인의 선친은 일천 선생을 20여 년간 모시다가 유물을 하나 받았습니다. 그 유물이 바로 《소곡심서》라는 것인데, 일천 선생은 죽으면서 그 책을 먼 훗날, 즉 1971년에 집을 사는 사람에게 넘기라고 유언을 했답니다.

위쪽에서 얘기하자면 일천 선생은 제자에게 《소곡심서》와 대금산의 집을 주면서 유언을 남긴 것이지요. 그 제자는 스승의 유언대로 자기 자식에게 똑같이 유언을 전달해 준 것입니다. 말하자면 지금의 책 주인은 자기 선친의 스승이 되는 사람의 유언을 받은 셈이지요.

그런데 일천 선생의 제자, 즉 지금의 책 주인의 선친은 평생 동안 스승의 가르침을 연구해서 많은 책을 남겨 놓았습니다. 물론 그 책에 관해서는 선친이 따로 유언을 첨가한 것이지요.

선친이 스승의 유언 외에 자기가 연구 집필한 책을 스승의 유언에 덧붙인 것은 나름대로 이유가 있는 모양이지만, 그 이유는 알려져 있지 않습니다. 유언 이야기는 여기서 끝입니다. 그런데……."

김선생은 유언 이야기를 다 마치고는 여운을 남겼다. 민여사는 듣는 자세를 취했다. 그러자 김선생은 다시 얘기를 덧붙였지만 긴 얘기는 아니었다.

"제 생각에는 일천 선생이란 분이 아무래도 장백삼호長白三號 중의 한 분 같습니다."

"네?"

민여사는 긴 얘기를 듣느라 온 정신을 집중하고 있었는데, 장백삼호 얘기가 나오자 새로운 긴장을 느끼면서 김선생을 바라봤다. 김선생은 일부러 민여사의 시선을 피하면서 말했다.

"민여사께서도 알다시피 장백삼호 중에 천선川仙이 있지 않습니까, 일천 선생이 바로 천선이 아닐까요? 왜냐 하면《소곡심서》의 소곡疎谷은 바로 장백삼호의 스승 이름이고, 일천 선생의 제자가 써놓은 책도 얼핏 봤는데, '태극진경'의 도표圖表를 해설해 놓은 것이었습니다. 말하자면 일천 선생의 제자는 스승으로부터 '태극진경'에 있는 내용을 평소 공부했을 거라는 거지요……."

김선생은 예리하게 민여사를 쳐다봤다. 민여사는 재빨리 고개를 끄덕여 김선생의 의견에 찬동을 표시했다. 김선생의 추리는 딱 부러지는 증거는 없다 하더라도 정황이 충분히 설명되고 있는 것이다.

"그리고……."

김선생은 더 말을 이으려 했다. 민여사는 편안히 바라보며 듣는 자세를 취했다.

"그 책이 있는 집, 즉 일천 선생이 살았고, 그 제자와 지금의 책 주인이 사는 곳의 이름도 심상치 않아요."

"네? 이름이 무언데요?"

"바로 대금산大金山입니다. 장백삼호는 금金을 몹시 좋아했었습니다……?"

"어머! 대금산?"

민여사는 가볍게 놀라며 흥미를 가졌지만 이는 추리의 비약이었다. 민여사는 이야기의 방향을 바로 잡았다.

"대금산에 책이 있는 거군요."

"네, 책도 집도 거기에 있지요, 어떻습니까?"

김선생은 최후로 민여사의 의향을 물었다. 책을 가지려면 집을 사야 하는데 그 집을 살 의향이 있느냐는 것이다. 민여사는 웃으며 천천히 말했다.

"김선생님, 어려운 일을 하셨군요. 그 대금산이 어디지요?"

"멀지 않습니다. 가보시겠습니까?"

"물론입니다, 집을 사려면 먼저 봐야 하잖아요?"

민여사는 이렇게 말하면서 김선생을 짓궂게 쳐다봤지만, 김선생은 시선을 피했다.

"좋습니다, 언제 가보시겠습니까?"

김선생의 목소리는 웬지 힘차 보였다.

"빠를수록 좋지요! 가만 있자, 이번 주에는 여행을 가니까 다음 주중에 가지요. 연락을 드리겠습니다."

"네, 그럼 저는 이만……."

김선생이 먼저 일어나려고 했다. 이는 언제나의 방식이므로 민여사는 웃으며 바라볼 뿐이었다.

"김선생님, 잠깐만……."

민여사는 마치 무엇이 생각난 듯 되돌아 나가려는 김선생을 불러 세웠다.

"김선생님, 그곳에 다시 한 번 다녀와 주실래요? 확실하게 해두려고 그래요."

"네, 알겠습니다. 저 혼자 한 번 가보지요."

"저, 그리고 이것은 경비로 쓰세요."

"아, 네……."

김선생은 고개를 숙이고 몸을 약간 옆으로 한 채 민여사가 주는 돈을 받았다. 다만 문을 나가는 자세는 그 상태 그대로였다. 민여사는 김선생을 보내 놓고 한참 동안이나 앉아서 마음을 정리했다.

김선생이 얘기한 내용도 다시 한 번 음미하고, 집을 살 것인가 하는 문제도 찬찬히 생각해 보려는 것이다. 이윽고 민여사도 일어나 다방을 나섰다. 미소를 짓는 모습을 보니 오늘 대화가 만족했던 모양이다.

도사와 김실장

　민여사가 밖에 나갔다 와서 한 차례 낮잠을 자고 나니 어느덧 저녁 때가 되어 있었다. 기분이 상쾌하고 정신도 맑았다. 민여사는 샤워를 하는 등 몸을 챙기고는 며칠 만에 독서를 했다. 민여사는 집에 들어와서 별로 할 일이 없었다.

　민여사의 일은 대체로 집 밖에 있었고, 밖으로 나다니는 일을 언제나 좋아했지만, 책은 상당히 많이 읽는 편이었다. 전에는 밖에서 큰 사업도 직접 하고 다녔지만, 세월이 갈수록 사업에는 흥미를 잃어 가다가 근래에 와서는 오로지 자기 향상에 힘을 기울이고 있는 것이다.

　남편은 이러한 민여사의 취미 혹은 구도 정신을 좋아했다. 민여사가 굳이 사업에 뛰어들겠다고 하면 말릴 수는 없겠지만, 민여사는 모든 일을 남편에게 일임하고 있었다.

　사업은 남편이 잘하고 있었다. 남편은 사업에 유능하고 성품도 아주 원만하지만, 정신이니 도道니 하는 일에는 큰 취미를 못 느꼈다.

　그렇다고 남편에게 철학이 아주 없는 것은 아니다. 단지 남편은 동양보다는 서양을 좋아하고, 수양인修養人보다는 생활인生活人을 더 좋아하는 것뿐이다.

남편도 깊이가 있고 교양이 넓은 사람이었다. 취미도 다양하여 언제나 생기가 넘쳤다. 오늘은 남편이 일찍 들어왔다. 민여사는 현관까지 마중을 나갔다.

"일찍 들어오셨네요."

"응, 일이 일찍 끝났어."

남편은 다정한 미소를 지으며 앞장 서 들어갔다.

"저녁 드실래요?"

민여사는 남편의 의향을 물었다.

"응, 그러지."

남편은 밖에서 저녁을 먹고 들어오는 일이 많지만 오늘은 별일이 없었나 보다.

부부는 오랜만에 저녁 식사를 함께 하고는 한가하게 마주 앉았다.

"여보, 나 여행을 좀 가고 싶은데……."

"음, 여행?"

여행을 좋아하는 남편은 귀가 번쩍했다. 민여사 남편은 부인이 여행을 가자고 하면 거절해 본 적이 거의 없었다. 원래 여행을 좋아하기도 했지만 그만큼 부인을 사랑하기 때문이었다.

"도사를 만나 보려고요, 전번에 그 도사 말이에요."

"그래? 잘됐군, 같이 가지!"

남편은 민여사가 도사를 만나러 가겠다고 하니까 반색을 하면서 찬동을 했다.

"잘됐다니오?"

민여사는 웃으며 말했다.

"응, 나도 마침 물어 볼 말이 있거든!"

"네? 하하, 전번에도 그러시더니…….."

민여사로서는 남편이 점에 관심을 갖는 것이 즐거웠다.

"무언데요?"

"응…… 저, 당신도 알다시피 골치 아픈 내 동생 있잖아, 그 동생 말이야!"

"아 네, 아가씨 말이군요."

민여사는 천천히 고개를 가로 저었다. 그녀는 남편의 동생 일에 대해서는 아예 두 손 들고 있는 중이었다.

남편의 여동생이므로 민여사에게는 시누이가 되는데, 이 시누이는 여간 문제가 많지 않았다. 시누이는 몇 년 전에 결혼을 했는데, 남편하고 사이가 좋지 않아서 현재 별거 중에 있었다.

시누이 남편은 결혼 전부터 여자가 있었는데, 그것이 제대로 청산 안 된 상태에서 결혼을 했을 뿐만 아니라, 결혼 후에는 오히려 그 여자하고의 관계가 더욱 깊어져 갔던 것이다.

당초 시누이하고는 애정이 있는 것도 아니고 필요에 의해 결혼을 했던 것인데, 그 사람은 인간성도 좋지 않아 결국 별거를 하게 된 것이었다.

집안에서는 이혼을 하라고 종용했지만 시누이는 한사코 말을 듣지 않았다. 그 남자는 시누이를 철저히 배신했지만, 시누이는 여전히 그 남자를 좋아하고 있어서, 별거 정도로 화풀이하면서 속으로는 미련을 두고 있었던 것이다.

사실 말이 별거지 그 남자는 스스로 나간 것이다. 이혼은 오히려 시누이 쪽이 안 해 줬던 것이어서, 집안에서는 그 남자보다 딸이 더 꼴보기 싫어 아예 참견을 하지 않을 지경이었다.

그런데 이제 와서 새삼 문제삼을 일이 무엇일까?

민여사도 시누이를 만나서 지치도록 설득한 적이 있었던 터라, 남편이

다시 동생 얘기를 꺼내자 의아스럽게 생각되었다. 이혼이라면 그 남자가 원할 것이고, 이혼이 아니고 다시 살자고 하면 시누이가 좋아해서 아예 집안에 말도 꺼내지 않고 살 텐데…….

오라버니에게 얘기한 것이 이상했다. 집안에서는 아예 참견하지 않기로 했던 문제가 아닌가.

민여사는 무관심한 표정으로 남편을 쳐다봤다. 남편은 민여사의 마음을 알기라도 한 듯 멋쩍어하면서 말했다.

"그 남자가 돌아왔대! 과거를 뉘우쳤다고 하더구먼, 그 여자도 청산하고…….''

"그래요?"

민여사는 '잘됐군요!'라고 말하고 싶었지만 참았다. 사실 그 남자를 찬성하고 싶지도 않았지만, 섣불리 반대할 수도 없었다.

"그래서 어떻게 됐어요?"

민여사는 이렇게 물으면서 상황을 더 알아보기로 했다. 그런데 남편의 다음 말이 뜻밖이었다.

"음, 동생은 이혼할 생각도 있는가 봐!"

"네? 아니, 그럼 이혼하면 되잖아요?"

"글쎄, 꼭 이혼하겠다는 것도 아니고…….''

시누이는 원래 우유 부단한 성격이다. 이는 민여사하고는 정반대인데. 민여사는 이런 사람 일에 말려드는 것이 딱 질색이었다.

"아니, 그럼 어떻게 하겠다는 거예요?"

"응, 저…… 점을 한번 보겠대!"

"점요? 하하."

민여사는 기가 막혔다.

그 동안 시누이가 점은 안 봤단 말인가? 점이다 뭐다 해서 별의별 말로 다 설득해도 소용이 없었던 것이 아닌가!

"점을 치면 뭐해요? 아가씨가 언제 점대로 한 적 있어요?"

"아니야, 이번엔 좀 달라. 그 애도 반성을 좀 했나 봐!"

"어차피 마찬가지예요, 점은 점이고 사랑은 사랑이라 했잖아요?"

"글쎄, 이번엔 좀 다르다니까! 그 남자가 들어오는 것을 보고 정나미가 떨어졌다고 하던데."

"네? 정나미가 떨어졌다고요? 하하, 전에도 그랬잖아요?"

"아니, 이번엔 진짜래!"

"진짜라고요? 내참……."

민여사는 반신 반의했다.

여자란 참 이상한 존재이다. 자기를 배신하고 도망갔을 때는 그 남자가 좋다고 하더니만, 이제 돌아올 만하니까 정나미가 떨어졌다니…… 여자란 어째서 이토록 불합리하게 생긴 것일까?

"그럼, 점은 왜 보려고 한데요?"

"응, 그건 그 사람의 운명이 좋고, 자기하고 궁합이 맞으면 다시 생각해 볼 수도 있다면서……."

민여사의 남편은 부인을 달래려고 진지하게 말했다.

"하하, 그러니까 아직 미련을 못 버린 거잖아요!"

"그래그래, 하하…… 그렇지만……."

남편도 결국 웃고 말았다. 그런데 남편은 동생에 대해 미련을 버릴 수가 없는가 보다.

"저 말이야, 이번엔 달라. 왜냐 하면 내가 조성리 도사 얘기를 해 줬어. 그랬더니 깜짝 놀라면서 그 도사에게 점을 보고 싶대. 만일 그 도사가 궁합이 나쁘다고 하면 이혼하겠대. 그 애는 자기의 운명과 그 남자의 운명을 알고 싶은 거야! 그토록 신통한 도사가 자신의 앞날을 점지해 주면 그 말에 따르겠다더군."

민여사는 남편이 하도 진지하게 얘기하는 바람에 어느덧 시누이의 결심을 조금 믿게 되었다. 민여사는 천천히 고개를 끄덕이고는 말했다.

"왜 갑자기 점을 보고 싶어졌을까요?"

"그야, 도사가 너무 신통하니까 그런 것이겠지. 그리고 정말로 그 남자가 조금은 싫어졌나 봐."

"그래요? 알겠어요, 정 그렇다면 점을 봐가지고 오지요."

"함께 안 가고?"

"최여사하고 가보기로 했어요."

"응? 여자들끼리? 먼 곳인데 괜찮을까?"

"뭐 어때요?"

"하긴……."

민여사는 혼자서도 여행을 다닌 적이 많았고, 외국에도 혼자 나가 다닐 정도였다. 마침내 남편도 수긍했다.

"좋아! 최여사가 안 가겠다면 내가 데리고 가지, 언제 가려고 하는데?"

"내일 모레요, 평일에 가는 게 사람이 없어서 좋아요."

"그래? 아무튼 내가 가게 되면 회사를 며칠 쉬지 뭐."

민여사의 남편은 부인은 대단히 아끼는 사람이었다.

이렇게 되어 민여사 쪽에서는 여행의 방침이 굳어졌다. 이제 최여사의 사정에 달린 것이다. 최여사에게서는 좀 늦게 연락이 왔다.

따르릉―.

"여보세요, 네. 언니에요?"

"아직 안 자고 있었어?"

"그럼요, 아직 잘 시간이 아닌데요."

"그래, 어떻게 됐니? 나는 허락을 받았는데……."

"잘됐군요, 나도 허락을 받았어요."

"우리끼리 간편해서 좋겠군. 그런데 재미있는 일이 있어!"

"네? 무슨 일인데요?"

민여사는 흥미를 보이면서 속으로 잠깐 생각해 봤다. 최여사가 재미있는 일이라면 필경 점하고 관계된 일일 것이다.

어디서 다른 도사 얘기라고 들은 것일까? 그때 최여사의 목소리가 들려왔다.

"조성리 도사 얘기야. 나도 방금 들은 얘긴데, 우리 애기 아빠 친구 김실장 말이야……."

"아, 네. 그분요……."

"응. 그 사람 큰 봉변을 면했대!"

"네? 무슨 말이에요?"

"아참! 너는 그 사람 이사 간 것 모르지?"

"네, 모르는데요!"

민여사는 김실장이 이사 간 것을 모르고 있었다. 그 사람하고는 한 다리 건너서 아는 사이이기 때문에 알 길이 없었던 것이다. 그러나 최여사 남편은 김실장과 친구지간이었기 때문에 그 사실을 알고 있을 뿐만 아니라, 부인에게도 얘기해 주었던 것이다. 평범한 이사라면 모를까 도사의 지시에 의해 이사를 간 것이니 부인에게도 얘깃거리가 된다. 그런데 그 이후 흥미 있는 사건이 발생했던 것이다.

민여사는 도사가 김실장 부인에게 이사를 가라고 한 것을 모르고 있었다. 최여사는 그 사실부터 얘기하고는 화재가 난 일을 설명했다.

"어머, 그런 일이 있었군요!"

민여사는 깜짝 놀랐다. 또 한 번 도사의 섭리가 작동한 것이다.

최여사의 말이 다시 이어졌다.

"그것 참, 희한하지? 그 김실장은 두 번이나 목숨을 구했어! 두 번 다 도사가 일부러 얘기해 준 거지. 어째서 도사는 김실장을 그토록 열심히 구해 줬을까? 이상하지 않아?"

"네? 아, 네. 정말 이상하군요."

민여사는 최여사가 말해 주는 순간 무엇이 머리를 강타하는 느낌이 들었다. 최여사가 지적해 준 것은 당연히 생각해 볼 만한 것이었다.

그 도사는 어째서 그토록 성의를 들여 김실장을 구해 줬을까? 게다가 지금 와서 생각해 보니 도사가 유독 김실장만은 다음에 오라고 한 것도 심상치가 않았다. 이는 분명 도사가 김실장을 특별히 살펴보고 있는 것이다.

이유가 무엇일까?

두 번씩이나 목숨을 구해 준 것을 보면 크게 은혜를 베풀고 있는 것인데 생면 부지인 김실장에 대해 도사가 그토록 신경을 쓰다니!

도사는 왜 김실장에 대해서만 세심한 배려를 하는 것일까?

민여사는 도사가 김실장을 그토록 열심히 구해 준 이유도 궁금했지만, 그 외에도 도사가 김실장만을 특별히 보호해 주는 것 같아서 부러움과 함께 질투가 났다.

'도사는 왜 김실장을 구했을까? 그리고 대체 김실장은 어떤 사람일까? 김실장의 운명은 무엇일까?'

민여사가 속으로 이렇게 생각을 진행시키면서 한동안 침묵을 지키자, 최여사의 말이 다시 들려왔다.

"여보세요, 듣고 있니?"

"아, 네…… 생각을 좀 했었어요."

"얘는? 전화하다 말고…… 그래, 그럼 쉬어라! 내일 다시 연락하지!"

"네. 언니, 편히 쉐세요"

찰칵—.

전화가 끊어졌다. 그러나 민여사는 계속 생각했다.
'김실장은 특별한 사람일까, 아니면 죽을 사람이라서 도사가 가엾게 보아 구해 준 것일까? 글쎄? 필경 무엇인가 비밀이 있을 거야, 단순히 사람을 구해 준 것은 분명히 아닐 거야.'
민여사는 이렇게 결론은 맺었다. 틀림없이 특별한 사연이 있는 것이다. 민여사의 느낌이 그것을 보증해 주고 있다.
'그것이 무엇일까? 그것을 알 수는 없을까?'
민여사는 이제 자신이 느낀 생각을 아예 기정 사실로 인정해 놓고 다음 생각을 진행시키고 있었다. 민여사는 그토록 신통한 도사가 신경 쓰는 일이 무엇인지 몹시 궁금했던 것이다.
'이것을 알아봐야겠어, 그러기 위해서는 도사에 대해서도 뭔가 알아봐야겠는데…….'
민여사는 도사에 대해 새삼 깊은 관심을 느꼈다. 그 동안은 신통한 도사의 말·예언 등에만 관심을 두었는데, 지금은 그 도사 자체에 대해 관심을 갖게 된 것이다.
민여사는 새로운 일거리(?)를 발견했다. 민여사는 입을 꼭 다물고 고개를 끄덕였다.
"여보! 무슨 일 있어?"
마침 방으로 들어온 남편이 민여사의 표정을 살피며 물었다.
"아, 아니에요…… 재미있는 일이 있어요!"
민여사는 하던 생각을 멈추고 다정하게 미소 지었다. 도사에 관한 문제는 내일 모레 그곳에 가서 더 연구해 볼 일이다.
"응, 무슨 일인데?"
남편은 흥미를 나타내며 물었다. 한가한 저녁때 집에 있으면 얘깃거리고 아쉬운 법이다 민여사는 원래 도사 얘기라고 말하려는 것이었는데 김실장 얘기라고 말해 버렸다. 이는 무의식 중에 도사와 관련된 김실장 일이 신경 쓰였기 때문이다.

"김실장? 무슨 얘긴데?"

"저번에 말이에요, 조성리에 갔을 때……."

민여사는 지난번 조성리에서 도사가 김실장 면담을 거부한 것부터 상기시키면서 차례로 이사를 한 것이며 화재를 당한 일 등, 최여사에게서 들은 이야기를 상세히 설명해 주었다.

"허, 대단하군! 김실장은 정말 큰일 날 뻔했어, 아무튼 운이 좋은 사람이야."

민여사의 남편은 감탄하면서 김실장에 대해 말했지만, 도사가 김실장에 대해 그토록 신경을 쓰는 것이 이상하다는 데 대해서는 전혀 생각이 없는 모양이다, 이런 것을 보면 사람은 똑같은 내용이라도 듣는 사람에 따라 의미가 다르게 느껴지는 것이 분명했다.

민여사는 남편에게 김실장 얘기를 해 주면서도 줄곧 도사가 김실장에 대해 그토록 신경을 써준 이유가 궁금했다. 물론, 남편에게 자기 마음을 얘기한 것은 아니었다. 남편이 그런 정도를 생각할 만큼 예민한 사람은 아니었기 때문이다.

민여사의 남편은 단순히 김실장이 봉변을 면해서 운이 좋다, 혹은 도사는 역시 신통하구나 정도로 생각하는 듯했다. 그런데 민여사는 웬지 도사와 김실장의 관계가 자꾸만 떠오르는 것이다. 민여사는 내일 모레로 정한 도사 방문이 더욱 기다려졌다.

"여보, 이만 자야지?"

"네……."

민여사는 남편의 말에 대답하면서 속으로 생각했다.

'앞으로 천천히 도사에 대해 연구를 해 봐야겠어!'

팔괘八卦의 연구

 다음날인 12월 12일 목요일에는 서울에 첫눈이 내렸다. 일찍부터 내린 눈은 거리를 나서는 사람의 마음을 상쾌하게 했지만, 영민이는 여전히 늦잠을 자고 천천히 잠자리에서 일어났다. 하숙집 아줌마는 밥상을 차려 놓고 어디론가 외출을 했는가 보다.

 집 안은 절같이 조용했다. 영민이는 밥을 먼저 먹을까 하다가 정식(?)으로 세수부터 하고 정신을 가다듬었다. 그러고는 밥상을 들고 자기 방으로 와서는 대충 아침 식사를 마쳤다. 이젠 어떻게 할까?

 이것은 매일 아침 영민이가 해 온 방식이었다. 여기서 밖으로 나가기로 하면 대개 한밤중까지 돌아오지 않는다. 그리고 원래 영민이는 거의 모든 날을 나가는 쪽을 선택했었다.

 그런데 요즘의 영민이는 확실히 변해 있었다.

 안 나가는 날이 많은가 하면 나갔다가도 일찍 들어오기 일쑤였다. 전에는 무엇 때문에 그토록 나돌아다녔던 것인가?

 첫째는 자신이 진짜 학생처럼 보이게 하기 위해서였던 것 같다. 영민이는 긴긴 세월 다른 학생들이 나갈 시간이면 어김없이 집을 나섰던 것이다. 그래서 영민이는 보통 진짜 학생처럼 방학이 기다려질 때가 많았다. 일일이 등교 시간을 맞추기 귀찮아서였다.

물론, 이 하숙집에는 다른 학생들은 없었다. 그것은 이 하숙집이 다른 집보다 조금 비싼 탓도 있겠지만, 주인이 학생들보다 일반 하숙인을 더 좋아하기 때문이기도 했다.

영민이는 친구들을 방에 끌어들이지 않고 조용히 지내겠다고 약속을 하고 들어왔던 것이다. 그리고 그 약속은 지켜졌다. 하숙집 아줌마와도 영민이가 긴 세월을 지내본 결과, 게으른 것 외에는 나무랄 데가 없어서 아주 편하게 생각하고 있었다.

사실, 영민이는 아주 조용한 편이다. 밖에 나가서는 어떨지 모르지만 집 안에 들어오면 일체 사람과 접촉하길 싫어했다. 집 안에 들어와 있는 시간이래 봤자 거의가 잠자는 시간뿐이었지만…….

그런데 영민이가 요즈음 밖에 안 나가는 것은 학교가 종강(?)을 했기 때문이 아니다. 영민이는 방학(?) 때라도 좀 늦게 일어날 뿐이지 일어나기만 하면 즉각 나가기는 마찬가지였다. 마음 속에서 일어나는 기운을 주체할 수가 없었기 때문이다.

영민이의 마음 속에서 항상 일어나는 기운은 분명 범상한 사람의 것은 아니었다. 영민이는 도무지 지칠 줄을 모른다. 오히려 영민이는 지칠 줄 모르는 것이 큰 문젯거리였다. 마음이 언제나 강하게 일어나서 활동하고 있으니 몸이 얼마나 바쁠 것인가?

물론, 그렇다고 몸의 활동이 중요한 일을 성취하는 데 쓰인 적은 없었다. 무작정 싸돌아다녀야만 하는 것이다. 그렇게 하지 않으면 견딜 수가 없는 것이다. 그런데 지금은 어떤가?

영민이가 제법 집에 있기 시작한 지는 여러 날 되는데, 차츰 견디는 힘이 강해지고 있었다.

사실, 사람은 지친 몸을 일으켜서 열심히 움직이기보다는 있는 힘을 억제하면서 그냥 눌러앉아 있기가 더 힘든 법이다. 영민이는 마음을 차분하게 하는 특별한 방법을 모른다. 그저 억지로 참고 앉아 있는 것이다.

지금은 조그마한 책상에 앉아 《주역》 책을 펴놓고 전에 몇 번 읽었던 부분을 다시 읽고 있었다.

'―이런 까닭에 역易에는 태극太極이 있고, 이것은 양의兩儀를 낳았으며, 양의는 사상四象을 낳고, 사상은 팔괘八卦를 낳았으며, 팔괘는 길흉吉凶을 정定하는 것이요, 길흉은 대업大業을 일으키는 것이다是故 易有太極, 是生兩儀, 兩儀生四象, 四象生八卦, 八卦定吉凶, 吉凶生大業'

영민이는 이 글의 마지막 부분을 음미했다.

'―인간사人間事의 큰일은 길흉吉凶을 먼저 알아야 일어날 수 있는 것이다. 그런데 길흉을 판단하는 것은 바로 팔괘로 하는 것이다.
―팔괘가 길흉을 정한다八卦定吉凶.'

영민이의 눈은 예리하게 빛났다. 영민이는 마음 속으로 떠오르는 생각을 가급적 억제하며 무심히 읽어 내려갔다.

'―팔괘가 만들어 벌려지니 만물의 상징이 그 속에 있으며, 그것을 겹치면 만물의 변화가 그 중에 나타난다八卦成列 象在其中矣 因而重之 爻在其中矣.'

영민이는 숨을 몰아쉬기 시작했다. 마음 속에서는 저절로 깨달아지는 자연의 거대한 섭리들이 번쩍였다.

'팔괘의 법칙이, 곧 만물의 법칙이구나…….'
영민이는 깊은 연못을 들여다보는 마음으로 천천히 전진했다.

'―주역이란 책은 잠시도 멀리할 수 없다. 역易의 이치理致는 끊임없이 변화하여 잠시도 쉬지 않고 천지간天地間을 움직이는 것이니 易之爲書也不可遠爲道也屢遷 變動不居 周流六虛.'

영민이는 끄덕였다. 마음의 눈에는 공자孔子가 평생을 《주역》 책을 머리맡에 놔두고 밤낮을 가리지 않고 탐독했다는 그 모습이 아련히 떠오르는 듯했다. 영민이는 책을 앞으로 돌려 팔괘의 그림을 봤다.

그림은 음陰과 양陽이라는 두 종류가 3중三重으로 되어 있을 뿐이다. 이토록 단순한 것에 성인聖人이 평생을 바칠 만한 도리가 숨어 있단 말인가?

영민이는 여기서 책을 덮었다. 더 이상 진행하기가 두려웠던 것이다. 공자 같은 성인이 이토록 소중히 했던 책이라면, 그 이치의 심오함은 이루 다 말할 수 없을 것이다.

급히 읽어 놓치는 것이 있어서는 안 될 것이리라! 큰 싸움을 하기 위해서는 전진이 빨라서도 안 될 것이다. 천지간의 최고의 도리에 접근해 가는 것도 이와 같아서 충분한 마음가짐을 갖추어야 하는 것이다.

영민이는 우선 팔괘의 모양과 간단한 뜻부터 단단히 공부하기로 하고 오늘의 공부를 마쳤다.

영민이가 책을 일찍 덮은 것은 단순히 《주역》 책을 신중히 읽어 나아가야겠다는 것만은 아니다. 무엇인가 마음 속에서 주역의 이치가 떠올랐던 것이었다.

영민이는 그간 조금씩 공부해 둔 팔괘에 관해 나름대로 어떠한 생각이 떠올랐기 때문이다. 무엇인가 팔괘에 대해 알 것만 같고, 또한 안 것만 같은 느낌이었다.

팔괘란 3중 구조를 가지고 있는데, 3三이란 숫자에 마음이 머무른 것이다. 왜 하필 3중 구조일까? 주역에는 단순히 천지인天地人 삼재三才로 표현되어 있지만, 자연의 이치가 반드시 3이란 숫자와 관련되어 있는 것처럼 느껴졌다.

영민이는 평소 3이란 숫자가 갖는 신비한 뜻을 생각해 본 적이 많았었다. 이는 《주역》이란 책을 알기도 전이었는데, 3이란 숫자는 영민이가 특히 좋아하는 숫자였던 것이다.

오늘 마음 속에 떠오른 것은 무엇이었을까?

분명 3이란 숫자의 은밀한 뜻을 깨달은 것 같은데…….

영민이는 고개를 갸우뚱하면서 옷을 챙겨 입었다. 더 이상 책을 읽을 기분이 아니었다. 영민이가 공부하는 방식은 먼저 충분히 생각하고 나중에 설명을 읽는 것이다. 그리고 무엇인가 마음에서 떠오르면 그것을 분명히 하고 앞으로 나아가는 것이다.

영민이는 밖으로 나갔다. 무엇인지 모르는 마음의 복받침! 더 이상 억제할 수가 없었다.

거리에는 눈이 제법 쌓여 있었지만 아직도 계속 내리고 있었다.

영민이는 평소 걷던 길과 반대 방향으로 걸어 올라갔다. 그곳으로 계속 올라가면 커다란 호수가 나온다. 영민이는 갑자기 호숫가의 물이 보고 싶어진 것이다.

마음이 가벼웠다. 그러나 걸음은 힘찼고, 마음 속에는 무엇인가 소중한 것을 간직한 듯 느껴졌다.

내리는 눈은 조용히 쌓여 갔으며, 영민이가 걸어가는 저 앞쪽을 축복해 주는 듯 보였다.

— 제2권에 계속

소설 팔패 1

1판 1쇄 인쇄 2009년 10월 30일
1판 1쇄 발행 2009년 11월 10일

지 은 이 김승호
편집주간 장상태
편집기획 김범석
디 자 인 정은영

발 행 인 김영길
펴 낸 곳 도서출판 선영사
주　　소 서울시 마포구 서교동 485-14 영진빌딩 1층
Tel 02-338-8231~2   Fax 02-338-8233
E-mail   sunyoungsa@hanmail.net
Web site   www.sunyoung.co.kr

등　　록 1983년 6월 29일 (제02-01-51호)

ISBN 978-89-7558-043-7   04810

ⓒ 이 책은 도서출판 선영사가 저작권자와의 계약에 따라 발행한 것이므로 본사의
　 서면 허락 없이는 어떠한 형태나 수단으로도 이 책의 내용을 이용하지 못합니다.

· 잘못된 책은 바꾸어 드립니다.